元禄覚書

– 獨島의 原初記錄

註釋

권오엽(權五曄)

·

오니시 토시테루(大西俊輝)

제이앤씨
Publishing Company

元禄覚書

- 獨島의 原初記錄

초판인쇄　2009년 3월 13일
초판발행　2009년 3월 24일

주석 권오엽 / 오니시 토시테루
발행 제이앤씨

주소 서울시 도봉구 창동 624-1 현대홈시티 102-1206
전화 (02) 992 / 3253
팩스 (02) 991 / 1285
등록 제7-220호
홈페이지 http://www.jncbook.co.kr
전자우편 jncbook@hanmail.net

ISBN 978-89-5668-698-1　93830　　　정가 20,000원

■■■ 머리말 ■■■

    일본은 우리에게 그들의 기록도 읽어달라는 주문을 자주 한다. 특히 이익을 달리하는 경우에는 그 강도가 더 세다. 독도에 관한 논문을 읽다 보면 대부분의 일본학자들이 그런 요구를 한다. 마치 우리가 그들의 논문이나 자료를 읽지 않았기 때문에 분쟁이 발생한 것처럼, 그래서 해결이 안 되고 있는 것처럼 이야기한다.

    틀린 이야기는 아니다. 맞는 이야기다. 분쟁이 있는 사건을 논하기 위해서는 상대방의 주장도 듣고 상대가 제시하는 자료도 읽어야 한다. 그런 면에서라면 우리는 기본 도리를 다하지 못한 것이 된다. 독도에 관한 일본 측의 자료가 없다면 몰라도 존재하는 이상 그들이 말하기 전에 읽어보았어야 했다. 내가 아는 한은 우리의 자료에 의지하는 주장이 대부분으로 일본의 자료에 근거해서 주장하는 경우는 보지 못한 것 같다. 간혹 일본인들이 자신들의 정통성을 주장하기 위해 제시한 자료를 근거로 펴는 반론 정도였다.

　독도문제에 관심이 있는 사람이라면 『은주시청합기』라는 기록을 모르는 사람이 없을 것이다. 일본이 독도의 영유권을 주장하면서부터 그들의 자료로 제시한 기록이기 때문이다. 그것을 중심으로 하는 논쟁이 50년 넘게 지속되어 왔지만 그 전문을 읽은 사람이 존재했는지는 알지 못한다. 어느 쪽으로 읽어도 타당하게 들릴 수 있는 문장을 편의적으로 해석하며 자국의 정통성을 반복할 뿐이었다.

　그 논쟁의 종지부를 처음으로 찍은 사람이 이케우치 사토시(池內敏) 교수였다. 그는 기록에 나오는 「嶋」과 「州」의 용례를 조사하여 같은 뜻으로 해석할 수 없다고 주장함으로써 일본의 해석이 틀렸다는 것을 입증했다. 그 다음이 오니시 토시테루(大西俊輝) 박사로 그는 字義를 통해 사람이 사는 「州」과 그렇지 못하는 「嶋」을 구별하는 방법으로 「州」과 「嶋」을 구별하여 일본의 주장을 부정했다. 그리고 감히 필자를 세 번째에 위치시킨다. 기록 전체를 통해 저자가 죽도와 송도를 일본의 영역 외로 인식한 사실을 입증했기 때문이다.

　저자는 隱岐를 나라의 서쪽 경계를 의미하는 매곡(昧谷)으로 표기하고, 서방에는 관리할 영토가 없다는 의미의 西方無疆이라는 용어로 설명하였으며, 隱岐国을 수호하는 燒火山神의 위력이 朱印船(이국에 가는 무역선에 발급하는 주인을 소지한 배)이 가는 울릉도까지 미친다고 표현한 것 등을 근거로 隱岐国을 서방 경계의 한계로 보고 있음을 확인했다.

　이 모든 것이 기록 전체를 조감했기 때문에 가능한 일로, 기록 전체를 보고 부분의 의미를 논해야 된다는 필연성을 입증한 것이다. 일본은 한문의 능력만 구비하면 우리의 자료를 자유자재로 활용할 수 있다. 그러나 일본의 기록은 좀 특수하다. 일본어 능력과 한문능력을 구비했다 해도 일본어의 특수한 면을 이해하지 못하면 읽어 낼 수가 없다. 그것이 우리가 일본자료에 독자적이지 못하고 그들이 제시한 자료에 의지하게 하는 하나의 원인이다.

　본인 역시 일본어를 30년 넘게 연구하고도 일본의 원 자료에 자유롭지 못하다. 답답하여 이곳저곳을 찾아다니다 울어버린 일도 적지 않았다. 경우에 따라서는 조소를 듣는 수모를 당하기도 했다. 그때 도와준 사람이 오니시 박사였다. 밤새워 읽어도 모르는 것을 돗토리에서 오사카에 있는 그에게 메일로 물으면 곧 답해 주었다. 오사카 명의로서의 바쁜 시간을 쪼개어 성실히 답해주었다. 그렇게 해서 태어난 것이 『은주시청합기』였으나 유감스럽게도 세간의 오해를 사고 있어 안타깝기 그지없다.

　원 자료를 어떻게 읽느냐는 것은 문제 해결에 중요한 일이다. 같은 자료라도 독자의 필요와 사상, 그리고 가치에 따라 달리 해석될 수 있는 것이지만, 그래도 원 자료를 직접 확인한 후의 주장이라면 일단은 평가해 주어야 한다. 그런 의미에서 나와 오니시 박사는 이번에도 같이 힘을 합하여 『원록각서』의 주석서를 내기로 했다. 해독하기 어려운 자료를 읽기 쉽게 활자화하고 해설하는 일을 박사가 맡고 내가 해석을 맡았다. 이렇게 말하면 나는 단순한 역자인 것 같으나, 그것은 아니다. 역자 이상의 역할을 했다. 大谷家의 고문서를 구하고 활자화하여 해석하는 일을 착수한 것이 나였다. 그것을 박사가 교정하고 보충하여 완성한 것이다. 그러나 과정을 어떻게 설명해도 박사의 참여 없이는 불가능했다는 것은 변함없는 사실이다.

　이 자료는 안용복이 진술한 것을 隱岐의 관리가 기록하여 鳥取藩을 통해 막부까지 보고된 1696년의 기록이다. 그것이 2005년에 발견되어, 그간 처참하게 비난당했던 안용복에 대한 일본의 평가가 잘못되었다는 것을 입증해 주었다. 『숙종실록』을 비롯한 조선의 기록이 전하는 안용복을 일본은 인정하지 않았고, 덩달아 동조하는 우리 측 사람도 적지 않았는데, 그 기록들이 사실에 입각해 있음을 입증해주는 것이 『원록각서』이다.

　처음부터 완전한 주석서를 기대하는 것은 어려운 일이다. 이 주석서를 이용하여 좋은 연구가 이루어지는 것과 결점을 보완한 새로운 주석서가 나올 것을 기대한다. 막을 열어가는 심정으로 서두르기만 하여 생각이 미치지 못한 곳이 있으리라 생각한다. 일본의 자료를 읽는 것이 독도문제 해결의 첩경이라 생각하고 밤새워 번역을 했지만 출판의 길을 찾지 못하고 있었다. (마침내) 동북아역사재단에 『은주시청합기』를 부탁하여 출판했으나 그것 때문에 곤욕을 치른다는 말을 듣고, 이번에는 부탁도 못하는 상황에서 제이앤씨가 출판해주었다. 감사할 뿐이다. 아직도 『竹島考』・『竹島渡海由来記抜書控』・『伯耆志』・『竹島紀事』・『因府年表』 등이 출판의 순서를 기다리고 있는 상황이다.

　더불어 훌륭한 업적을 쌓아가시고 계시는 강원대학교의 손승철 교수님과 세종대학교의 호사카 교수님이 선행 연구자료의 참조활용을 허가해주신 후의에 감사드립니다.

계룡산 우산봉에서

2009. 3

권 오엽

\<차례\>

일러두기

1, 해설은 오니시 토시테루 박사가 맡았으나 해설 중 의견이 다른 곳에는
　주를 달았음.
1, 번각문을 교정하여 손승철 교수의 것은 孫, 内藤正中 박사의 것은 内로
　주했음.
1, 원본 사진은 김병렬 교수님이 소장본과 손승철 교수님이 소장본을 사
　용하였음.

(권오엽)

古文書原文과 飜刻文

元禄覚書

겐로쿠오보에카키

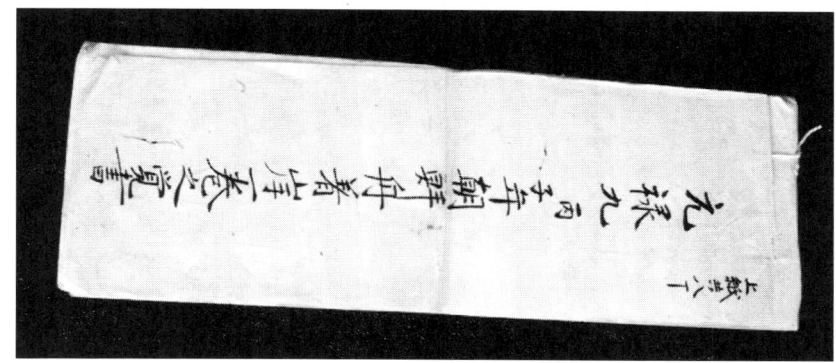

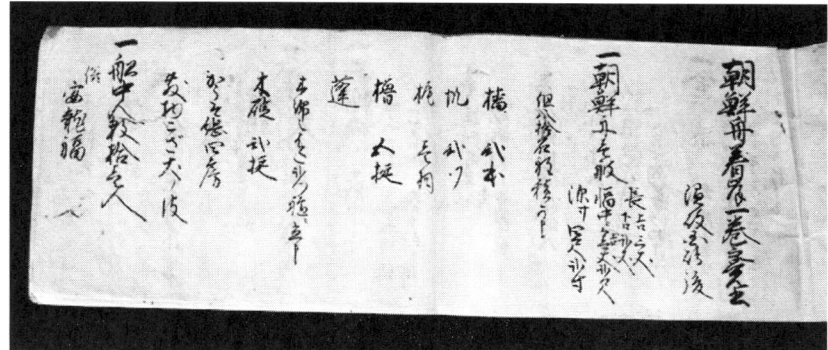

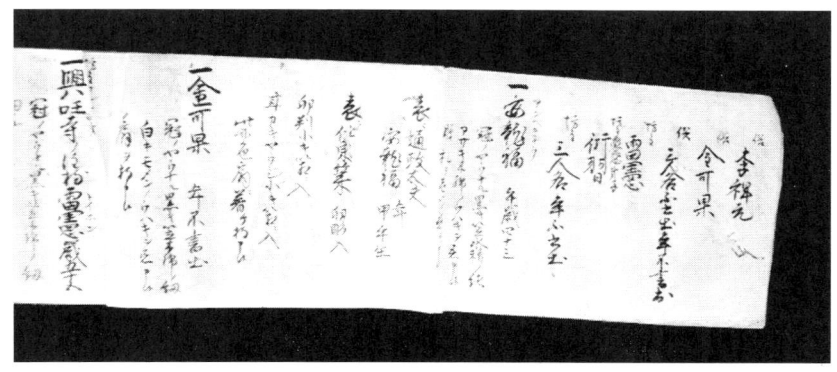

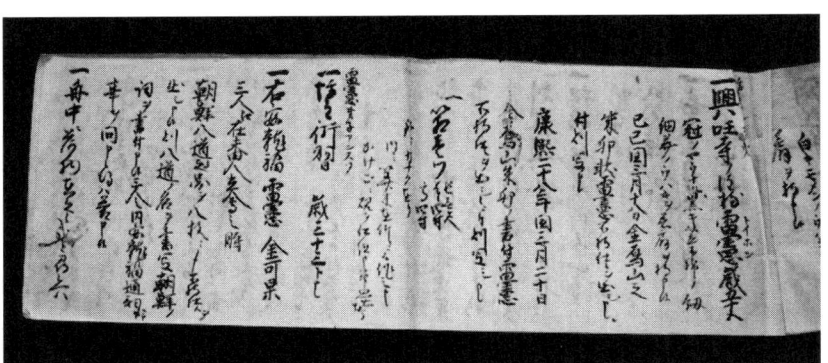

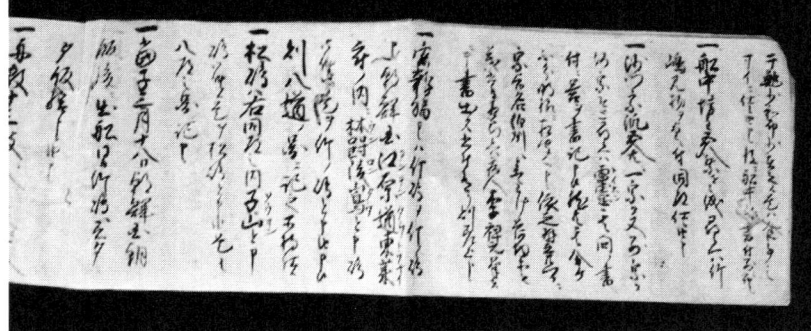

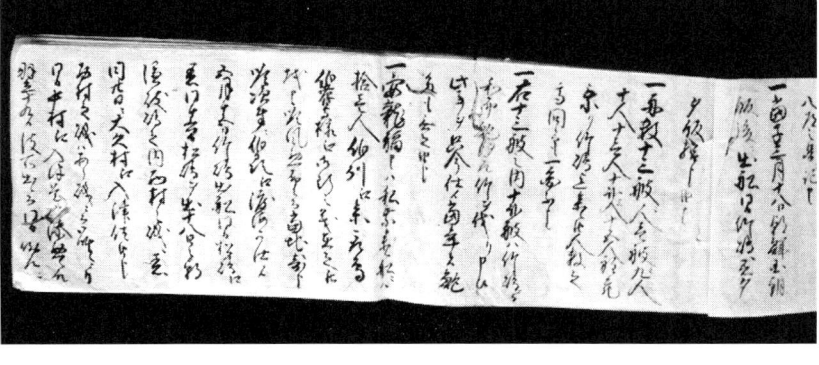

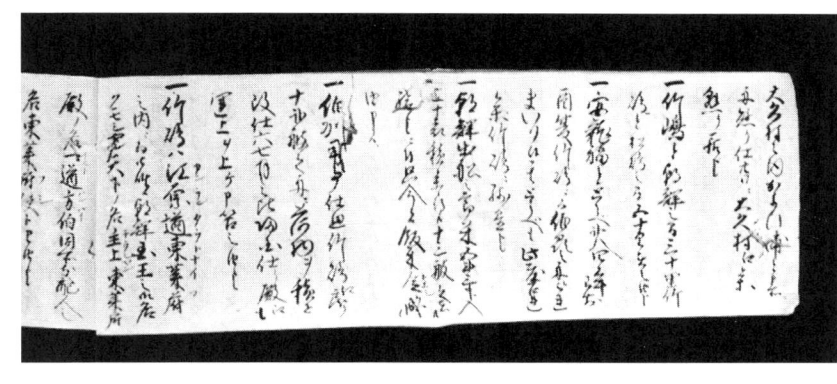

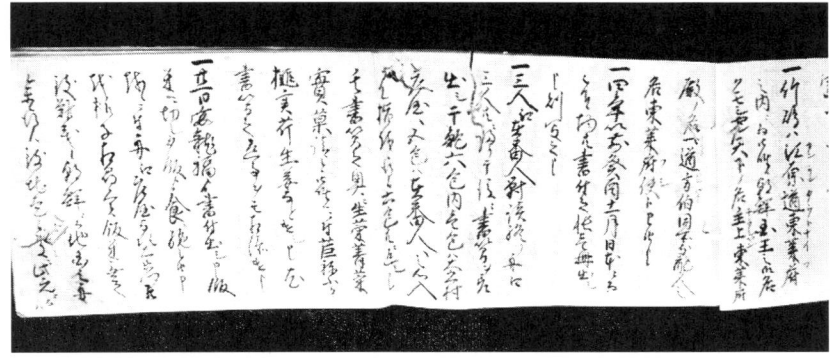

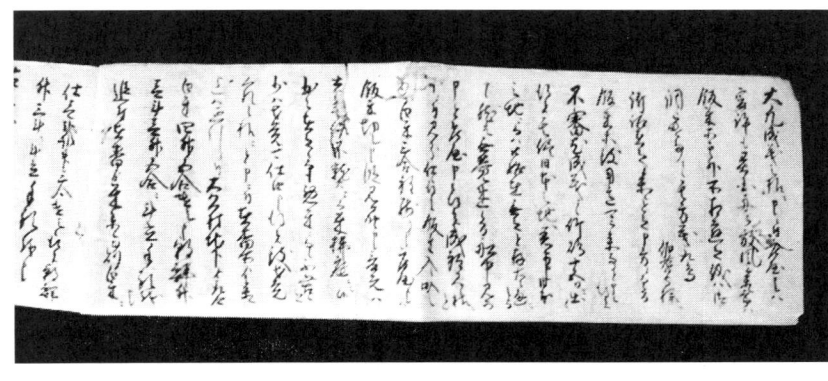

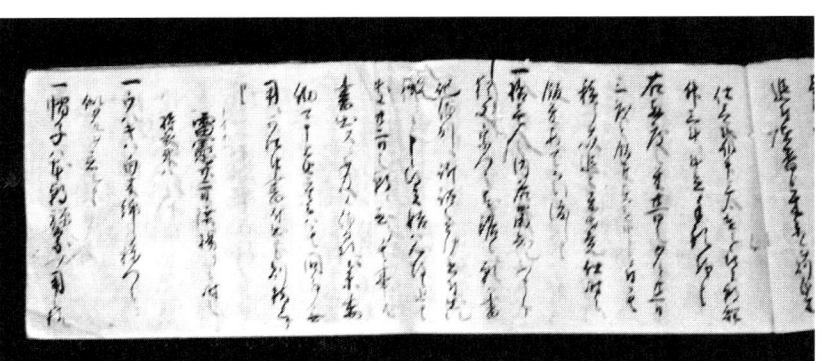

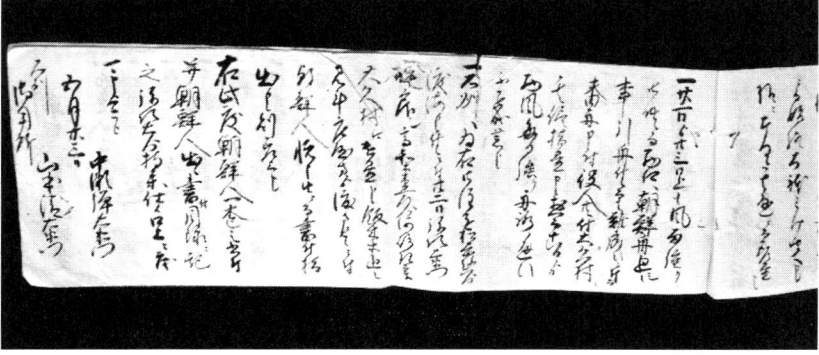

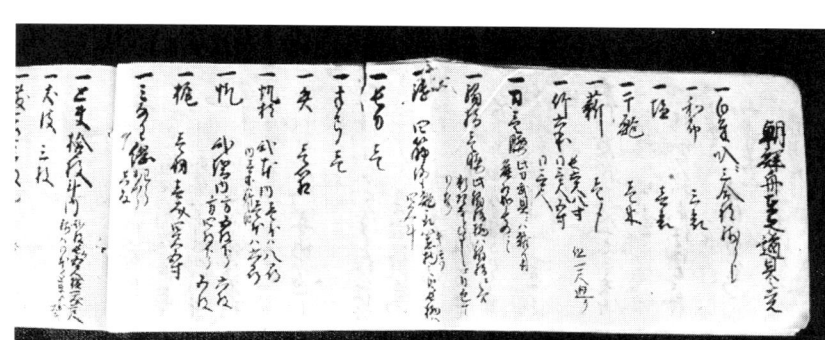

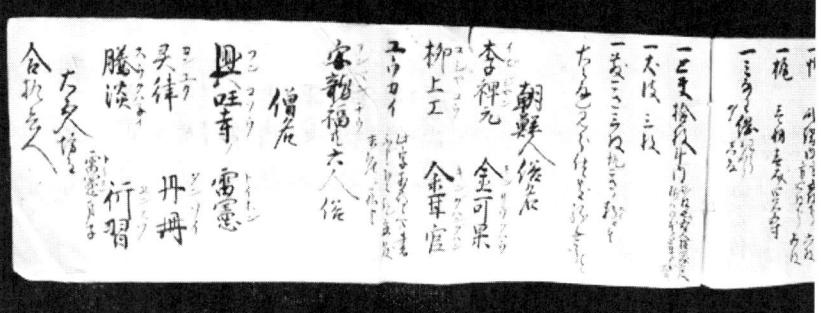

朝鮮之八道

京畿道
江原道　此道中竹嶋松嶋有之
全羅道
忠清道
平安道
咸鏡道
黄海道
慶尚道

上紙共八丁

元禄九 丙子年朝鮮舟着岸一巻之覚書

①

上紙共八丁

元禄九丙子年朝鮮舟着岸一巻之覚書

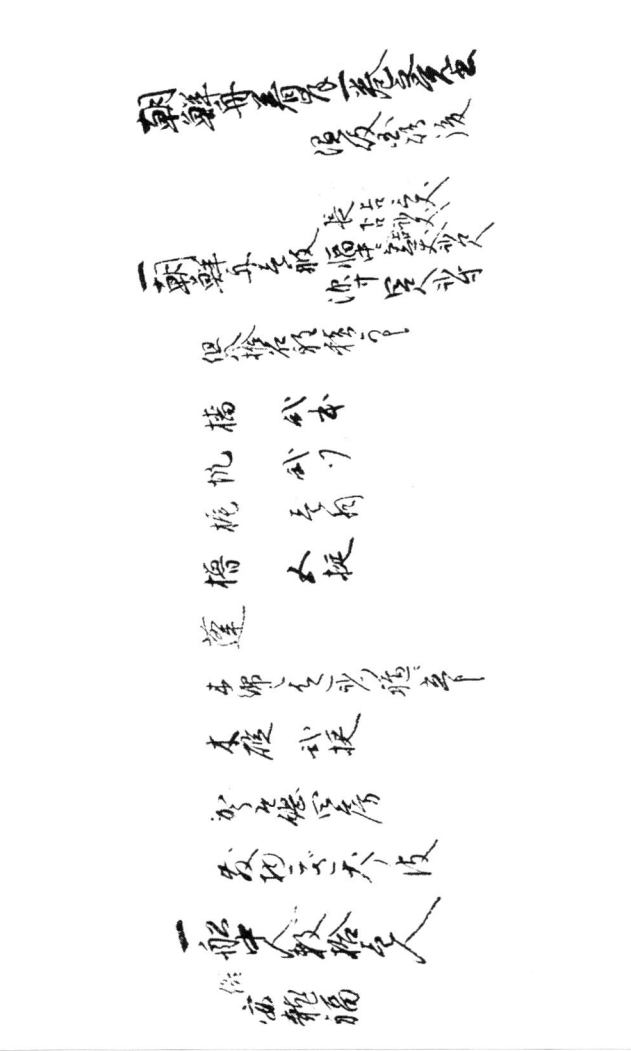

②

　　朝鮮舟着岸一巻之覚書

　　　　　　　　隠岐国嶋後
　　　　　　長　上口三丈
　　　　　　　　下口弐丈
一、朝鮮舟壱艘　　幅中二而上口壱丈弐尺

　　　　　　　深サ四尺　弐寸

　　但八拾石程積可申候

　　檣弐本

　　帆弐ツ

　　梶壱羽

　　櫓五挺

　　蓬

　　木綿之はた　弐ツ艫ニ立申候

　　木碇　弐挺

　　かうそ綱四房

　　敷物　ござ　犬ノ皮

一、船中人数　拾壱人

　　俗　安龍福

③

　　俗　李禅元

　　俗　金可果

　　　俗三人名不書出年不書出

　　　坊主　　雷憲

　　　坊主雷憲弟子　衍習

　　　坊主　　三人名年不書出候

一、安龍福　午歳四十三
　　　　<ruby>アンヘンチウ</ruby>

　　　冠ノヤウナル黒キ笠水精ノ緒

　　　アサキ木綿ノウハキヲ着申候

　　　腰ニ札ヲ壱ツ着ケ申候

　　　表ニ通政太夫　安龍福

　　　年甲午生　表ニ住東莱　印彫入

　　　印判小キ箱　ニ入

　　　耳カキヤウジ小サキ箱ニ入

　　　　此弐色扇ニ着ケ持申候

一、金可果　年不書出

　　　冠ノヤウナル黒キ笠木綿之紐

　　　白キモメンノウハキヲ着申候

　　　扇ヲ持申候

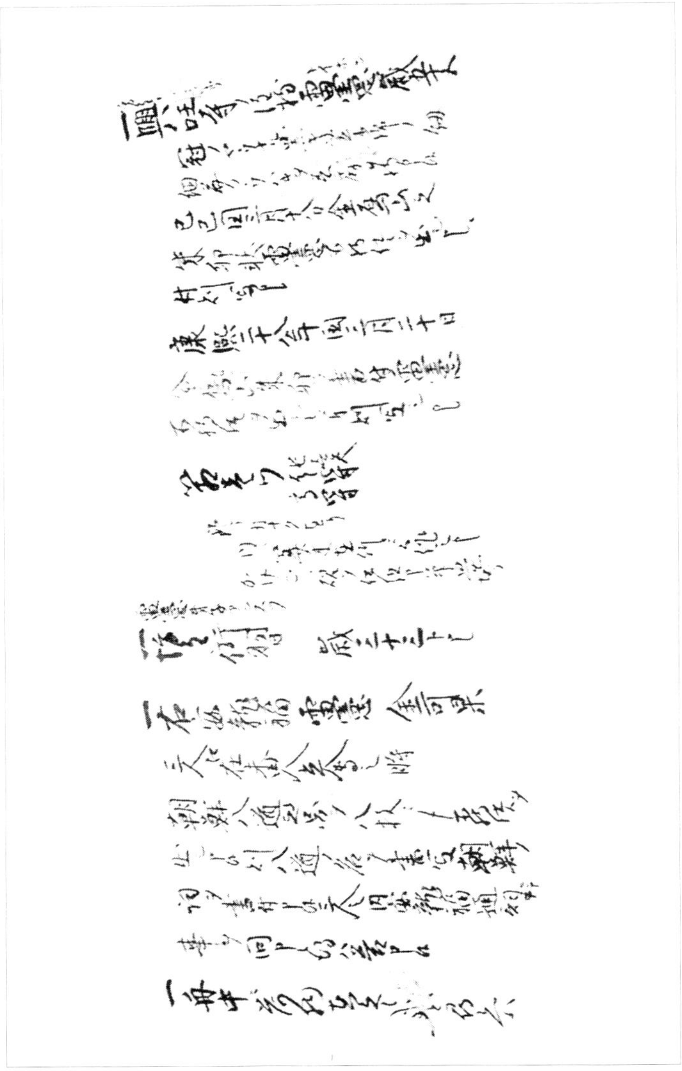

④

坊主

　一、興旺寺ノ住持雷憲　歳五十五
　　　冠ノヤウナル黒キ笠木綿ノ紐
　　　細美ノウハキヲ着扇ヲ持申候
　　　己巳閏三月十八日金鳥山之
　　　朱印状雷憲所持仕候ヲ出シ申候ニ
　　　付則写申候
　　　康煕二十八年閏三月二十日
　　　金鳥山朱印ノ書付雷憲
　　　所持仕候ヲ出シ申ニ付則写シ申候
　　　箱壱ッ　長壱尺　は、四寸　高四寸
　　　錠ノカナク在リ
　　　　内ニ算木在竹ニ而作之申候
　　　　かけご二硯ヲ仕組申筆墨在リ
　　　雷憲弟子アンスツ
一、坊主衍習　歳三十三ト申候
一、右安龍福　雷憲　金可果
　　　三人江在番人立会之時
　　　朝鮮八道之図ヲ八枚ニヽ所持仕候ヲ
　　　出シ申候則八道ノ名ヲ書写朝鮮ノ
　　　詞ヲ書付申候三人之内安龍福通詞ニテ
　　　事ヲ問申候得ハ答申候
一、舟中ニ荷物在之候哉ト尋候ヘハ

⑤

干鮑少和布少在之候是ハ食事之

サイ二仕候由申候後二船中□書付別二御座候

一、船中二坊主五人乗セ候儀尋候ヘハ竹

嶋見物ヲ望二付同道仕候由申候

一、沙門宗派五人共ニ一宗カ又別宗カ

何宗そと尋候ヘハ雷憲其問ノ書

付二答ヲ書記申候然共其分ケ

不分明様二相聞ヘ申候依之翌廿一日二

宗旨名伯州ヘ参候わけ荷物等之

義書付相尋候ヘハ病人李禅元筆者

ニテ書出ス書付有リ則差上申候

一、安龍福申候ハ竹嶋ヲ竹ノ嶋と

申朝鮮国江原道東菜（カンヲンタウトウ﹅ナイ）

府ノ内二欝陵嶋と申嶋（ウンロンタウ）

御座候是ヲ竹ノ嶋と申由申候

則八道ノ図二記之所持仕候

一、松嶋ハ右同道之内子山ト申（ソウサン）

嶋御座候是ヲ松嶋と申由是も

八道之図二記申候

一、当子三月十八日朝鮮国朝

飯後二出船同日竹嶋ヘ着夕

⑥

　　　夕飯給申候由申候

一、舟数十三艘二人壱艘二九人

　　　十人十壱人十弐三人十五人程宛

　　　乗リ竹嶋迄参候由人数之

　　　高問候而も一圓不申候

一、右十三艘之内十弐艘ハ竹嶋二而

　　　和布鮑ヲ取竹ヲ伐リ申候

　　　此事ヲ只今仕候当年者鮑

　　　多モ無之由申候

一、安龍福申候ハ私乗参候船二八

　　　拾壱人伯州江参取鳥

　　　伯耆守様江御断之義在之罷

　　　越申候順風悪布候而当地へ寄申候

　　　順次第二伯州江渡海可仕候

　　　五月十五日竹嶋出船同日松嶋江

　　　着同十六日松嶋ヲ出十八日之朝

　　　隠岐嶋之内西村之礒へ着

　　　同廿日二大久村江入津仕候由申候

　　　西村之礒ハ荒礒二而御座候二付

　　　同日中村江入津是之湊悪候故

　　　翌十九日彼所出候而同日晩二

⑦

　　　大久村之内かよひ浦ト申所ニ

　　　舟懸リ仕廿日ニ大久村江参

　　　懸リ居申候

一、竹嶋ト朝鮮之間三十里竹

　　嶋ト松嶋之間五十里在之由申候

一、安龍福ととらべ弐人四年巳前

　　酉夏竹嶋ニ而伯州之舟ニ被連

　　まいり候其とらべも此度召連

　　参竹嶋ニ残置申候

一、朝鮮出船之節米五斗三升入

　　　□十俵積参候得共十三艘之者共

　　給申候ニ付只今者飯米乏ク成候

　　由申候

一、伯州用事仕廻竹嶋江戻リ

　　十弐艘之舟ニ荷物ヲ積セ

　　改仕六七月之比帰国仕リ殿江も

　　運上ヲ上ケ申筈之由申候

一、竹嶋ハ江原道東莱府

　　之内ニ而御座候朝鮮国王之御名

　　クモシヤン天下ノ名主上東莱府

⑧

殿ノ名一道方伯同所支配人之
名東莱府使ト申由申候

一、四年以前癸酉十一月日本ニ而
　被下候物共書付之帳壱冊出シ
　申候即写之申候

一、三人江在番人対談終リ舟江
　三人共ニ帰リ其後ニ書簡ヲ差
　出シ干鮑六包内壱包ハ大久村
　庄屋へ五包ハ在番人へ之心入
　ニ而指越候得共六包共ニ返シ申候
　其書簡ノ奥ニ生菜菁菜
　實菓請と御座候ニ付苣ねふか
　櫃実芹生姜なと遣シ申候尤
　書簡之返事ヲモ相添遣申候

一、廿一日安龍福ヨリ書付出シ申飯
　米ニ切レ夕飯ヨリ食ニ絶候由申
　越候ニ付舟江庄屋与頭右衛門罷リ
　越様子相尋候へ者飯米無之
　致難儀候朝鮮ニ而他国之舟
　参候得ハ致馳走候処ニ此元ニ而ハ

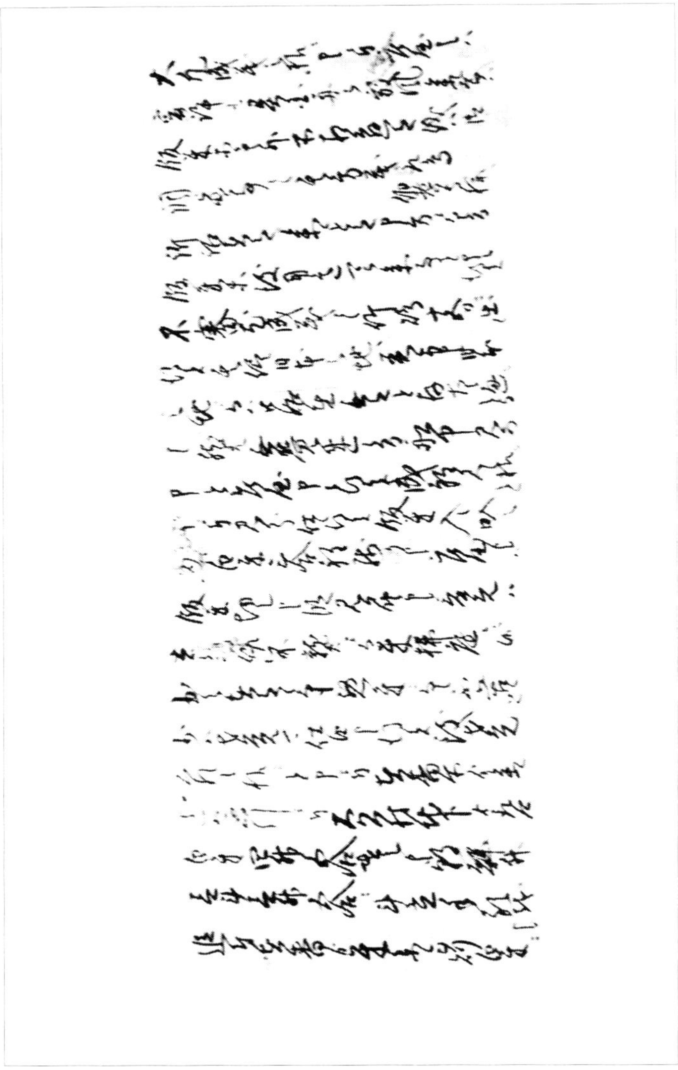

⑨

大凡成義之様ニ申候ニ付庄屋申候ハ

爰許モ異国舟被放風参候節ハ

飯米等其外所相応之儀ハ御

調被遣候事ニ候其方義取鳥伯耆守様へ

訴訟在之参候と之申方ニ而候間

飯米等致用意可被参事と申候得者

不審尤成義ニ候竹嶋十五日ニ出候

得者其侭日本之地へ着等申候日本

之地ニ而ハ御如在無之と存右之通ニ候与

申候然共無覚束候間船中見可

申と庄屋申候得者成程見候様ニと

申ニ付見分仕候得者飯米入候叺之

内白米三合程残リ申候庄屋申候ハ

飯米切レ申候段見届申候爰元ハ

去年作不熟ニ而米払底ニて候

少々在之候而も悪米ニ而候不苦候ハ、

少ハ才覚可仕由申候得者致才覚

くれ候様ニト申ニ付在番所ヨリ参候

迄ハ延引ニ付大久村地下ヨリ取合

白米四升五合遣シ申候朝鮮升

壱斗壱升五合ニ斗立手配ヲ申候

迫付在番ヨリ米参候ヲ則白米ニ

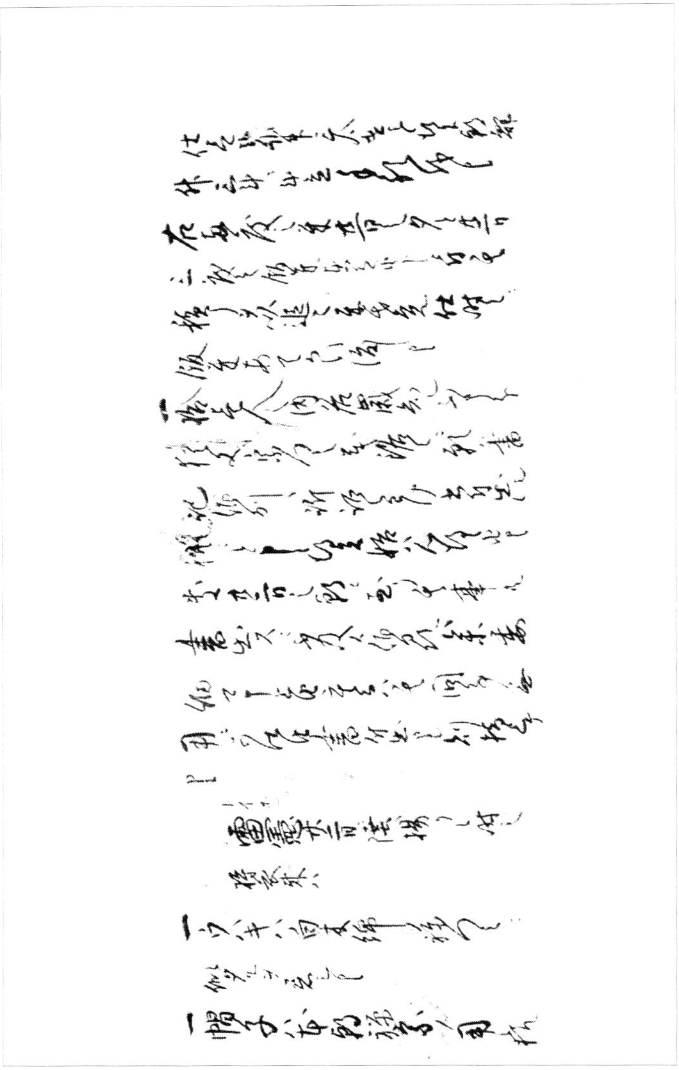

⑩

　　仕壱斗弐升三合遣シ候得者朝鮮

　　升三斗二斗立手配ヲ申候

　　右両度之米廿一日之夕と廿二日

　　三度之飯米在之由申候ニ付其

　　積りヲ以追々米才覚仕時々ニ

　　飯米あてかい渡シ申候

一、拾壱人之内名歳知レ不申分

　　猶又宗門之義銘々ニ願ハ書

　　記伯州へ訴訟之わけ書付出シ候

　　様ニと申候得者始ハ心得候由申候

　　処廿二日之朝ニ至リ其事共

　　書出スニ不及候伯州へ参委

　　細可申上由重而ハ其問者無

　　用ニ可仕由書付出申候則指上ケ

　　申候

　　雷憲廿二日ニ陸へ揚リ候時之

　　装束ハ

一、ウハキハ白木綿ノねツミニ

　　似タルヲ着シ申候

一、帽子ハ本朝禅宗ノ用候様

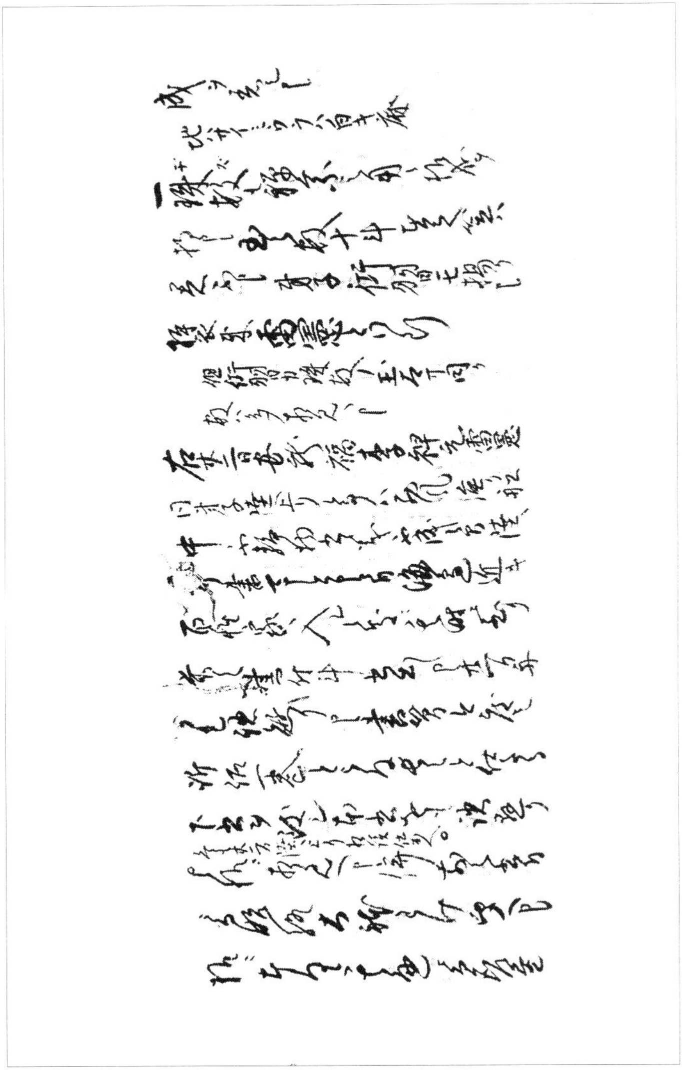

⑪

　成ヲ着シ申候

　地ハサイミウラハ白キ麻

一、数珠モ禅宗之用候様成ヲ

　　持申候玉之数十斗在之笠ハ

　　着不申候弟子衍習モ揚リ申候

　　装束雷憲ト同断

　　　但衍習カ珠数ノ玉太サ同ク

　　　数ハ多相見へ申候

　　右廿二日　安龍福　李禅元　雷憲

　　同弟子陸へ上リ候事ハ西風強ク船

　　中不静物書候義不成候間陸へ

　　上リ書可申と申二付海辺近キ

　　百姓家へ入申候処其時二至リ

　　前々書付斗書出申候廿一日舟

　　ヲモ証懸リ申候書簡今度之

　　訴訟一巻と被為長々と仕たる

　　下書ヲ致シ本書をも証懸リ

　　候へとも廿二日陸へ上り相談仕かへ

　　申候様二相見へ申候併前之書付

　　二而始終大体わけ聞へ申候

　　様二奉存候其通二而差置申候

⑫

一、廿一日ヨリ廿三日迄も風雨強ク
　　御座候而西郷へ朝鮮舟廻シ候
　　事引舟仕候而も難成候ニ付而
　　番舟申付役人共付大久村ニ
　　其侭指置申候惣而十八日ヨリ
　　西風毎日強ク舟路ノ通ひ
　　不罷成荒申候

一、石州へ為右注進松岡弥次右衛門
　　渡海申付候ニ付廿二日弥次右衛門
　　呼戻シ高梨杢左衛門　河嶋理太夫
　　大久村江遣置申候飯米等廻シ
　　見斗庄屋方ヨリ渡させ候ニ付
　　朝鮮人悦申由ニ而書付指
　　出申候則差上申候
　　右此度朝鮮人一巻之書付
　　并朝鮮人出候奉書目録ニ記
　　之弥次右衛門持参仕候口上ニ茂
　　可申上候　　以上
　　　　　　　　　中瀬　彈右衛門
五月廿三日
　　　　　　　　　山本清右衛門
石州
　御用所

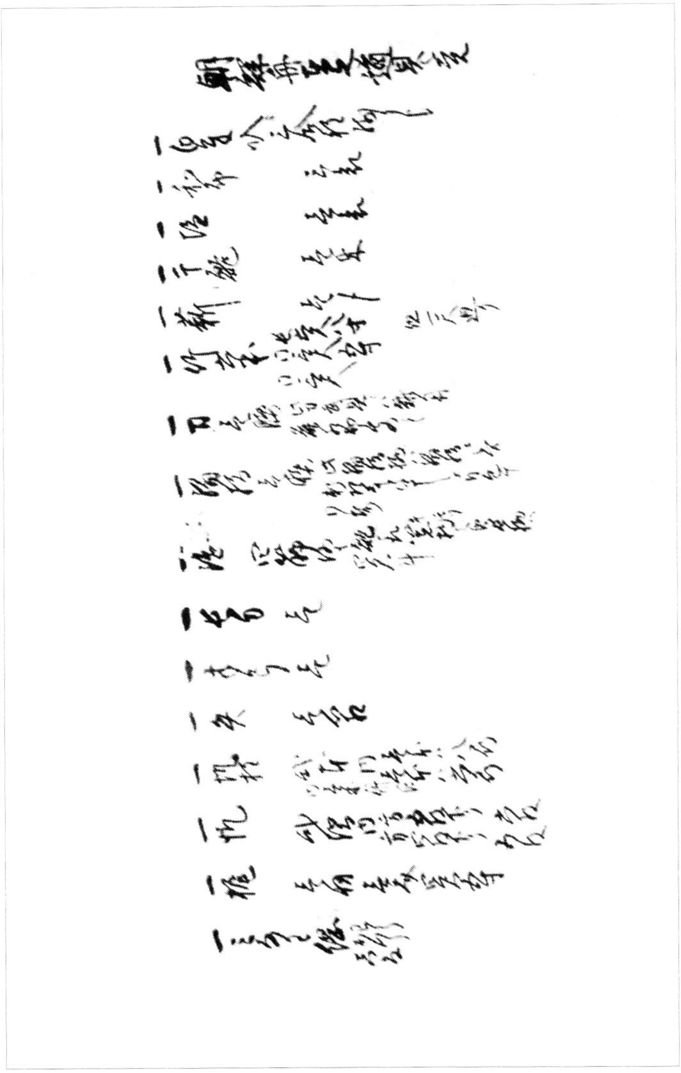

⑬

　朝鮮舟在之道具之覚

一、白米　叺二　三合程残リ申候

一、和布　三表

一、塩　壱表

一、干鮑　壱束

一、薪　壱〆

　　　　　　　長六尺八寸　但　一尺廻リ

一、竹　六本　同三尺五寸
　　　　　　　同三尺

一、刀　壱腰　此刀武具二八難用
　　　　　　　麁相成もの二候
　　　　　　　　此脇指柄ハ脇指二候へ共

一、脇指　壱腰　料理なといたし候二付包丁
　　　　　　　　同前

一、鑰　四筋　何モ鮑取器物之由長柄ハ
　　　　　　　四尺斗

一、長刀　壱

一、半弓　壱

一、矢　壱筋

一、帆柱　弐本　内壱本ハ八尋　壱本は六尋
　　　　　　　　内壱本ハ竹之由

一、帆　弐端内　方五枚下り六枚
　　　　　　　　方四枚下り五枚

一、梶　壱羽　壱丈四尺五寸
　　　　　　　わら

一、ミなわ網　かつら
　　　　　　　しな

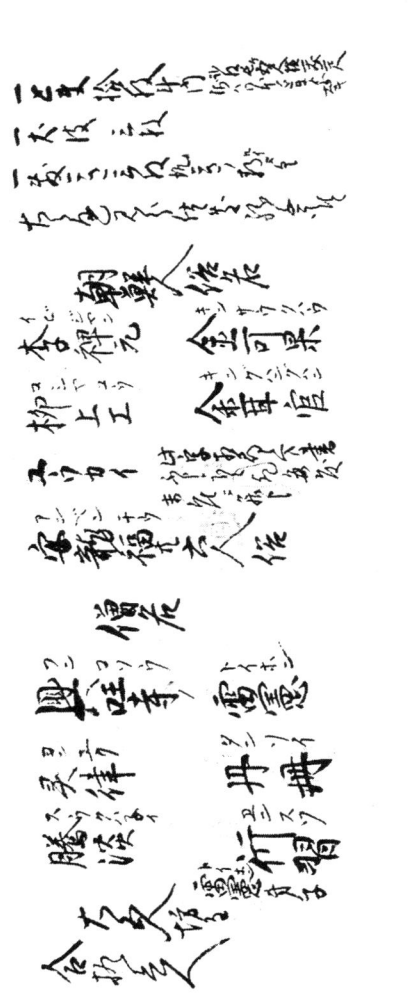

⑭

一、とま　拾枚斗内　　弐枚長サ五尺横一丈二尺

　　　　　　　　　　　残ハ日本ノとまヨリ少大キ

一、犬皮　三枚

一、敷き莫蓙　三枚　帆こさの類ニ而候

　右の通見分仕候処紛無御座候

　　　　朝鮮人俗名

　李禅元　　金可果
　イ ヒジュン　キンサウクハウ

　柳上工　　金甘官
　ユシャ コウ　キングハンクハン

　　ユウカイ　此字相尋候得共書

　　　　　　不申候下々歟毎度

　　　　　　末座ニ居申候

安龍福共六人俗
アンヘンチウ

　　僧侶

興旺寺　　雷憲
フンコソウ　トイホン

霊律　　　丹冊
ヨンユク　タンソイ

騰淡　　　衍習
スウハマイ　エンスツ

　　　　雷憲弟子
　　　　トイホン

　右、五人坊主

合拾壱人

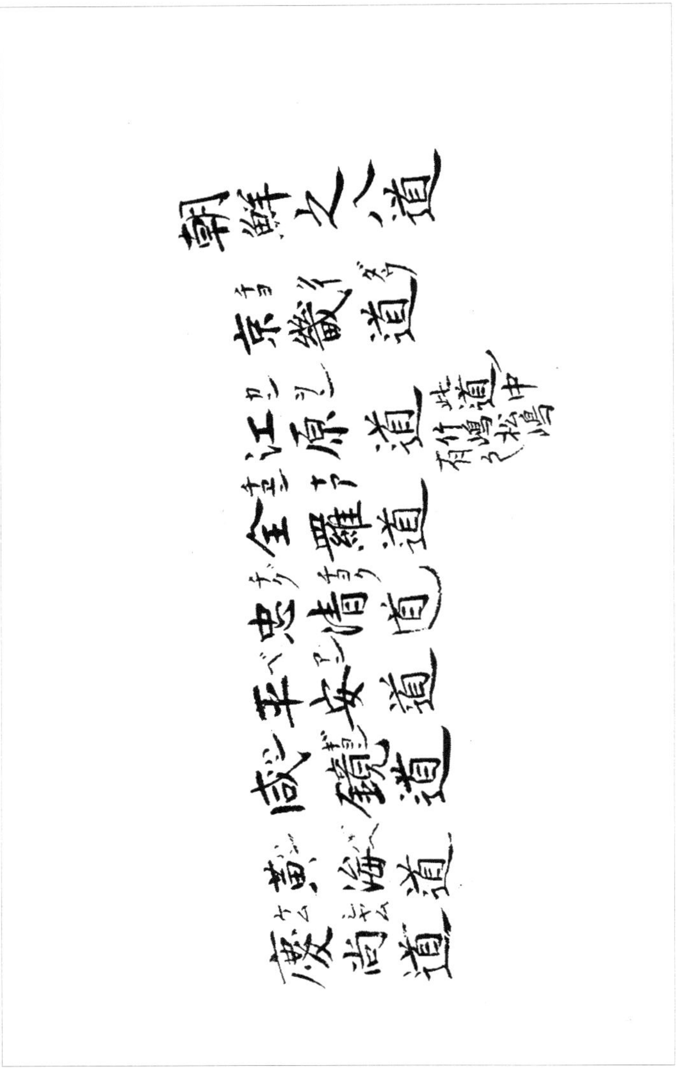
朝鮮之八道
京畿道
江原道　此道中竹嶋松嶋有之
全羅道
忠清道
平安道
咸鏡道
黄海道
慶尚道

⑮

朝鮮之八道

　京畿道 ^{チョクイダウ}

　　　　　此道ノ中ニ

　江原道 ^{カンヲン}　竹嶋松嶋

　　　　　有之

　全羅道 ^{チェンナア}

　忠清道 ^{チグチョク}

　平安道 ^{ヘアン}

　咸鏡道 ^{ハンギョン}

　黄海道 ^{ハンハヘ}

　慶尚道 ^{ケムシャム}

元禄覚書
겐로쿠오보에카키

飜刻文과 解釋文

古文書 1頁의 번각문과 해석문

朝鮮舟着岸一巻之覚書

　　　　　　　隠岐国嶋後

　一、朝鮮舟壱艘　長 上口三丈

　　　　　　　　　下口弐丈

　　　　　　　幅中二而上口壱丈弐尺

　　　　　　　深サ四尺 弐寸

　　　但八拾石程積可申候

　　　檣弐本

　　　帆弐ツ

　　　梶壱羽

　　　櫓五挺

　　　蓬

　　　木綿之はた　弐ツ艫二立申候

　　　木碇　弐挺

　　　かうそ綱四房

　　　敷物　ござ　　犬ノ皮

一、船中人数　拾壱人

　　　俗 安龍福

조선의 배 1척이 착안한 것에 대한 것을 1권의 각서로 기록했다.

오키국 도고

조선의 배 1척의 상황. 그 길이를 말하자면, 선체의 위 부분은 3장 (9m), 아래 부분은 2장(6m)이다. 배의 폭은 중간부분의 윗부분은 1장 2척(3.6m). 배의 깊이는 4척 2촌(1.3m)이다. 단, 80석(약 8톤) 정도의 쌀을 실을 수 있는 크기다. 돛대는 2개 있다. 돛도 둘이다. 키는 하나, 노는 다섯 자루다. 배를 덮는 가리개를 준비하고 있다. 목면제의 기 두 개를 뱃머리에 세우고 있다. 목제의 닻이 두 개다. 닥나무로 짠 그물이 넷 있다. 깔개의 거적, 그리고 개가죽이 있다.

1. 배안에 타고 있는 사람은 11인이다. 세속인은 6인으로 각각의 이름은 속인 안용복

古文書 2頁의 번각문과 해석문

俗 李禪元

俗 金可果

　俗三人名不書出年不書出

　坊主　　雷憲

　坊主雷憲弟子 衍習

　坊主　　三人名年不書出候

一、安龍福^{アンヘンチウ} 午歳四十三

　冠ノヤウナル黒キ笠水精ノ緒

　アサキ木綿ノウハキヲ着申候

　腰ニ札ヲ壱ツ着ケ申候

　表ニ通政太夫　安龍福

　年甲午生　表ニ住東菜　印彫入

　印判小キ箱　ニ入

　耳カキヤウジ小サキ箱ニ入

　　此弐色扇ニ着ケ持申候

一、金可果　年不書出

　冠ノヤウナル黒キ笠木綿之紐

　白キモメンノウハキヲ着申候

　扇ヲ持申候

속인 이비원 속인 김가과 나머지 속인 세 사람의 이름은 써내지 않았다. 나이도 써내지 않았다. 스님이 다섯 사람 있는데, 그 한 사람을 스님 뇌헌이라 한다. 스님 뇌헌의 제자 연습이라는 사람이 있다. 다른 스님 세 사람은 역시 자기들 이름을 써내지 않았다. 나이도 써내지 않았다.

1. 안용복은 갑오년(1654)에 태어난 사람으로, 나이는 43세다. 관과 같은 검은 삿갓을 머리에 쓰고, 수정을 단 끈으로 매었다. 열은 노랑색 목면으로 지은 저고리를 입고 있다. 또 허리에는 패를 차고 있다. 그 패의 표면에는 '통정대부 안용복 갑오년(1654)에 태어났다'라고 있다. 곁에는 '주동래'라는 인영이 새겨져 있다. 도장은 작은 상자에 넣고, 또 귀이개 이쑤시개 [같은 나무조각을] 작은 상자에 넣어, 그 두 가지 [물품을] 부채에 달아 [항상 몸에] 달고 다녔다.

1. 김가과다. 나이는 써내지 않았으므로 불명이다. 관과 같은 검은 갓을 쓰고, 흰 목면의 상의를 입고 있었다. 부채를 가지고 있었다.

古文書 3頁의 번각문과 해석문

坊主
一、興旺寺ノ住持雷憲 歳五十五
（フンゴウソウ）
　冠ノヤウナル黒キ笠木綿ノ紐
　細美ノウハキヲ着扇ヲ持申候
　己巳閏三月十八日金鳥山之
　朱印状雷憲所持仕候ヲ出シ申候ニ
　付則写申候
　康熙二十八年閏三月二十日
　金鳥山朱印ノ書付雷憲
　所持仕候ヲ出シ申ニ付則写シ申候
　箱壱ツ　長壱尺　はゝ四寸　高四寸
　錠ノカナク在リ
　　内ニ算木在竹ニ而作之申候
　　かけごニ硯ヲ仕組申筆墨在リ
　雷憲弟子アンスツ
一、坊主衍習　歳三十三ト申候
（アンスツ）
一、右安龍福　雷憲　金可果
　三人江在番人立会之時
　朝鮮八道之図ヲ八枚ニシテ所持仕候ヲ
　出シ申候則八道ノ名ヲ書写朝鮮ノ
　詞ヲ書付申候三人之内安龍福通詞ニテ
　事ヲ問申候得ハ答申候
一、舟中ニ荷物在之候哉ト尋候ヘハ

[승려]

1. 흥왕사의 주지 뇌헌. 나이는 55세다. 관과 같은 검은 갓을 쓰고, 목면의 끈으로 목에 매고 있었다. 결이 고운 상의를 입고 손에는 부채를 가지고 있다. 기사(원록2년, 1689) 윤3월 18일부가 있는 금조산의 주인장을 뇌헌이 소지하고 있었다. 그것을 제출했기에 베껴두었다. 또 강희 28년(1689) 윤3월 28일부의 금조산 주인의 서류도, 뇌헌은 가지고 있었다. 그것을 제시하자, 즉시 베껴두었다.

  상자 하나가 길이 1척(30cm), 폭4촌(12cm), 높이 4촌이고 그 상자에는 쇠붙이의 자물쇠가 붙어있다. 안을 보니, 대나무로 만든 산목(주판)이 있고, 또 그 안에 작은 상자에 싸인 벼루가 있고, 붓과 먹도 있었다.

  뇌헌의 제자 안스쓰

1. 스님의 이름은 연습, 나이는 33세라 한다.

1. 위의 안용복, 뇌헌, 김가과 3인을 재번인이 입회했을 때, 조선팔도지도를 8매로 해서 소지하고 온 것을 내보이며 팔도의 이름을 베껴서 조선말로 써넣었다. 3인 가운데 안용복을 통사로 하여 질문을 하면 답했다.

1. 배안에 짚이 있는가 물었더니.

古文書 4頁의 번각문과 해석문

　　干鮑少和布少在之候是ハ食事之

　　　　サイニ仕候由申候後ニ船中□書付別ニ御座候

一、船中ニ坊主五人乗セ候儀尋候ヘハ竹

　　　　嶋見物ヲ望ニ付同道仕候由申候

一、沙門宗派五人共ニ一宗カ又別宗カ

　　　　何宗そと尋候ヘハ雷憲其問ノ書

　　　　付ニ答ヲ書記申候然共其分ケ

　　　　不分明様ニ相聞ヘ申候依之翌廿一日ニ

　　　　宗旨名伯州ヘ参候わけ荷物等之

　　　　義書付相尋候ヘハ病人李禅元筆者

　　　　ニテ書出ス書付有リ則差上申候

一、安龍福申候ハ竹嶋ヲ竹ノ嶋と

　　　申朝鮮国江原道<ruby>東莱<rt>カンヲンタウトウナイ</rt></ruby>

　　　　府ノ内ニ<ruby>欝陵嶋<rt>ウンロンタウ</rt></ruby>と申嶋

　　　　御座候是ヲ竹ノ嶋と申由申候

　　　　則八道ノ図ニ記之所持仕候

一、松嶋ハ右同道之内<ruby>子山<rt>ソウサン</rt></ruby>ト申

　　　　嶋御座候是ヲ松嶋と申由是も

　　　　八道之図ニ記申候

一、当子三月十八日朝鮮国朝

　　　　飯後ニ出船同日竹嶋ヘ着タ

말린 전복 약간, 미역이 조금 있고 이것은 식재료라고 했다. 선중에 있는 짐은, 뒤에 기록한 서류가 따로 있습니다.

1. 배 안에 스님이 다섯 사람을 승선시킨 이유를 묻자, 죽도 관광을 희망했기 때문에 데리고 온 것이라고 이야기 했다.

1. 그 다섯 사문에 대해, 그 종파는 다섯 모두가 같은 일파인가 그렇지 않으면 다른 종파인가. 도대체 무슨 파인가라고 그들에게 물었다. 그러자 뇌헌이 그 질문에 답하여 써냈다. 그러나 그 곳에 기록한 것은 판독하기 어려워, 다시 물어도 불명료한 것이었다. 그래서 21일에 다시, 그 종파의 명칭이나 호키국에 가는 이유, 또 화물을 상세히 써낼 것을 요구했다. 그러자 병자인 이비원이 붓을 잡아 기록한 서류를 제출했다.

1. 안용복이 말하길 죽도는 대나무가 [자라 무성한] 섬이라 죽도라고 합니다. 조선국 강원도 동래부의 관할 내에 울릉도라고하는 섬이 있다. 이것을 [일본 측에서] 죽도(타케노시마)라고 말한다. 조선팔도의 그림에 [이 울릉도는] 기록되어 있고, 그 팔도의 지도를 그들은 지금, 소지하고 있다.

1. 송도는 같은 도 안에 있는 섬으로, 여기서는 자산이라고 하는 섬이 있다. 이것이 송도다. 이 섬도 팔도지도에 기록되어 있다고, 그들이 말하고 있다.

1. 그런데 이 쥐의 해(원록9, 1696) 3월 18일에 조선국을 조반 후에 출선했다. 그리고 같은 날 석양에 죽도에 도착해서

古文書 5頁의 번각문과 해석문

夕飯給申候由申候

一、舟数十三艘二人壱艘二九人
　　十人十壱人十弐三人十五人程宛
　　乗リ竹嶋迄参候由人数之
　　高問候而も一圓不申候

一、右十三艘之内十弐艘ハ竹嶋二而
　　和布鮑ヲ取竹ヲ伐リ申候
　　此事ヲ只今仕候当年者鮑
　　多モ無之由申候

一、安龍福申候ハ私乗参候船二ハ
　　拾壱人伯州江参取鳥
　　伯耆守様江御断之義在之罷
　　越申候順風悪布候而当地へ寄申候
　　順次第二伯州江渡海可仕候
　　五月十五日竹嶋出船同日松嶋江
　　着同十六日松嶋ヲ出十八日之朝
　　隠岐嶋之内西村之礒へ着
　　同廿日二大久村江入津仕候由申候
　　西村之礒ハ荒礒二而御座候二付
　　同日中村江入津是之湊悪候故
　　翌十九日彼所出候而同日晩二

석식을 먹었다고 말하고 있다.

1. 죽도에 건넌 그들의 선수는 13척이다. 각각의 1척에 9인, 10인, 11인, 12·13인, 15인 등이 타고, 죽도까지 왔다 한다. 인수의 합계를 물었으나, 그것에 대해서는 일체 답하지 않았다.

1. 위의 13척 중의 12척은 죽도에서 미역을 채취하거나 전복을 잡거나 대나무를 베는 일을 한다. 이러한 작업은 금년에도 행하고 있다. 다만 금년의 전복잡이는 아주 많다고는 말할 수 없다. 그러한 것을 말하고 있다.

1. 안용복이 말하기를, 자신들이 타고 온 배에는 11인이 있다. 지금부터 호키국에 가서 돗토리번의 호키노카미님에게 소송할 용건이 있다. 그 때문에 건너왔다. 운 나쁘게 순풍을 만나지 못해, 그 결과 당지에 기항했다 한다. 순풍이 부는 대로 호키를 향해 도해할 계획이라고 한다. 5월 15일에 죽도를 출발하여 동일에는 송도에 도착했다. 다음 16일에 송도를 출발하여 18일 아침에 오키도 니시무라의 해안에 도착했다. 그리고 20일에 오쿠무라에 입항했다는 것이다. 니시무라의 해안은 거친 해변이었으므로, 같은날 18일에 나카무라 항에 입항했다. 그러나 이 항도 정박하기에 나빠 다음날 19일에는 출발하여 그날 밤에,

古文書 6頁의 번각문과 해석문

　　　大久村之内かよひ浦卜申所二

　　　舟懸リ仕廿日二大久村江参

　　　懸リ居申候

一、竹嶋卜朝鮮之間三十里竹

　　　嶋卜松嶋之間五十里在之由申候

一、安龍福ととらべ式人四年巳前

　　　酉夏竹嶋二而伯州之舟二被連

　　　まいり候其とらべも此度召連

　　　参竹嶋二残置申候

一、朝鮮出船之節米五斗三升入

　　　□十俵積参候得共十三艘之者共

　　　給申候二付只今者飯米乏ク成候

　　　由申候

一、伯州用事仕廻竹嶋江戻リ

　　　十式艘之舟二荷物ヲ積セ

　　　改仕六七月之比帰国仕リ殿江も

　　　運上ヲ上ケ申筈之由申候

一、竹嶋ハ江原道東莱府

　　　之内二而御座候朝鮮国王之御名

　　　クモシヤン天下ノ名主上東莱府

오쿠무라 안에 있는 카요이 포구라는 곳에 배를 대고 정박했다. 그리고 20일 오쿠무라에 이르러, 이곳의 항에 배를 묶고 머문 것이다. 죽도와 조선의 사이는 30리이고, 죽도와 송도의 사이는 50리이다. 그렇게 그들은 이야기하고 있다.

1. 안용복과 도라베 두 사람은 4년 전 닭의 해 여름에 죽도에서 하쿠슈의 배에 끌려, 당지에 왔었다. 그 도라베는 이번에는 같이 오지 않고 그대로 죽도에 남겨두었다 한다.

1. 조선을 출발할 때는 쌀 5두 3승 들이 [큰 가마니를] 10가마니 정도 싣고 왔다. 그러나 13척의 승무원에 의해, 그 모두가 이미 소비되고 말았다. 지금에 이르러서는 식량이 떨어져서, 참으로 불안하고 걱정스러울 뿐입니다.

1. 호키국에서 용무를 마치고 죽도에 돌아가, 12척의 배에 짐을 싣고, 다시 6월이나 7월 경에 귀국하여 관리에게 세금을 바치기로 되어있다고 이야기 했다.

1. 죽도는 강원도 동래부 관할 내에 있다. 또한 조선국왕의 지배하에 있는 섬이라고 말한다. 그곳을 지배하는 왕의 이름은 금상이다. 천하에서 말하는 어명은 주상이라 한다. 그리고 동래부

古文書 7頁의 번각문과 해석문

殿ノ名一道方伯同所支配人之

名東菜府使卜申由申候

一、四年以前癸酉十一月日本二而

被下候物共書付之帳壱冊出シ

申候即写之申候

一、三人江在番人対談終リ舟江

三人共二帰リ其後二書簡ヲ差

出シ千鮑六包内壱包ハ大久村

庄屋へ五包ハ在番人へ之心入

二而指越候得共六包共二返シ申候

其書簡ノ奥二生菜菁菜

實菓請と御座候二付苣ねふか

榧実芹生姜なと遣シ申候尤

書簡之返事ヲモ相添遣申候

一、廿一日安龍福ヨリ書付出シ申飯

米二切レタ飯ヨリ食二絶候由申

越候二付舟江庄屋与頭右衛門罷リ

越様子相尋候へ者飯米無之

致難儀候朝鮮二而他国之舟

参候得ハ致馳走候処二此元二而ハ

관의 이름은 일도방백, 동소 지배인의 이름은 동래부사라 한다고, 그렇게 이야기했다.

1. 4년 전의 계유년(원록6, 1693) 11월에 일본에서 받았다는 것을 기록한 장부 한 권을 제출했기에 그것을 베꼈다.

1. 조선인 3인과 재번 역인의 대담이 끝나자, 3인은 함께 출발하여 배로 돌아갔다. 그 후, 서간을 보내며 말린 전복 여섯 포 중 한 포는 오쿠무라의 쇼야님에게 나머지 다섯 포는 재번 역인에 대한 마음을 나타낸 것이다. 그러나 이것은 받지 않고 여섯 포 모두를 돌려보냈다. 보낸 서간의 끝부분에 생채, 청채, 실과가 필요하다고 써 있었다. 그래서 상추, 파, 비자나무 열매, 미나리, 생강 등을 주었다. 물론 서간에 대한 답장도 딸려 보냈다.

1. 21일에 안용복한테 서간이 왔다(지참했다). 먹을 쌀이 떨어져, 이미 저녁부터 먹을 것이 없는 상태에 놓였다는 보고가 있었다. 그래서 그들의 배에 쇼야와 조장 에몬이 가게 되었다. 상황을 살펴보니 분명히 식량이 떨어져 어려워하고 있다. 조선에서는 타국의 배가 왔을 때에는 대접하게 되어있습니다만, 이쪽에는

古文書 8頁의 번각문과 해석문

大凡成義之様ニ申候ニ付庄屋申候ハ

爰許モ異国舟被放風参候節ハ

飯米等其外所相応之儀ハ御

調被遣候事ニ候其方義取鳥伯耆守様へ

訴訟在之参候と之申方ニ而候間

飯米等致用意可被参事と申候得者

不審尤成義ニ候竹嶋十五日ニ出候

得者其侭日本之地へ着等申候日本

之地ニ而ハ御如在無之と存右之通ニ候与

申候然共無覚束候間船中見可

申と庄屋申候得者成程見候様ニと

申ニ付見分仕候得者飯米入候叺之

内白米三合程残リ申候庄屋申候ハ

飯米切レ申候段見届申候爰元ハ

去年作不熟ニ而米払底ニて候

少々在之候而も悪米ニ而候不苦候ハ、

少ハ才覚可仕由申候得者致才覚

くれ候様ニト申ニ付在番所ヨリ参候

迠ハ延引ニ付大久村地下ヨリ取合

白米四升五合遣シ申候朝鮮升

壱斗壱升五合ニ斗立手配ヲ申候

迫付在番ヨリ米参候ヲ則白米ニ

그러한 관습은 없는 것입니까 라고 물어왔다. 그래서 쇼야는 이야기해 주었다. 이쪽에도 이국 배가 바람을 만나 표착했을 때에는 식량 등, 여러 가지를 제공하고 그에 상응하는 원조를 하게 되었습니다. 그러나 당신들은 돗토리번의 호키노카미님에게 소송한다고 말하며, 의도적으로 왔다. 그렇다면 먹을 쌀 등 미리 준비해두는 것이 당연할 것이다 라고 말했다. 그러자 이상하게 여기는 것도 당연하다고, 그들도 양해했다. 단 죽도를 15일에 출발하여 그대로 [목적으로 하는] 일본땅에 도착할 것이라고만 생각하고 있었다. 그 일본땅에서는, 더 이상 곤란한 일도 없을 것으로 생각했다. 그런데 위와 같은 일이 생겨버렸습니다. 그렇게 그들이 말했다. 그러나 역시 걱정입니다. 배 안을 잘 조사해 두자고 쇼야가 말했기에, 옳다고 생각하고 조사해 두기로 했다. 살펴보았더니 먹을 쌀을 넣어둔 가마니에 겨우 3합 정도밖에 남아있지 않았다. 쇼야가 말하기를, 분명히 먹을 쌀이 없다는 것을 보았습니다. 다만 당지는 작년에 불황의 농작으로, 이곳도 쌀이 부족한 상태입니다. 조금 있는 비축미도 조악품이다. 그러나 그것이라도 괜찮다면, 조금 준비하여 준비하겠다고 전했다. 그러자 꼭 준비하여 주시기 바랍니다. 그렇게 이야기 했습니다. 재번소에서 모아 준비하는 데는 시간이 걸린다. 그래서 우선 오쿠무라 지역에서 긁어 모은 백미를 4승 5합 정도 주었다. 그것을 조선말로 계산하면 1두 1승 5합 정도가 된다. 드디어 재번소에서 바로 백미를 보내주었다.

古文書 9頁의 번각문과 해석문

仕壱斗弐升三合遣シ候得者朝鮮

升三斗ニ斗立手配ヲ申候

右両度之米廿一日之夕と廿二日

三度之飯米在之由申候ニ付其

積リヲ以追々米才覚仕時々ニ

飯米あてかい渡シ申候

一、拾壱人之内名歳知レ不申分

猶又宗門之義銘々ニ願ハ書

記伯州へ訴訟之わけ書付出シ候

様ニと申候得者始ハ心得候由申候

処廿二日之朝ニ至リ其事共

書出スニ不及候伯州へ参委

細可申上由重而ハ其問者無

用ニ可仕由書付出申候則指上ケ

申候

雷憲廿二日ニ陸へ揚リ候時之
装束ハ

一、ウハキハ白木綿ノねツミニ

似タルヲ着シ申候

一、帽子ハ本朝禅宗ノ用候様

그것은 1두 2승 3합 정도의 쌀의 양이나, 조선말로 계산하면 3두나 될 정도다. 이 쌍방에서 제공된 쌀로, 21일 저녁밥과 22일의 세끼의 밥은 충분히 확보되게 되었다. 이러한 준비로 예정을 세웠다. 또 이어서 쌀을 준비하여, 상황에 맞추어 먹을 쌀을 충당하기로 했다.

1. 11인 중, 아직 이름이나 연령을 알지 못하는 자, 또 종파에 대해서도 알지 못하는 자, 그것을 써내라는 말을 전했다. 또 각각 원하는 일이 있을 경우, 그것을 써낼 것을 이야기했다. 그러자 처음에는 알았다고 이해했으나, 22일 아침이 되자, 그러한 것은 써내지 않는 것입니다. 호키에 직접 가서, 자세한 것을 이야기할 계획이므로, 거듭되는 질문은 필요 없다고 서면으로 제출해왔습니다.

뇌헌이 22일 육지에 올랐을 때의 복장은 다음과 같다.

1. 상의는 백목면의 것이었으나 [백색이 아니라, 이미 오래 입어서] 쥐색에 닮은 것이 되어 있었다. 그러한 상의를 입고 있었다.

1. 모자는 일본 선종의 승려가 사용하고 있는 것과 같은

古文書 10頁의 번각문과 해석문

成ヲ着シ申候
　地ハサイミウラハ白キ麻

一、数珠モ禅宗之用候様成ヲ
　　持申候玉之数十斗在之笠ハ
　　着不申候弟子衍習モ揚リ申候
　　装束雷憲ト同断
　　　　但衍習力珠数ノ玉太サ同ク
　　　　数ハ多相見へ申候
　　右廿二日　安龍福　李禅元　雷憲
　　同弟子陸へ上リ候事ハ西風強ク船
　　中不静物書候義不成候間陸へ
　　上リ書可申と申ニ付海辺近キ
　　百姓家へ入申候処其時ニ至リ
　　前々書付斗書出申候廿一日舟
　　ヲモ証懸リ申候書簡今度之
　　訴訟一巻と被為長々と仕たる
　　下書ヲ致シ本書をも証懸リ
　　候へとも廿二日陸へ上リ相談仕かへ
　　申候様ニ相見へ申候併前之書付
　　二而始終大体わけ聞へ申候
　　様ニ奉存候其通ニ而差置申候

것을 쓰고 있었다. 그 모자의 천은 가는 [실로 짜고] 이면은 흰 마제였다.

1. 염주도 일본의 선종이 사용하고 있는 것과 같은 것을 가지고 있었다. 그 염주의 수는 10개 정도다. 삿갓은 쓰고 있지 않았다. 제자 연습도 땅에 올라왔으나 그 복장은 뇌헌과 같았다. 단, 연습의 염주 크기는 뇌헌의 것과 같으나, 그 염주의 수는 많은 것처럼 보였다.

위의 22일에 안용복, 이비원, 뇌헌 그리고 제자(연습)가 상륙했다. 서풍이 강하여 불어 배가 흔들려, 차분히 문서를 작성할 수 없기 때문에, 상륙하여 차분히 쓰고 싶다고 말하기 때문에, 해변 가까이 있는 민가에 들어가게 했다. 입거하게 되자, 곧 전부터 작성하고 있던 서류를 이곳에서 쓰기 시작하게 되었다. 그것은 전날 21일에, 배 안에서 [글로 엮어] 쓰기 시작했던 증문의 서간이다. 이번의 소송을 위해 한 권으로 한, 길게 늘어 쓴 초고다. 그것을 본격적으로 완성하여, 증서의 형식으로 맞춘 것이다. 22일에 상륙하여 상담한 결과 [여기서 다시] 결정 한 것 같이 보인다. 이러한 경위와 이전의 서류 등으로, 이 일련의 자초지종을 대충 이해할 수 있게 되었다.

古文書 11頁의 번각문과 해석문

一、廿一日ヨリ廿三日迄も風雨強ク
　　御座候而西郷へ朝鮮舟廻シ候
　　事引舟仕候而も難成候二付而
　　番舟申付役人共付大久村二
　　其儘指置申候惣而十八日ヨリ
　　西風毎日強ク舟路ノ通ひ
　　不罷成荒申候
一、石州へ為右注進松岡弥次右衛門
　　渡海申付候二付廿二日弥次右衛門
　　呼戻シ高梨杢左衛門　河嶋理太夫
　　大久村江遣置申候飯米等廻シ
　　見斗庄屋方ヨリ渡させ候二付
　　朝鮮人悦申由二而書付指
　　出申候則差上申候
　　右此度朝鮮人一巻之書付
　　并朝鮮人出候奉書目録二記
　　之弥次右衛門持参仕候口上二茂
　　可申上候　　以上
　　　　　　　　中瀬　弾右衛門
五月廿三日
　　　　　　山本清右衛門
石州
　御用所

1. 21일부터 23일까지도 풍우가 강하여, 니시무라에 조선배를 회선시키려고 예인선을 사용하여 움직이려 했으나, 아주 어려운 일이었다. 그래서 배를 지키는 배를 정해두고, 지키는 역인을 남겨두고, 오쿠무라에 그대로 계류시켜 두라고 말했다. 이 18일부터 서풍이 매일 불어, 바다가 사나웠기 때문에 배의 왕래가 불가능한 상태가 지속되었다.

1. 이와미 대관소에 위의 사정을 주진하기로 했다. 그 역할을 마쓰오카 야지에몬에게 명했다. 22일에 야지에몬을 [오쿠무라에서] 불러들여 [이와미를 향해] 도해하도록 이야기했다. 마쓰오카 대신에 타카나시모쿠자에몬과 카와지마이타이유를 오쿠무라에 파견했다. 식량 등의 회송을 배려하며, 그것을 쇼야님에게 전하도록 했다. [식량을 얻은 일로] 조선인들은 기뻐하며 [감사의] 뜻을 서면으로 제출했다. 위와 같은 이번 조선인에 대한 일을, 이곳에 한 권의 서류로 하여 제출한다. 아울러 조선인이 제출한 서류를 목록에 기록하여 사자인 야지에몬에게 지참시킵니다. 그리고 구두로도 보고하게 합니다. 이상과 같은 일입니다.

나카세 히키에몬

5월 23일

야마모토 키요에몬

세키슈우

어용소

古文書 12頁의 번각문과 해석문

朝鮮舟在之道具之覚
一、白米　叺ニ　三合程残リ申候
一、和布　三表
一、塩　壱表
一、干鮑　壱束
一、薪　壱〆
　　　　　　　　長六尺八寸　但　一尺廻リ
一、竹　六本　同三尺五寸
　　　　　　　　同三尺
一、刀　壱腰　此刀武具ニハ難用
　　　　　　　麁相成ものニ候
　　　　　　　　　此脇指柄ハ脇指ニ候へ共
一、脇指　壱腰　料理なといたし候ニ付包丁
　　　　　　　　同前
一、鑢　四筋　何モ鮑取器物之由長柄ハ
　　　　　　　四尺斗
一、長刀　壱
一、半弓　壱
一、矢　壱筋

一、帆柱　弐本　内壱本ハ八尋　壱本は六尋
　　　　　　　　内壱本ハ竹之由
一、帆　弐端内　方五枚下り六枚
　　　　　　　　方四枚下り五枚
一、梶　壱羽　壱丈四尺五寸
　　　　　　　わら
一、ミなわ網　かつら
　　　　　　　しな

조선 배에 있는 도구 일람

1. 백미 가마니에 3홉 정도 남아있다.　1. 미역 3표가 있다.　1. 소금 1표가 있다.

1. 마른 전복 1속이 있다.

1. 장작 한 묶음이 있다.

1. 대가 6그루 있다. 길이 3척85촌이고, 들레가 1척의 것이다. 또 마찬가지로 길이가 3척 5촌의 것이 있고,　3척의 것도 있다.

1. 칼 한 자루가 있다, 이 칼은 무기로 쓰기는 어렵다. 즉 조악품이다.

1. 협도 1자루가 있다. 이것은 분명히 협도이지만 요리에 사용하는 식칼과 같은 것이다.

1. 창이 4자루 있다. 모두 전복을 잡는 무구다. 잡이가 긴 것은 4척 정도의 것도 있다.

1. 긴 칼이 하나 있다. 1. 반궁(半弓)이 하나 있다. 1. 화살 하나가 있다.

1. 돛대 2개 있다. 그 중 하나는 8발의 길이다. 그리고 다른 하나는 6발이다. 그 중의 하나는　대나무로 만든 돛대다.

1. 돛이 2개 있다. 그 중 하나는 사각(사각형의 자리)이 5매 매달린, 6매를 [늘어놓은 것]이다. 또 하나는 사각형의 자리가 4매 매달리고, 5매를 [늘어놓은 것]이다. 1. 키는 하나 있다. 1장 4척 5촌의 것이다.

1. 엮은 그물이 하나 있다. 짚이나 넝쿨, 참피나무의 껍질[로 만들었다].

古文書 13頁의 번각문과 해석문

一、とま　拾枚斗内　　弍枚長サ五尺横一丈二尺

　　　　　　　　　　　残ハ日本ノとまヨリ少大キ

一、犬皮　三枚

一、敷き莫蓙　三枚　帆こさの類ニ而候

　　右の通見分仕候処紛無御座候

　　　　朝鮮人俗名

　　李禅元　金可果

　　柳上工　金甘官

　　ユウカイ　此字相尋候得共書

　　　　　　不申候下々歟毎度

　　　　　　末座ニ居申候

安龍福共六人俗

　　　僧侶

興旺寺　雷憲

霊律　丹冊

騰淡　衍習

　　　　雷憲弟子

　右、五人坊主

合拾壱人

1. 멍석이 10장 정도 있다. 그 중 2장은 길이가 5척, 폭이 1장 2척이다. 남은 것은 일본 멍석보다 조금 크다.

1. 개가죽이 3장 있다.

1. 까는 방석이 3장 있다. 돛의 걸개 종류다. 위와 같이 확인한 바 틀림없습니다.

위와 같이 조사 하였습니다. 틀림 없습니다.

조선인의 속명은

이비원 김가과 유상공 김감관 유우카이 <어떤 문자인가를 물었으나, 쓰지 않았다. 아마 하급사람인 것 같다. 항상 말석에 대기하고 있었다. > 안용복과 6인의 속인이 있다.

승려의 이름을 이하에 기록한다.

흥왕사의 스님 뇌헌 그리고 영율 단책 등담 연습

　　　　　　　　　　뇌헌의 제자

위 6인의 스님이 있다.

속인 6인과 5인의 스님, 합계 11인의 조선인 일행이다.

古文書 14頁의 번각문과 해석문

朝鮮之八道

　　京畿道_{チョクイダウ}

　　　　　　此道ノ中ニ

　　江原道_{カンヲン}　竹嶋松嶋

　　　　　　有之

　　全羅道_{チェンナァ}

　　忠清道_{チグチョク}

　　平安道_{ヘアン}

　　咸鏡道_{ハンギョン}

　　黄海道_{ハンハヘ}

　　慶尚道_{ケムシャム}

조선의 팔도를 다음에 나타낸다.

경기도

강원도 (이 도 안에 죽도와 송도가 있다.)

전라도

충청도

평안도

함경도

황해도

경상도

元禄覚書

겐로쿠오보에가키

전체의 해석과 해설

【表紙】

上紙共八丁

元禄九丙子年朝鮮舟着岸一巻之覚書

《現代語訳》

上紙を含めて八枚にわたる書き付けである。

元禄九年(一六九六)丙子の年、朝鮮の船が[隠岐国に]着岸した。[その出来事を]一巻にしたため、覚書として、ここに保存する。隠岐国の島後[に、その朝鮮舟が来島した。その一行の次第である。]

표지를 포함하여 8매로 기록한 것이다. 원록9(1696)년 병자년에 조선의 배가 오키노쿠니 착안했다. [그 상황을] 한 권으로 적어, 각서로 해서 보존한다. 오키노쿠니의 도고[에 그 조선의 배가 왔다. 그 일행에 대한 것이다].

【本文1】

　朝鮮舟着岸一巻之覚書
　　　　　隠岐国生嶋後

一、朝鮮舟壱艘　　長上口三丈
　　　　　　　　　　下口弐丈
　　　　　　　　幅中二而上口壱丈弐尺
　　　　　　　　深サ四尺弐寸
　　　　但八拾石程積可申候
　　　檣　　　弐本
　　　帆　　　弐ッ
　　　梶　　　壱羽
　　　櫓　　　五挺
　　　蓬
　　　木綿之はた[1]弐ッ艫ニ立申候
　　　木碇　弐挺
　　　かうそ綱　四房
　　　敷物　ご[2]ざ　犬ノ皮

---

1)　者多(孫)

2)　(に) (孫)

《現代語訳》

朝鮮の舟着岸一巻の覚書 隠岐国 嶋後

一、朝鮮の船一艘のあらまし。

　　その長さを示せば、船体の上方部分は三丈(九㍍)、

　　下方部分は二丈(六㍍)である。

　　船幅は中程の上方部分で一丈二尺(三・六㍍)、

　　船の深さは四尺二寸(一・三㍍)である。

　　但し、八十石(約八㌧)程の米を積むことができるという大きさで
ある。

　　檣(帆柱)は二本あり、

　　帆も二つである。

　　梶は一羽、櫓は五挺である。

　　船を覆う篷(蓬、苫)を備えている。

　　木綿製の「はた(織、幟、旗)」を二つ、艫(とも)に立てている。

　　木製の碇(繋留杭)が二挺、

　　こうぞ(楮)製の綱が四房ある。

　　敷物はござ(莫蓙)そして犬の皮がある。

조선의 배 1척이 착안한 것에 대한 것을 1권의 각서로[3] 기록했다.

오키노쿠니[4] 도고.[5]

1. 조선의 배 1척의 상황.

그 길이를 말하자면, 선체의 위 부분은 3장(9m),

아래 부분은 2장(6m)이다.

배의 폭은 중간부분의 윗부분은 1장 2척(3.6m)

배의 깊이는 4척 2촌(1.3m)이다.

단, 80석(약 8톤) 정도의 쌀을 실을 수 있는 크기다.

돛대는 2개 있다.

돛도 둘이다.

키는 하나, 노는 다섯 자루다.

배를 덮는 가리개를 준비하고 있다.

목면제의 기 셋을 뱃머리에 세우고 있다.

목제의 닻이 두 개다.

닥나무로 짠 그물이 넷 있다.

깔개의 거적, 그리고 개가죽이 있다.

---

3) 覚書. '오보에가키'라고 읽으며 여러 의미가 있다. 필요한 것을 잊지 않도록 기록한 것. 메모. 생각나는 대로 기록한 것. 자신의 평론이나 논문을 겸손하게 표현한 것. 외교문서 중, 약식으로 주고받은 문서. 일반적으로 수신자명이나 서명이 없는 국제회의나 외교교섭의 논지를 요록한 것. 상대국에 대한 희망이나 의견을 전달하거나, 조약의 부대사항을 보족하는 경우에 사용된다. 자국의 대사나 공사의 서명이 있는 것은 정식외교문서로 취급된다.

4) 島根県 북동부, 동해상에 있는 隠岐 제도의 옛날 이름. 隠州. 山陰道에 속하고 島前(知夫里島, 西島, 中島), 島後(大島)로 구성되었다. 知夫·海部(후의 海士)周吉·穏地의 4군으로 나뉜다. 옛날부터 본토와 교류하고 있었으며, 조선으로 가는 교통의 요지였다. 1869(明治2)년에 隠岐県이 되어, 익년에 大森県과 합하여 浜田県이라 개칭하고, 1875년에 島根県에 소속시켰다.

5) 山陰 본토에서 보아, 앞에 있는 도서군을 島前, 그리고 뒤에 있는 주도를 島後라 한다. 토젠·토고라 읽지 않고, 도젠·도고라고 탁해서 읽는 것은, 島의 전후가 아니라, 道의 전후를 표현하기 때문이다. 즉 隠岐道前, 隠岐道後라는 것이다.

　ここに記された「木綿之はた弐ツ」とは、江石梁(岡嶋正義)の『竹島考』に載る船験(旗)となったものである。「青谷ノ茶屋兵助ガ許ニ、其時ニ来リシ異舶ノ人員之記、並ニ船験ノ図ヲ所持セリ、如左」とある部分で、この船験(旗)には「朝欝両島監税将臣安同知騎」と墨書されていた。その裏面にも「朝鮮国(文字は口へんに玉)安同知乗舟」と墨書されていた。そしてこの旗の下部に、今一つ小旗が掲げられており、そこにも「起船尾見盛稲又帰古郷思農村」と墨書されていた。隠岐に滞在した時、このような墨書は記されていないから、隠岐を起ち因幡へ至る海上で、この墨書は記されたのであろう。その墨書の内容とは、安龍福一行の、この航海に賭ける強い決意の現れである。

　鳥取藩へ向け「朝欝両島監税将」で「朝鮮国王の使臣」と自らを名乗る行動は、隠岐滞在の間に、さらに強化されたと見るべきである。隠岐に渡り、ここで島庁役人と対談したことによって、いかに行動すれば彼らの冒険物語は成功に至るのか、それを掴んだのである。その結果、さらに大言壮語する決意をもって墨書した。そして鳥取藩に向かったのである。

　今一つの小旗の記載は、その冒険壮士たる思いを述べたものである。「船尾に起って見れば盛んに実る稲穂が見える」とは、胸裡によぎる豊饒の光景、富貴の心情である。波涛の彼方、緑豊かな故郷の田園風景に向

け、「また帰るべき故郷、その農村を思う」のは、すなわち利を得て帰郷しようとする心算である。安龍福一行が大言壮語するに至った要因とは、隠岐で島庁役人から仕入れた情報であろう。すなわち竹島渡海禁止令である。この情報をひっさげ、鳥取藩庁で、さらにしたたかな交渉を行った。それゆえ鳥取藩の藩役人の方は、腰が引けたのである。

● ● ● ● ● ● ●

　이곳에 기록된 「목제의 닻이 둘 있다」은 에세키료(오카지마 마사요시)의 『죽도고』에 기록된 배의 깃발이다. 「아오야의 차야 헤이스케가 그때 온 이국선에 탄 사람에 대한 기록, 그리고 배의 기를 그린 그림을 가지고 있다. 아래와 같다」라고 하는 부분에서 말한 배의 기에는 「조울양도감세장 신 안동지기」라고 묵서 되어 있다. 그 뒷면에도 「조선㖦 안동지승주」라고 묵서 되어 있다. 그리고 그 기의 하부에 또 하나의 작은 기가 걸려 있다. 그곳에도 「선미에 서서 무성한 벼를 본다. 다시 돌아갈 고행의 농촌을 그리워 한다」라고 묵서 되어 있다. 오키에 체재했을 때, 이러한 묵서는 기록되어 있지 않았으므로, 오키를 출발하여 이나바로 가는 해상에서 이 묵서를 기록했을 것이다. 그 묵서의 내용에는 이 항해에 대한 안용복일행의 강한 결의가 나타나 있다.

　돗토리번을 향해 「조울양도감세장」이고 「조선국왕의 사신」이라고 스스로를 칭하는 행동은 오키에 체재하는 동안 더 강화된 것으로 보아야 한다. 오키에 건너가 이곳에서 도청 역인과 대담하며 어떻게 하면 그들의 모험6)이 성공할 수 있을까 그것을 알게 된 것이다. 그 결과 더 대담한 이야기할 것을 정하고 묵서했다. 그리고 돗토리로 향한 것이다.

또 하나의 기에 기록된 것은 모험 장사다운 생각을 읊은 것이다. 「선미에 서서 보니 잘 읽은 벼 이삭이 보인다」은 가슴에 스치는 풍요의 광경이고 부귀의 마음이다. 파도 저편의 녹음이 짙은 고향의 전원풍경을 향해 「다시 돌아갈 고향 그 농촌을 생각한다」은 것은 곧 이익을 얻어 귀향하겠다는 심산일 것이다. 안용복 일행이 호언장담하게 된 요인은 오키에서 도청 역인한테 들은 정보였을 것이다.[7] 즉 죽도도해 금지령이다.[8] 이 정보를 가지고 돗토리번청에서 더 강경한 교섭을 했다. 그래서 돗토리번의 역인들은 당황한 것이다.

---

6) 안용복의 도해가 조선의 정식허가를 받지 않았다는 사실과 돗토리항이 후대한 것을 같이 생각하면, 「조울양도감세장」이라는 깃발을 달고 입항한 것에는 풀리지 않는 의문점이 많다. 이런 것을 감안한 표현이라고 생각한다.

7) 막부가 일본인의 죽도/울릉도 도해를 금하는 형식으로, 그것이 조선의 영토라는 것을 인정한 것은 1696년 1월 28일이었다. 그러나 대마도주는 막부의 명을 어기면서까지, 그 사실을 조선에 알리지 않았다. 또 鳥取藩에는 발설하지 말아 달라는 요청까지 했다. 그런 상황에서 안용복이 도해하여, 그 정보를 오키에서 얻었을 것이라는 추측에 근거 하는 추정에 불과하다. 안용복이 도해한 의미의 판단에는 신중을 기해야 한다.

8) 米子의 어민 大谷家와 村川家는 1625년부터 막부의 허가를 얻었다며 울릉도와 자산도에, 조선의 허가 없이 밀어를 시작하여, 1696년 1월 28일에 그것을 금하는 죽도도해 금제령이 내릴 때까지 지속했다. 이것은 이상한 점이 많은 허가로, 지역상인과 막부의 권력자의 유착에 의한 것으로 추정되기도 한다. 비합법적으로 허가했다, 안용복의 납치를 계기로 조선과 일본 양국 간의 문제로 발전하자, 막부의 노중들이 서둘러 일본 어민들의 도해를 금한 것으로 생각된다. 주인선의 이익사업에 깊이 간여한 노중들과 지역상인 간의 유착관계는 정밀한 검토를 필요로 한다.

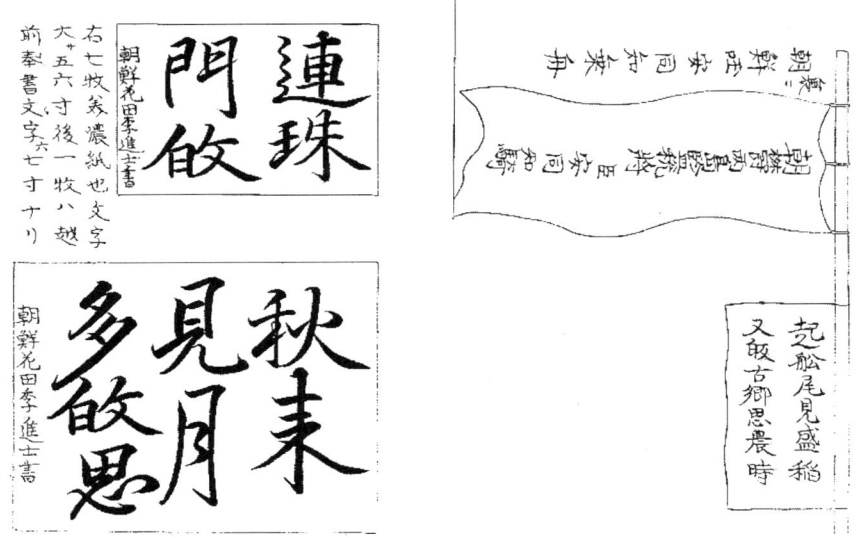

『因幡志』筆記之部三 (제이앤씨)141페이지

【本文2】

一、船中人数　拾壱人

　　俗

　　　安龍福

　　俗

　　　李裨元

　　俗

　　　金可果

　　俗

　　　三人名不書出年不書出

　　坊主

　　　雷憲

　　坊主雷憲弟子

　　　衍習

　　坊主三人名年不書出候

《現代語訳》

　船中の人数は十一人である。

　世俗の人は六人で、そのそれぞれの名は、

　俗　安龍福、

　李禅元、

　金可果、

　他の三名の者は名を書き出さず、年も書き出さなかった。

　坊主が五人いて、

　その一人を雷憲という。

　雷憲の弟子で衍習というのがいる。

　他の三名は、やはり自らの名を書き出さず、年も書き出さなかった。

배를 타고 있던 사람은 11인이다.

세속인은 6인으로 각각의 이름은

안용복

이비원

김가과

다른 세 사람의 이름은 써내지 않았다. 나이도 써내지 않았다.

스님이 다섯 사람 있는데,

그 한 사람을 스님 뇌헌이라 한다.

스님 뇌헌의 제자 연습이라는 사람이 있다.

다른 스님 세 사람은 역시 자기들 이름을 써내지 않았다. 나이도 써내지 않았다.

　江戸幕府が編纂した『通航一覧』巻之百三十七、朝鮮国部百十三「竹島」
に「此の年(元禄九年)夏、朝鮮人十一人因幡州に来り、云々」とある。船
中の人数は十一人であった。『肅宗実録』巻三十、丙子二二年(一六九六、
元禄九年)八月壬子条には、この時の一行十一人の名が載っている。以下
に掲げる。

東莱人	安龍福
平山浦人	李仁成
楽安人	金成吉
延安人	金順立
興海人	劉日夫
寧海人	劉奉石
順天僧	雷憲
	勝淡
	連習
	霊律
	丹責

에도 막부가 편찬한 『통항일람』 137권, 조선국부 113 「죽도」에 「이 해(원록9년) 여름에 조선인 11인이 이나바주에 왔다. 운운」이라고 되어 있다.[9] 배 안에 있는 사람은 11인이었다. 『숙종실록』 권30 병자 22년(1696, 원록9년) 8월 임자조에는 그때의 일행 11인의 이름이 올라있다. 아래와 같다.

동래인   안용복

평산포인 이인성

낙안인   김성길

연안인   김순립

흥해인   유일부

순천승   뇌헌

　　　　승담

　　　　연습

　　　　영율

　　　　단책

---

9) 에도 막부가 구미제국의 압력을 느끼기 시작하며, 막부 초기 이래 외국과의 역사를 밝히기 위하여 편찬한 외교 사료집이다. 이국선을 물리친 일까지 취급했다. 정편은 嘉永3(1850)년부터 1856년에 걸쳐 편찬되었다. 345권이다. 이어 속편이 편찬되어 安政3(1856)년 경에 178권이 완성되었다.

また『竹島考』にも、この時の十一人の名が載る。以下に掲げる。

三品堂上臣	安同知
進士軍官	李禅将
進士軍官	金禅将
帯率	金沙工
帯率	劉格率
帯率	劉漢夫
金鳥僧将釈氏	憲判事
釈氏帯率僧	淡法主
	習化主
	律化主
	責化主

또 『죽도고』에도 이 때의 11인의 이름이 있다. 아래와 같다.

삼품당상관	안동지
진사군관	이비장
진사군관	김비장
대솔	김사공
대솔	유격솔
대솔	유한부
금조승장석씨	헌판사
석씨대솔승	담법주
	습화주
	율화주
	책화주

　また後に述べるが、この『元禄九丙子年朝鮮舟着岸一巻之覚書』の調査記録には別記が添えられている。それが「朝鮮舟在之道具之覚」である。ここに十一人の名が載っている。以下に掲げる。

　　　　安龍福（アンヘンチウ）

　　　　李裨元（イ　ヒ ジェン）

　　　　金可果（キンサウクハウ）

　　　　金甘官（キングハングハン）

　　　　柳上工（ユ シャコウ）

　　　　ユウカイ

　　　　雷憲（トイ ホン）

　　　　騰淡（スウクハ ソイ）

　　　　衍習（エンスツ）

　　　　霊律（ヨンユク）

　　　　丹冊（タンソイ）

　以上、渡来してきた十一人の名は、ほぼ同様の名で一致する。

또 뒤에 이야기되나 이 『원록구병자년조선주착안일권지각서』의 조사기
록에는 별기를 첨부하고 있다. 그것이 「조선주재지도구지각」이다. 이곳에
11인의 이름이 있다. 아래와 같다.

안용복

이비원

김가과

김감관

유상공

유우카이

뇌헌

등담

연습

영율

단책

이상 도래한 11인의 이름은 거의 같은 이름으로 일치한다.

표로 정리하면 다음과 같다.

오키(隱岐)	호키(伯耆)	귀국 후
安龍福 43세	安同知(朝欝両島監税将)	安龍福(東莱人)
李䄍元	金䄍将(進士軍官)	李仁成(平山浦人)
金可果	金䄍将(進士軍官)	金成吉(楽安人)
金耳官	金沙工(帯率)	
柳上工	劉格率(帯率)	劉日夫(興海人)
유우카이	劉漢夫(帯率)	劉奉石(寧海人)
뇌헌 55세	雷憲(金烏僧将釈氏)	雷憲(順天僧)
衍習 33세	習化主(釈氏帯率僧)	金順立(責延安人)
靈律	律化主(釈氏帯率僧)	靈律丹(僧淡連習)
勝淡	淡法主(釈氏帯率僧)	
丹責	責化主(釈氏帯率僧)	
朝鮮舟着岸一巻之覚書	竹島考	朝鮮王朝実録

(内藤正中著, 권오엽・권정 역 『독도와 죽도』, 제이앤씨, 2005)

【本文3】

一、安龍福 _{アンヘンチウ} 午歳四十三

　　冠ノヤウナル黒キ笠水精ノ緒

　　アサキ木綿ノウハキヲ着申候

　　腰ニ札ヲ壱ツ着ケ申候

　　表ニ通政太夫

　　　　　　　安龍福　年甲午生

　　表ニ住[1]東菜[2]　印彫入

　　印判小キ箱ニ入

　　耳カキヤウジ小サキ箱ニ入

　　　　此弐色扇ニ着ケ持申候

---

1) □ (孫)

2) 孫은 '菜'의 원문은 '来'라 했으나 '菜'로 보인다.

《現代語訳》

安龍福は午年(一六五四)生まれの人で、年は四十三歳である。

冠のような黒い笠を頭に載せ、水精(水晶)を付けた緒で括り、

浅黄色の木綿製の上衣を着ていた。また腰には札を着けていた。

その札の表面には「通政大夫 安龍福 年甲午生」とあり、

その札の表面(裏面의 오기)には「住東莱(東莱に住む)」の印影が彫り込まれていた。

印判を小さな箱に入れ、

また耳掻き楊枝[の如き木片]を小さな箱に入れ、

この二色の[品を]扇に着け[常に身に]持っていた。

안용복은 갑오년(1654)에 태어난 사람으로, 나이는 43세다.

관과 같은 검은 삿갓을 머리에 쓰고, 수정을 단 끈으로 매었다.

옅은 노랑색 목면으로 지은 저고리를 입고 있다. 또 허리에는 패를 차고 있다.

그 패의 표면에는 「통정대부 안용복 갑오년(1654)에 태어났다」라고 있다.

그 패의 표면(이면의 오기)에는 '주동래' 라는 인영이 새겨져 있다.

도장은 작은 상자에 넣고,

또 귀이개 이쑤시개 [같은 나무조각을] 작은 상자에 넣어,

그 두 가지 [물품을] 부채에 달아 [항상 몸에] 달고 다녔다.

　安龍福は朴於屯と共に、元禄六年(一六九三)欝陵島から伯耆国へ連行
され、取り調べを受けた。江石梁(岡嶋正義)の『竹島考』には、欝陵島で
の出合の折、自らの出自についての記述がある。すなわち「吾が在所は朝
鮮国慶尚道東菜県の者にて、アンピンシヤ、年齢四十二才なり。是なる
者は蔚山の人にて、トラへと云へり、年齢三十四才なり」とある。この元
禄九年(一六九六)隠岐に着岸した安龍福は、自らを甲午年(一六五四)生ま
れの四十三歳と語った。腰に着けた札には「年甲午生」とあり、彼の語っ
た年齢と一致する。だから安龍福の年齢は元禄六年(一六九三)には四十
歳であった。つまり『竹島考』の記載は二歳ほど年長にしている。安龍福
が鳥取で虚偽を語ったのか、記録伝承の誤伝か、岡嶋正義の錯覚か、そ
のいずれかであろう。岡嶋が『竹島考』を著したのは文政十一年(一八二
八)のことで、事件から百年以上も後のことである。だから二歳ほどの相
違は、安龍福の虚偽というより、時代を経たための間違いである方が、
遥かに可能性は高い。

　ともあれ東菜の人アンピンシヤと、蔚山の人トラエという二人の人物
が、元禄六年、隠岐を経由し、伯耆国にやってきた。そして元禄九年、
このアンピンシヤが、他に十人の仲間と共に、再び隠岐へ渡ってきた。

　안용복은 박어둔과 같이 원록6(1693)년에 울릉도에서 호키노쿠니에 납치되어, 조사받았다. 에세키 료(오카지마 마사요시)의 『죽도고』에는 울릉도에서 만났을 때, 자기의 출신에 대한 이야기를 했다. 즉, '내가 사는 곳은 조선국 경상도 동래현 사람으로 안펑샤, 나이는 42세다. 이 사람은 울산 사람으로 도라헤라 한다. 나이는 34세다'라고 되어 있다. 원록9년(1696)에 오키에 착안한 안용복은 스스로가 갑오년(1654) 생 43세라고 말했다. 허리에 찬 패에는 「년갑오생」이라고 있어, 그가 이야기한 연령과 일치한다. 그러므로 안용복의 연령은 원록6년(1693)에는 40세였다. 즉, 『죽도고』의 기재는 2세 정도 연장으로 하고 있다. 안용복이 돗토리에서 거짓말을 했거나, 기록 전승이 잘못되었거나, 오카지마의 착오일 것이다. 오카지마가 『죽도고』를 지은 것은 분세이11년(1828)의 일로 사건으로부터 백 년 이상 (125년) 후의 일이다. 그러므로 두 살 정도의 차이는 안용복의 허위라고 말하기보다는 시대가 지났기 때문에 생긴 차이로 보는 것이 훨씬 가능성이 많다.

　어쨌든 동래 사람 안펑샤와 울산 사람 도라헤라는 사람 두 사람이 원록6년에 오키를 경유하여 호키국에 건너갔다. 그리고 원록9년에 안펑샤가 다른 10사람의 일행과 같이, 다시 오키에 건너갔다.

　伯耆国米子の大谷家に残る古文書『竹嶋渡海由来記抜書控』には、元禄六年「連れ帰りし唐人の名はアヒチャン、トラエイ」とある。安龍福はアヒチャン、朴於屯はトラエイの名を残す。対馬藩記録『竹島紀事』の元禄六年は、安龍福を「ハンビチヤグと申す釜山の唐人」と記載する。アンピンシャ、アヒチャン、ハンビチヤグとは、つまり安禅将ということである。禅将とは将軍を補佐する副将(部隊長)のことである。安龍福は、すでに元禄六年、この禅将を自称していた。そして元禄九年(一六九六)安龍福は、さらに通政大夫を自称する。通政大夫とは東斑階の正三品堂上という高位である。朝鮮通信使(正使)や東莱府使(長官)都護府使(長官)などが帯びる堂上の官位である。彼が今回、この隠岐から因幡に渡った時、三品堂上の臣・安同知と自称した。その渡航船に掲げられた船験の旗には「朝欝両島監税将臣安同知騎」とあった。朝欝両島の監税将たる臣・安同知が騎乗する船であると、そのように宣伝する旗印である。同知とは従二品の官職である。彼が自称する位階は、元禄六年の時から、この元禄九年に至り、さらに高位となっていた。

　この元禄九年、隠岐においての安龍福の名は、その漢字記載に加え「アンヘンチウ」と読みが記されている。このアンヘンチウとは、因幡に赴いた折の自称「安同知」のことかもしれない。矢田高当の『長生竹島記』も、この安龍福を「あべんてふ」と記している。また『長生竹島記』は朴於屯を「虎へひ」と記している。

　호키노쿠니 요나고의 오야케에 남은 고문서 「죽도도해유래기발서공」에
는 원록6년에 '납치한 조선인의 이름은 안히챤, 도라에이'라고 되어 있다.
안용복은 안히챤, 박어둔은 도라에이라는 이름을 남긴다. 쓰시마번의 기록
"죽도기사" 원록6년에는 안용복을 '한비챠구라고 말하는 부산의 조선인'이
라고 기재되어 있다. 안핑샤, 아히챤, 한비챠구란 안비장을 말한다. 비장이
란 장군을 보좌하는 부장(부대장)을 말한다. 안용복은 이미 원록6년에 이
비장을 자칭하고 있었다. 그리고 원록9년(1696)의 안용복은 다시 통정대부
를 자칭했다. 통정대부란 동반 계급의 정삼품 당상이라는 고위다. 조선통
신사(정사)나 동래부사(장관) 도호부사(장관) 등이 차는 당상의 고관이다.
그리고 이번에 오키에서 이나바에 건너갔을 때, 삼품당상의 신·안동지를
자칭했다. 그 도항선에 건 깃발에는 「조울양도감세장신안동지기」라고 되
어 있다. 조울 양도의 감세장인 신·안동지가 탄 배라고, 그렇게 선전하는
깃발이다. 동지란 종이품의 관직이다. (그가 자칭하는 위계는 원록6년부터,
이 원록9년에 이르러서는 더 높은 고관으로 되어 있다.)

　이 원록9년, 오키에서 안용복의 이름은 한자 기재에 첨가하여 '안헨치
우'라는 음이 기록되어있다. 이 안헨치우란 이나바를 향했을 때의 자칭한
'안동지'를 말하는 것인지도 모른다. 야다타카마사의 『장생죽도기』도 이
안용복을 '아벤테후'라고 쓰고 있다. 또 『장생죽도기』는 박어둔을 「虎혜히
(도라헤히)」라고기록하고 있다.

　元禄九年の今回、安龍福と共に渡ってきた李禅元(李仁成)と金可果(金成吉)には、以前自分が名乗っていた禅将の名を自称させた。すなわち李禅将、金禅将である。この進士軍官の李禅将は『因府年表』では季進士(李進士)と記されている。「朝鮮花田季進士書」と署名した書があることは『竹島考』も記す。「青谷へ暫く逗留しける中、花田季進士と云者に村人ども紙を出して筆跡を所望しければ、数多く書きける由」とある。美濃紙に書かれた書の中には「朝鮮花田李進士書」と記されたものもある。李禅元(李仁成)は、南海の平山浦、花田の出自であろう。あるいは朝鮮の花郎たるを表現したものかもしれない。同道した面々には僧侶がおり、また常率としての役割を持つ者もいた。元禄六年に同道した朴於屯が名乗ったトラヘとは、実はこの「常率」の謂いであろう。

　원록9년에 안용복과 같이 건너간 이비원(이인성)과 김가과(김성길)에게
는 이전에 자신이 말했던 비장이라는 이름을 자칭하게 했다. 곧 이비장 김
비장이다. 이 진사 군관의 이비장은 『인부연표』에서 계진사(이진사)로 기
록하고 있다. 「조선화전계진사서」라고 서명한 글씨에 관해서는 『죽도고』
도 언급하고 있다. 「아오야에 잠시 머무는 사이에 화전 계진사라는자에게
마을사람들이 종이를 주며 필적을 소망했더니, 여러 장을 써줬다」라고 있
다. 미농지에 써있는 글씨 중에는 「조선화전이진사서」라고 기록된 것도
있다. 이비원(이인성)은 남해의 평산포, 화전 출신일 것이다. 어쩌면 조선
의 화랑을 표현한 것인지도 모른다. 동행한 일행에는 승려가 있었고, 또
대솔이라는 역할을 하는 자도 있었다. 원록6년에 함께 간 박어둔이 칭했
던 도라혜란 이 대솔을 말하는 것 같다.

　乗員の名について、さらに付け加えておくと、後出の「朝鮮舟在之道具之覚」において、李裨元は「イビジャン」、そして金可果は「キンサウクハウ」と読みが記されている。イビジャンとは「李裨将」のことであろうし、キンサウクハウとは「金成吉」のことであろう。

　安龍福が、彼の出自として述べた東莱とは、慶尚道東莱県のことである。『粛宗実録』二二年(一六九六)九月二七日条にも「是より先、備辺司東莱人安龍福等を推問す」とある。『竹島考』には「其の内の一人は訳者にて答ける様は、我等どもは朝鮮国の内カワテンカワグの者也と云う」とある。安龍福は訳者(通辞)であり、その出自たるカワテンカワグという所とは、加羅(カワ)あるいは伽倻(カワ)の、東莱郡(テンカワグ)の謂いであろうか。いや江原道(カンヲンド)の江口(カワグ)あるいは溝口(カワグ)のことで、出発地点が江原道の江口で、そこから欝陵島に渡海したことを示すものかもしれない。

　安龍福は腰に札を着けていた。この札とは身分を示す号牌(身分証)のことである。号牌の制度は世宗時代に発足したもので、十六歳以上の男子は、全員これを携帯しなければならない。その発給を受ければ、軍役や税金が課せられる。軍に招集されれば軍令腰牌となり、軍兵としての認識票となった。鳥取藩で取り調べを受けた折、彼は「吾邦にてこの牌なき者は、世間の交わり相成り難し。之により銀四十目ずつの運上を出だして是を受くることなり」と語った。まさにその通りで、号牌の所持は朝鮮国民たる証しであった。その所持者は、それゆえ運上(租税)が課せられるのである。

　だが彼が腰紐に括り付けていた号牌は、通政大夫と記されていた。もとより彼が通政大夫の筈がない。これは明らかに偽りの号牌で、身分の詐称である。では実際の彼の号牌は、どのようなものであったろうか。

선원의 이름에 대해 더 첨가해 둘 것은 뒤에나오는 「조선주재지도구지
각」에 이비원은 '이비쟌' 그리고 김가과는 '긴사우쿠하우'라는 훈이 기록
되어 있다. 이비쟌이란 '이비장'을 말하는 것이며, 긴사우쿠하우란 '김성길'
을 말하는 것일 것이다.

안용복이 그의 출생지로 말한 동래란 경상도 동래현을 말한다. 『숙종실
록』 22년(1696) 9월 27일조에도 「이보다 앞서, 비변사 동래인 안용복 등을
추문했다」라고 기록되어 있다. 『죽도고』에는 「그 중의 한 사람의 통역에
게 답한 것은, 우리들은 조선국 안의 가와텐카와구라는 곳의 사람이다」라
고 기록되어 있다. 안용복은 역자(통역)로서, 그의 출생지라고 말한 카와
텐카와구라는 곳은 가라(가와) 혹은 가야(가와)의, 동래군(덴카와구)을 말
하는 것일까. 아니 그것은 강원도(간원도)의 강구(가와구) 혹은 구구(가와
구)로 출발지점이 강원도 강구였으며, 그곳에서 울릉도로 도해한 것을 나
타내는 것일지도 모른다.

안용복은 허리에 패를 차고 있었다. 이 패란 신분을 나타내는 호패(신
분증)를 말한다. 호패제도는 세종시대에 시작한 것으로 16세 이상의 남자
는 모두 이것을 휴대해야 했다. 그것을 발급받으면 군역이나 세금을 부과
받는다. 군에 소집되면 군령요패가 되어 군병으로서의 인식표가 되었다.
돗토리번에서 취조 받았을 때, 그는 「우리나라에서 이 패가 없는 자는 세
상에서 교제하기 어렵다, 그래서 은 40목의 세금을 내고 이것을 받는 것이
다」라고 이야기했다. 그가 말한 그대로 호패의 소지는 조선국민이라는 증
거였다. 그렇기 때문에 그것의 소지자는 세금이 부과되는 것이다.

그러나 그가 허리끈에 달고 있는 호패에는 통정대부라고 기록되어 있
다. 애당초 그가 통정대부일 리가 없다. 이것은 분명히 가짜 호패로, 신분
의 사칭이다. 그렇다면 그의 호패는 어떤 것이었을까.

　元禄六年(一六九三)、朴於屯と共に伯耆に連行された折、彼はやはり号牌を所持していた。『竹島考』に、その写しが残る。牌の表面には「東菜／私奴、用卜、年三十三」とある。まさしく東菜の人である。そして私奴とある。朝鮮の身分制は、両班、中人、常民、賎民、白丁の階層であるが、私奴とは賎民のことである。賎民には公賎(官奴婢、公奴婢)と私賎(私奴婢)とがあり、安龍福は両班の下で力仕事や種々の手伝いに従事していた私奴(下男)であろう。用役に従事した人物で、その名を用卜(ヨンボク)という。安龍福(アンヨンボク)の本名は安用卜(アンヨンボク)であった。用卜を龍福と記すのは、すなわち美称(飾り文字)である。号牌が支給されたのは彼が三十三歳の時、つまり一六八六年のことである。

　私奴の安龍福(安用卜)が号牌を帯びるに至ったのは、軍制再編によるものであろう。当時、地方において私奴の徴発があり、彼等を以て束伍軍が結成されていた。東菜の私奴・安用卜は、ここに一兵士として軍籍に入れられる。彼の所持していた号牌とは、この時の軍令腰牌である。腰牌には兵士の特徴が刻まれる。『竹島考』に記された記載は「長四尺一寸面鉄髭暫生疵無」とある。つまり身の丈(肩までの高さ)は四尺一寸(一二四センチ)で、その上の顔は鉄(屈強)にして僅かの髭、そして疵は無いとある。がっちりとした一六◯センチほどの体躯であった。

　원록6년(1693)에 박어둔과 함께 호키에 납치되었을 때 역시 그는 호패를 소지하고 있었다. 『죽도고』에 그 사본이 있다. 패의 표면에는 「동래/사노, 용복, 나이 33」이라고 쓰여 있다. 그야말로 동래 사람이다. 그리고 사노였다. 조선의 신분제는 양반, 중인, 상민, 천민, 백정의 계층으로 사노란 천민을 말한다. 천민에는 공천(관노비, 공노비)와 사천(사노비)가 있는데 안용복은 양반 아래에서 노동이나 여러 가지를 돕는 사노였을 것이다. 용역에 종사한 인물로 그 이름을 용복이라 했다. 안용복의 본명은 安用卜이다. 用卜을 龍福으로 기록하는 것은 미칭(장식적인 문자)이다. 호패가 지급된 것은 그가 33세였을 때, 즉 1686년의 일이었다.

　사노 안용복이 호패를 차게 된 것은 군제 편제에 따른 것 같다. 당시에는 지방에서 사노를 징발하여 그들로 속오군을 결성했다. 동래의 사노 안용복은 그렇게 일개의 병사로 편입한 것이다. 그가 소지한 호패란 이때의 군령요패다. 요패에는 병사의 특징이 기록된다. 『죽도고』에 기록된 기재는 「장사척일촌면철자잠생자무」라고 있다. 즉 「신장(어깨까지의 길이)는 4척1촌(124cm)이며 얼굴은 강건하고 수염이 약간 있으며, 그리고 상처는 없다」라고 쓰여 있다. 건장한 몸을 한 160센티미터 정도의 체구였다.[3]

---

3) 안용복의 출신성분에 대한 판단은 신중해야 한다. 그가 조선시대의 귀족이 아니었다는 것은 추정가능하나, 그의 언행을 보아 천민으로 단정하기에는 어려운 면이 있다. 17세기의 조선에는 신분을 향상시킬 수 있는 납속제도가 있어 통정대부는 허위가 아니다. 또 조선의 기록을 보아도 그를 일반 어민이나 백성으로 표기하고 있다. 또 4척1촌이라는 그의 신장의 계산이다. 당시에 베를 재는 자의 1척은 46cm이었으므로 그의 신장은 185cm에 이른 것으로 생각할 수 있다.

　『増補文献備考』巻三一、輿地考一九には「初東莱安龍福隷能櫓軍、善倭語、肅宗十九年夏、入海漁採、漂到欝陵島、遇倭船、云々」とある。だから彼の所属したのは慶尚左道水軍、その能櫓軍の所属で、櫓漕ぎの水兵であったろう。だから「安龍福将軍」と欝陵島に建てられた記念碑や、釜山の水営史跡公園の安龍福銅像など、私奴たる安龍福の実体と、およそ懸け離れたもので、稀なる栄達の姿である。しかし彼の功績を後の韓国政府は認め、その安禪将の自称を、時代を遡って追認したのである。それが安龍福将軍の顕彰名となる。安龍福将軍紀年事業会が敢行する『安龍福将軍』の著書名にも、それは反映されていく。

　彼の所持していた牌の裏面には「庚午」とあり、さらに「釜山佐自川一里／第十四統三戸」と記されていた。安龍福(安用卜)は甲午年(一六五四)の生まれであるから、庚午(一六九〇)とは彼が三十七歳の時である。軍歴四年を経て私奴を解放され、ようやく常民としての住所を得たのである。その居留地たる釜山の佐自川とは、今の釜山市東区佐川洞である。[4]ここには釜山鎮城が在り、水軍万戸営など軍事施設が置かれたところである。第十四統三戸とは、この水兵たちの居住地であろう。安龍福は、その充分な海の経験により、欝陵島への進出、そして隠岐への渡海を行った。佐自川の隣接する南には、対馬藩の出先「草梁倭館」が在る。善く倭語を解する安龍福の履歴とは、この倭館への出入りによって得られたものであろう。日朝交易の拠点に住み、その通商の利権に関わっていた可能性がある。

---

4)『죽도고』가 전하는 호패는 안용복의 것이 아닐 가능성이 많다.

『증보문헌비고』권31, 여지고19에는 「동래의 안용복은 능로군으로 왜어에 능했다. 숙종19년 여름에 바다에 나가 어채하다 울릉도에 표착하여 위의 왜선, 운운」이라고 하고 있다. 그러므로 그가 소속한 것은 경상좌수사군의 능로군 소속으로 노를 젓는 수병이었을 것이다. 그러므로 '안용복 장군이'라고 울릉도에 세워진 기념비나 부산 수영사적공원의 안용복 동상 등은, 사노인 안용복의 실체와 거리가 먼 것으로, 보기 드문 영달의 모습이다. 그러나 그의 공적을 훗날의 정부가 인정하여 안비장의 자칭을 시대를 거슬러 추인했다. 그것이 안용복 장군의 현창명이 된다. 안용복장군기념사업회가 감행하는 『안용복장군』의 저서명에도 그것이 반영되어 간다.

그가 소지했던 패의 이면에는 '경오'라고 쓰여 있고, 또 '부산 좌자천 1리 제14통3호'라고 기록되어 있다. 안용복은 갑오생(1654) 출생이므로, 경오(1690)라면 그가 37세 때이다. 군력 4년을 마치고 사노에서 해방되어 겨우 상민으로서의 주소를 받은 것이다. 그 거주지인 부산 좌자천동이란, 지금의 부산시 동구 좌천동이다. 이곳에는 부산진성이 있고 수군 만호당 등 군사시설이 있었던 곳이다. 제14통 3호란 이 수군들의 거주지였을 것이다. 안용복은 그 충분한 바다의 경험에 의거하여 울릉도에 진출하고 이어 오키로 도해한 것이다. 좌자천에 인접하는 남쪽에는 대마도의 출장소 '초량왜관'이 있다. 왜말을 잘 아는 안용복의 경력이란 이 왜관에 드나들며 배운 것일 것이다. 일조교역의 거점에 살며 그 통상 이권에 관계하고 있었을지도 모른다.

　号牌について附言しておくと、安龍福と共に伯耆に連行された朴於屯の牌は「蔚山／朴於屯／三十丑／於血子」とある。朴於屯は蔚山の出身で丑年(一六六一)の生まれ、牌を取得した時は三十歳である。彼の牌には私奴の記載はない。常民として、その父の名を記すのみ、つまり朴於血の子たる朴於屯なのである。牌の裏面には「庚午／青良島第十二統五家」と記されている。庚午の年(一六九〇)この朴於屯は三十歳であった。それは牌の支給年である。居住地は蔚山の青良島で第十二統五家であった。まさに彼は海の民であった。岡嶋正義の『竹島考』は「是なる者は蔚山の人にて、トラヘと云へり、年齢三十四才なり」と記すが、隠岐に渡った元禄六年、彼は三十三歳であった。彼には故郷に「親・女房・子供」がいる。対馬から朝鮮へ送還され越境の犯罪人として処罰されようとした時、その家族が蔚山郡庁に「漁のため欝陵島に参り候処に日本人居合わせ、二人を捕らえ、伯耆国へ召し連れ参り候」と、犯罪者というより被害者であることを訴え、お許しを願い出ている。[5]

---

5) 안용복이 왜어에 능한 원인을 알기 어렵다. 왜관 옆에 살았기에 왜어를 이해했는지, 아니면 왜어가 가능하여 부산으로 이주했는지 그것도 확실하지 않다. 왜어를 배우기 위해서는 문자를 습득하는 것이 효과적이라는 것을 생각하면, 왜어를 이해하는 문맹으로 단정하는 것은 무리가 따른다. 일본에 가서 심문에 응하며 자신의 의견을 피력하는 것으로 보아, 그의 일본은 문자이해를 바탕으로 하는 능력으로 보아야 한다.

호패에 부언하자면 안용복과 같이 호키에 납치된 박어둔의 패에는 「울산/박어둔/삼십축/어혈자」라고 쓰여 있다. 박어둔은 울산 출신 축년(1661)에 태어나 패를 취득했을 때는 30세이다. 그 패에는 사노라는 기록이 없다. 상민으로서 그의 아버지의 이름을 기록할 뿐이다. 즉 박어혈의 아들 박어둔이었다. 패의 이면에는 「경오/청량도 제12통 5가」라고 기록되어 있다. 경오년(1690)에 박어둔은 30세였다. 그것은 패를 지급받은 해였다. 거주지는 울산의 청량도로 제12통 5가였다. 그야말로 그는 해민이었다. 오카지마 마사요시의 『죽도고』는 '이 자는 울산 사람으로 도라헤라 한다. 연령은 34세이다'라고 기록했는데 오키로 건너간 원록6년에는 33세였다. 그에게는 고향에 「친구·처·자식」이 있다. 쓰시마에서 조선으로 송환되어 월경한 죄로 처벌하려 할 때 그의 가족이 울산의 군청에 「고기 잡으러 울릉도에 간 곳에서 일본인을 만나서 두 사람이 잡혀가 호키국에 끌려갔습니다」라고 범죄자라기보다 피해자라는 것을 호소하며 용서를 빌고 있었다.

　元禄六年(一六九三)安龍福と朴於屯が欝陵島へ渡った時、彼らと行動を共にした人物の名が知られている。『辺例集要』粛宗二十年八月条に「金徳生、金加之同、金自信、徐化立、李還、梁淡沙里」という名が載っている。合計八名の仲間たちだった。彼らは何のために欝陵島へ渡ったのか。取り調べを受けた際の証言が、やはり『辺例集要』に載っている。彼らは「三月、租二十五石、銀子九両三銭等のものを載せ、魚の貿易のため蔚珍より三陟に向かう際、漂風によりいわゆる竹島に到泊した」という。これは単なる漁民の発言ではない。航海貿易業者としての発言である。彼らは海の流通業者だった。

　元禄九年(一九九六)欝陵島に渡り、さらに隠岐に渡ってきた一行は、合計十一名の仲間たちだった。その中心人物たる安龍福が、大切に身に着けていたものが二つある。それが「印鑑」と「耳かき楊枝」である。それぞれが箱に入れられていた。印鑑の方は、身分を示す小道具となり、交渉の折、提示することができる。読み書きの不十分な安龍福にとり、署名に代わる立派な押印である。だが耳かき楊枝とは、これは果たして何なのであろうか。単なる耳かき楊枝では、大切に身に着ける意味が不明である。耳かき楊枝の様でありながら、おそらく別な何ものかであろう。それはいったい何であったか。

　航海にとって一番大事なものと言えば、それは羅針盤の針である。耳かき楊枝の先に、よくよく見れば、砂粒状の磁鉄が埋め込まれていたのではあるまいか。物品を記載した隠岐の役人は、それに気付かなかった。この耳かき楊枝を、水を盛った茶碗に浮かべれば、また髪の毛で空中に吊せば、それは方位を指し示す。それが一行の渡海を助け、無事安全の帰国を保障するのである。

원록6년(1693)에 안용복과 박어둔이 울릉도에 건너갔을 때, 그들과 행동을 같이 한 이름이 알려져 있다. 『변례요집』 숙종20년 8월조에 「김덕생, 김가지동, 김자신, 서화립, 이환, 양담사리」라는 이름이 실려있다. 합계 8명의 일행이었다.   그들은 무엇 때문에 울릉도에 건너갔을까. 취조 받았을 때의 증언이 역시 『변례요집』에 실려 있다. 그들은 「3월에 조25석, 은자 9양 3전 등을 싣고, 생선 무역을 위해 울진에서 삼척으로 향하는 길에 표풍을 만나 소위 죽도에 도박했다」라고 말했다. 이것은 단순한 어민의 발언이 아니다. 항해 무역업자로서의 발언이다. 그들은 바다의 유통업자였다.

원록9년(1696)에 울릉도에 건너가, 다시 오키에 건너간 일행은 합계 11명이었다. 그 중심 인물인 안용복이 소중하게 몸에 달고 있었던 것이 둘 있다. 그것이 「인감」과 「귀지개 같은 토막」이었다. 각각이 상자에 보관되어 있었다. 인감 쪽은 신분을 나타내는 소도구로 교섭할 때 제시할 수 있다. 읽고 쓰는 일에 불편한 안용복에게 서명을 대신하는 훌륭한 압인이었다[6]. 그러나 귀지개 같은 토막이란 과연 무엇일까. 단순한 귀지개라면 소중하게 몸에 지니는 의미가 불분명하다. 귀지개 같은 토막이면서도 다른 것일 것이다. 도대체 그것은 무엇이었을까.

항해에 있어 제일 중요한 것을 말한다면 그것은 나침반의 바늘이다. 귀지개 토막의 끝에 자세히 잘 보면 가루모양의 자철이 싸여있는 것이 아니었을까. 물품을 기재한 오키의 역인은 그것을 알지 못했다. 이 귀지개 같은 토막을 물을 담은 그릇에 띄우면 또 머리카락으로 공중에 매달면 그것은 방위를 나타낸다. 그것이 일행의 도해를 도와 무사 안전한 귀국을 보장하는 것이다.

---

6) 서류중심의 오키의 생활에 능숙한 것을 보아 문자해독에 불편이 없는 안용복이었다.

　この元禄の時代、方位測定具は良く知られていた。慶長八年(一六〇三)日本イエズス会によって刊行された『日葡辞書』には、既に「土圭」の記載がある。土圭とはコンパスのことである。寺島良安の『和漢三才図絵』には方位測定としての土圭の図が載り、「土圭針は方角・時刻を知るための器械である」と解説する。土圭とは「磁針・子午針・指南針」と、その別名を挙げる。土圭は、鉱山開発の時、坑道の掘削などの折、正確な方位や角度を計測するためにも用いられた。例えば佐渡金山工事にも用いられ「盤鍼羅盤」として知られている。石見銀山の坑道掘削の折にも、これは用いられたに違いない。『隠州視聴合紀』に記された沖乗り航法も、この土圭利用の可能性が高い。元禄年間には幕命により各藩が『国絵図』を作ったが、元禄十三年(一七〇〇)対馬藩が献上した対馬全島図は、後年、伊能忠敬が驚嘆するほど正確なものであった。この地図を描くため「磁針盤」を用いた詳細な測量が行われた。

이 원록 시대에 방위를 측정하는 기구는 잘 알려져 있다. 게쵸8년(1603)에 일본 예수회에서 간행한 『일포사전』에는 이미 「도규」라는 기재가 있다. 도규란 나침반을 말한다. 데라시마 요시야스의 「화한산재도회」에는 방위 측정으로서의 도규의 그림이 실려, 「도규침은 방각·시각을 알기 위한 기계이다」라고 해설했다. 도규란 「자침·자오침·지남침」이라고 그 별명을 든다. 도규는 관산을 개발할 때, 항도를 굴삭할 때 정확한 방위나 각도를 계측하기 위해서도 사용한다. 애를 들자면 사도 금산의 공사에도 사용되어 「반침라반」으로 알려져 있다. 이와미 은산의 갱도 굴삭의 경우에도 이것이 사용되었기 마련이다. 『은주시청합기』에 기록된 충승항법(육안이 보이지 않는 먼 바다를 추측 항해하는 항법)도 이 도규를 사용했을 가능성이 많다. 원록 연간에는 막부의 명으로 각 번이 『국회도』를 만들었는데 원록13년(1700)에 쓰시마가 헌상한 쓰시마 전도는 뒤에 이노우 타다타카가 경탄할 정도로 정확한 것이었다. 이 지도를 그리기 위해 「나침반」을 사용한 상세한 측량이 이루어졌다.

【本文4】

一、金可果　　年不書出
　　冠ノヤウナル黒キ笠木綿之紐[1]
　　白キモメンノウハキ[2]ヲ着申候
　　扇ヲ持申候

---

1) □ (孫)

2) ギ (孫)

《現代語訳》

金可果である。年は書き出さないから不明である。
冠のような黒い笠を被り、
白い木綿の上衣を着けている。
扇を持っている。

김가과다. 나이는 써내지 않았으므로 불명이다.
관과 같은 검은 갓을 쓰고,
흰 목면의 상의를 입고 있었다.
부채를 가지고 있었다.

　金可果は『竹島考』によれば、進士軍官の李禅将と共に、進士軍官の金禅将として扱われている。一行十一人の中では、それなりに重要な役柄を果たしていた。それは恐らく彼の持つ文字能力ではなかったろうか。読み書きの充分でない安龍福に替わり、それができたのが、李禅元と雷憲、そしてこの金可果であろう。

　元禄六年(一六九三)アンピンシヤとトラへは、鳥取藩で取り調べを受けている。『因府年表』は「両人終始筆硯を執らざる故、其本字を伝えず」と記している。つまり文字の読み書きが困難であった。今回の元禄九年(一六九六)李禅元と金可果は、進士と称されている。進士とは科挙の合格者を指す。つまり読み書きが可能な人物だった。李禅元など先にも述べたように、青谷の村人から揮毫を依頼され、快く応じ、村人にその書を与えている。

　김가과는 『죽도고』에 의하면, 진사 군관인 이비장과 같이 진사 군관 김비장으로 취급되고 있다. 일행 11인 중에서는 그런대로 중요한 역할을 수행하고 있었다. 그것은 아마도 그의 문장능력이 아니었을까. 읽고 쓰는 것이 불편한 안용복 대신에 그것이 가능했던 것이 이비장과 뇌헌, 그리고 김가과일 것이다.[3]

　원록6(1693)년에 안핑샤와 도라헤는 돗토리번에서 취조를 받았다. 『인부연표』는 「양인은 시종 붓과 벼루를 잡지 않아 그 본자를 전하지 않는다」라고 기록하고 있다. 즉 문자의 읽고 쓰기가 곤란했다. 이번의 원록9(1696)년의 이비원과 김가과는 진사라고 칭하고 있다. 진사란 과거의 합격자를 가리킨다. 즉 읽고 쓰기가 가능한 인물이었다. 이비원 등은 앞에서도 이야기했듯이 아오야에 머물 때, 마을 사람들이 휘호를 부탁받아 기분좋게 응하여 마을 사람들에게 글씨를 써주었다.[4]

---

3) 일행의 문자 독해능력에 대한 판단은 그 근거가 없다. 특히 안용복의 언행을 보면, 특히 일본어 능력이나, 일행을 통솔하는 능력이나 일본과의 담판능력 등을 보면 문맹으로 볼 수 없다. 특히 鳥取藩번의 가신들과 담판능력은 탁월했다.

4) 안용복이 붓을 잡지 않아 그 이름의 한자가 전하지 않는다는 기록을 근거로, 그의 문맹을 추정할 수도 있는 일이다. 그러나 『인부연표』의 저자 岡嶋는 안용복에 대한 감정이 좋지 않은 자였다. 鳥取藩은 유학자를 보내 필람을 시도했으나 도해목적은 알 수 없다는 식으로 막부에 보고했다.

【本文5】

坊主

一、興旺寺[1]ノ住持雷憲[2]　歳五十五

　　　　冠ノヤウナル黒キ笠木綿ノ紐

　　　細美[3]ノウハキ[4]ヲ着扇ヲ持申候

　　　己巳閏三月十八日金鳥山之

　　　　　　朱印状雷[5]憲所持仕候ヲ出シ申候ニ

　　　付則写申候

　　　康熙二十八年閏三月二十日

　　　金鳥山朱印ノ書付雷憲

　　　所持仕候ヲ出シ申[6]ニ付則写シ申候

　　箱壱ツ　長壱尺

　　　　は[7]、四寸

---

1) 興□寺(内)
　興旺寺(孫)

2) 雷憲 (内)

3) (美) (孫)

4) ギ (孫)

5) 官 (内)

6) 候 (孫)

7) 者 (孫), ば (内)

　　　　高四寸

　　8)錠ノカナク在リ

　　　内二算木在竹二而作之申候

　　　かけご二硯9)ヲ仕組申筆墨在リ

雷憲弟子

一、坊主術習　　歳三十三ト申候

------

8) (鈴) (孫)

9) 硯 (孫)

《現代語訳》

[一行のうちには坊主がいる。そのうちの一人は]

興旺寺の住持で雷憲という。年は五十五歳である。

冠のような黒い笠を被り、木綿の紐で首に結んでいる。

細美な上衣を着け、手には扇を持っている。

己巳(元禄二年、一六八九)閏三月十八日の日付を持つ金鳥山の

　　　　朱印状を、この雷憲は所持していた。それを出してきた

ので写し取った。

また康熙二十八年(一六八九)閏三月二十日の日付を持つ

金鳥山朱印の書き付けをも、また雷憲は

所持していた。それを出してきたから、これも写し取った。

雷憲は、長さ一尺(三十センチ)幅四寸(十二センチ)高さ四寸(十二セン

チ)の箱を所持していた。

その箱には金具の錠が取り付けられている。

中を見ると、竹製の算木(算盤)があり、

また懸籠(かけご)に包まれた硯があり、筆や墨もあった。

雷憲には弟子がいる。

その坊主の名は衍智、年齢は三十三歳という。

[일행 중에는 스님이 있다. 그 중의 한 사람은]

홍왕사의 주지라 한다. 나이는 55세다.

관과 같은 검은 갓을 쓰고, 목면의 끈으로 목에 매고 있었다.

고운 상의를 입고 손에는 부채를 가지고 있다.

기사(원록2년, 1689) 윤3월 18일부가 있는 금조산의

　주인장을, 이 뇌헌이 소지하고 있었다. 그것을 제출했기에

적어두었다.

또 강희28년(1689) 윤3월 28일부가 있는 금조산 주인의 서류도, 뇌헌은 가

지고 있었다. 그것을 제시했기 때문에, 이것도 적어두었다.

뇌헌은 길이 1척(30cm), 폭4촌(12cm), 높이 4촌의 상자를

소지하고 있었다.

그 상자에는 쇠붙이의 자물쇠가 붙어있다.

안을 보니, 죽제의 산목(주판)이 있고, 또 그 안에 작은 상자에 싸인 벼루

가 있고, 붓이나 먹도 있었다.

뇌헌에게는 제자가 있다.

그 스님의 이름은 연습, 나이는 33세라 한다.

　この雷憲を『粛宗実録』二二年九月戊寅条は順天僧雷憲と記す。「東莱の人安龍福は母を見舞うため蔚山に行き、そこで順天僧の雷憲らに出合った。先年渡海した欝陵島の話をし、そこが物産豊かな島であることを告げると、雷憲らは利欲心が沸き、寧海の人・劉日夫らを誘い、共に島に渡ることとなった」という一節である。すなわち雷憲は南海の順天の出自であった。隠岐に着岸した十一人は利慾心によって蔚山で合意し、二の渡海を決意した。雷憲が最も大切にしていたものは算盤である。つまり彼は経理に明るかった。だから交易の利を望み、この一行に参加した。その出自の蔚山とは、また朴於屯の出自の地でもある。朴於屯も彼らと行動を共にして、この度も欝陵島まで渡って来た。だが元禄六年の苦い経験がある。対馬での厳しい取り調べは、もはや朴於屯を、これ以上の渡海に駆り立てなかった。すなわち朴於屯は欝陵島に留まり、隠岐から因幡鳥取藩へ向かうこの冒険航海に、敢えて参加をしなかった。

이 뇌헌을『숙종실록』22년 9월 무인조에는 순천 승 뇌헌으로 기록했다.
「동래 사람 안용복은 어머니를 찾아뵙기 위해 울산에 가 그곳에서 순천의
스님 뇌헌 일행을 만났다. 지난번에 도해한 울릉도 이야기를 하고 그곳이
산물이 풍부한 섬이라는 것을 설명하자, 뇌헌 일행은 이익에 대한 마음이
생겨, 영해 사람 유일부 등을 권하여 같이 섬으로 건너가기로 했다」라는
일절이 있다. 뇌헌은 남해의 순천 출신이었다. 오키에 착안한 11명은 이득
을 얻을 생각으로 울산에서 합의하고 이 도해를 결의했다. 뇌헌이 가장 소
중히 여긴 것은 주판이었다. 즉 그는 경리에 밝았다. 그래서 교역의 이익
을 바라고 이 일행에 참가했다. 그 출발의 울산이란 박어둔의 출생지이기
도 했다. 박어둔도 그들과 행동을 같이 하여 이번에도 울릉도까지 건너갔
다. 그러나 원록6년의 쓰라린 경험이 있다. 대마도에서의 엄한 취조는 이
미 박어둔을 더 이상 도해 하지 못하게 했다. 즉 박어둔은 울릉도에 머물
며 오키에서 이나바 돗토리번으로 가는 이 모험항해에는 애써 참가하지
않았다.[10]

---

10) 對馬島는 조선과의 외교를 추진하기 위해 외교문서에 정통한 승려를 초빙했
다. 외교승이라 했다. 以酊庵에 모시고 외교에 관한 모든 것을 관할하게 했다.
후에는 국서까지 위조할 정도의 위력을 발휘했다. 부산에 설치한 왜관에도 왜
교승이 상주하고 있었다. 또 사찰에는 속세와의 인연을 끊고 도를 닦는 理判
과 절의 모든 재물과 살림을 맡아 처리하는 事判이 있었다. 뇌헌의 성격은 이
러한 불교의 사회적 역할과 사찰 내부의 요건 등과 같이 생각할 문제다.

　雷憲は『竹島考』では金鳥僧将釈氏憲判事と記されている。つまり雷憲の姓名は釈氏とある。だがそれは俗名ではない。仏門に入り法名を得たから、釈尊(釈尊)に仕える身として釈雷憲と名乗ったのである。金鳥僧とあるから、彼が僧侶としての修行をしたのが金鳥山であったことが窺える。しかもその金鳥山の朱印を、彼は持参している。ではその金鳥山とは、如何なる霊山であったろうか。

　雷憲が持参した朱印状とは、渡海(航海)安全を祈願する朱印状であろう。霊山たる金鳥山の霊験を仰ぐもの、つまり護符である。この金鳥山というのは、あるいは慶尚南道の三浪津(洛東江の分岐点)にある金鳥山であろうか。順天、三浪津、蔚山、欝陵島と並べ、この雷憲の行動を推し量れば、当時の南海南岸の流通機構に関わる動きが見える。洛東江の河川交流とは、まさに流通航路の中心に位置する。僧である雷憲が欝陵島までやってくるというのは、別に特別のものではない。喜捨や奉納によって金銭の集まる寺院というのは、当時の金融センターの役割を持つ。例えば隠岐の焼火山雲上寺は、隠岐の金融センターの役割を果たしていた。中世から近世にかけ、ここでは為替取引も行われていた。奈良の興福寺や東大寺、大坂の石山本願寺なども、当時の流通金融に関わっている。そのような寺院と僧侶の関係は、今で言う商社と営業マンの関係なのである。つまり実態を言えば僧侶は流通業に携わっていた。彼らは金融取引に深く関わっていた。

　雷憲の仕事は、洛東江と多島海における水運(物資流通)に関わるもの、その延長上に東海(欝陵島方面)への進出である。南海から東海へ、利を求め彼らは移動した。危険をも顧みず、新たな海へ進出していくの

である。安龍福一行十一人とは、このような冒険商人の一団であった。一行の中に坊主が五人もいることは、単なる漁労活動では説明が付かない。欝陵島への渡海、隠岐への渡海、伯耆国への渡海、それは貿易の利を求める積極果敢な海の活動の、大いなる反映なのである。

● ● ● ● ● ● ●

　뇌헌은 『죽도고』에는 「금조승장석씨헌판사」라고 기록되어 있다. 즉 뇌헌의 성명이 석씨라고 있다. 그러나 그것은 속명이 아니다. 불문에 법명을 얻었으므로 석존을 모시는 몸이라는 의미의 석뇌헌으로 칭한 것이다. 금조승이라고 있으므로 그가 스님으로서 수행한 것이 금조산이었다는 것을 엿볼 수 있다. 그것도 그 금조산의 주인을 지참하고 있다. 그렇다면 그 금조산이란 어떤 영산이었을까.

　뇌헌이 지참한 주인장이란 도해(도항)의 안전을 기원하는 주인장일 것이다. 영산인 금조산의 영험을 숭상하는 것, 즉 부적이다. 이 금조산은 어쩌면 경상남도의 삼량진(낙동강 분기점)에 있는 금조산일까. 순천, 삼량진, 울산, 울릉도와 같이 이 뇌헌의 행동을 추량해 보면 당시의 남해 남안의 유통기구에 관계하는 움직임이 보인다. 낙동강의 하천교류는 그야말로 유통항로의 중심에 위치한다. 스님인 뇌헌이 울릉도까지 간다는 것은 그다지 특별한 일이 아니다. 회사나 봉납으로 금전을 모으는 사원이라는 것은 당시의 금융 중심의 역할을 한다. 예를 들면 오키의 다쿠히산 운상사는 오키의 금융센터의 역할을 수행하고 있었다. 중세부터 근세에 걸쳐 여기서 환전도 취급했다. 나라의 홍복사나 동대사, 오사카의 석산 본원사 등도, 당시의 유통금융에 관계하고 있었다. 그러한 사원과 승려의 관계는 지금 말하는 상사와 영업사원의 관계인 것이다. 즉 실태를 말하자면, 승려는 유통업에 관계하고 있었다.

뇌헌의 일은 낙동강과 다도해에 있어서 수운(물자 유통)에 관계하는 것, 그 연상선상의 동해(울릉도 방면)로의 진출이었다. 남해에서 동해로, 이익을 쫓아 그들은 이동했다. 위험을 무릅쓰고 새로운 바다로 진출해 나가는 것이다. 안용복 일행 11인이란 이런 모험상인의 1단이었다. 일행 중에 스님이 다섯이나 섞여있는 것은 단순한 어로활동으로는 설명되지 않는다. 울릉도로의 도해, 오키로의 도해, 호키국으로의 도해, 그것은 무역의 이익을 추구하는 적극 과감한 바다의 활동을 잘 반영한 것이다.

【本文6】

一、右安龍福　雷憲　金可果

　　三人江在番人立会之時

　　朝鮮八道之図ヲ八枚ニ〆[1]　所持仕候ヲ

　　出シ申候則八道ノ名ヲ書写朝鮮ノ

　　詞ヲ書付申候三人之内安龍福通詞ニテ

　　事ヲ問申候得ハ答申候

---

1) シテ（内）

《現代語訳》

　右の安龍福、雷憲、金可果

の三人へ、在番の役人が立ち会い、

　彼らは朝鮮八道之図を、八枚にして所持していた。

　それを「この取り調べの場に」出してきた。その八枚のそれぞれに、八

道の名が書き写され、

　朝鮮の詞で書き付けが為されていた。この三人の中では安龍福が通訳

の役柄を果しており、我々の 質問にその都度答えてくれた。

　위의 안용복 뇌헌 김가과

　세 사람에게, 재번의 역인이 입회하고,

　그들은 조선팔도지도를 8매로 해서 소지하고 있었다.

　그것을 「이 조사하는 곳에」 제시했다. 그 8매에 팔도의 이름이 기록되

어,

　조선의 말로 기록되어있었다. 이 세 사람 중에서 안용복이 통역의 역할

을 맡아 우리들의 질문에 그때마다 답해 주었다.[2]

---

2) 표착하여 자진 신고한 일행을 오키의 재번역인들이 어떻게 받아들였는가는 '問
申候得ハ答申候'를 통해 확인할 수가 있다. 묻는 것과 답하는 것에 '말씀하다'
로 해석할 수 있는 '申候'를 같이 사용하고 있다. 이는 묻는 자와 답하는 자 사
이에 일정한 예를 갖추고 있었다는 것을 의미한다. 이처럼 재번역인이 일행에
게 예를 차리고 있었다는 것은 이야기를 마치고 돌아가는 일행의 일을 '대담을
마치고(対談終)'로 표현한 것에서도 엿볼 수 있다.

　冒険商人であるから、当然のことながら地図を携えている。流通業者にとり、地理情報、地域民衆情報、各地の物産の情報は、是非にも把握しておかねばならぬものであった。

　安龍福の果たす通詞としての役割は、この元禄九年(一六九六)の折にも、また遡る元禄六年(一六九三)の折にも果たされている。だがその活躍は、さらに遡る元禄五年(一六九二)の出来事にも窺える。すなわち『鳥取藩史』に載る村川船の船頭・黒兵衛の供述に、ほのかに浮かび上がってくる。ここに通詞が登場するが、それは安龍福であった可能性が高い。その「乍恐口上之覚」に登場する通詞の有様は、まるで安龍福である。

모험상인이므로[3] 당연한 일이지만 지도를 소지하고 있었다. 유통업자로서, 지리정보, 지역민중정보, 각지산물의 정보는 반드시 파악해두지 않으면 안 되는 일이었다. 안용복이 수행하는 통사로서의 역할은 이 원록9년(1696)의 경우에도, 또 지난 원록6년(1693)의 경우에도 수행하고 있었다. 그러나 그 활약은 지난 원록5년(1692)의 사건 때에도 있었던 것으로 볼 수 있다. 즉 『돗토리번사』에 실린 무라카와선의 선두 구로베에의 공술에 은연하게 엿보인다. 여기에 통사가 등장하는 데 그것은 안용복이었을 가능성이 높다. 그 「삼가 아뢰는 각서」에 등장하는 통사가 안용복같다.

---

3) 안용복 일행의 도해와 담판에 대해 밝혀지지 않은 부분이 많아, 일행의 파격적인 면을 강조하여 모험상인으로 칭한 것 같으나, 신중을 기할 필요가 있다. 안용복에 대한 돗토리번의 대응자세를 보면 모험상인들에게 속은 것으로 보이지는 않는다. 돗토리번은 납치범으로 보았던 안용복을 송환시킬 때는 칙사대접을 했고 두 번째의 응대도 마찬가지였다. 막부의 명이 있어 호수에 50일 가까이 유폐하기는 했으나 그것도 모험상인이라면 체포하여 처벌하면 끝나는 일이었다. 그런데 돗토리번은 막부와 연락하며 그 처리에 고민하고 있었다. 돗토리번의 응대가 변하게 된 원인을 아는 것이 안용복의 재차 도해의 원인을 아는 조건이다.

　元禄五年、春、例年の如く村川船は米子から出帆した。隠岐国島後の福浦へと達し、福浦を発し、やがて竹島へと着いた。竹島には既に五艘の船でやってきた五十余人の朝鮮人が、ここで漁労を行っていた。そのうちの一人が通詞の如く日本語が可能で、彼と応答することになった。この竹島は昔から日本人が鮑漁を行っていた島であるから、立ち退くようにと伝えた。だが同意しない。彼らとは意思の疎通も図れず、なかなか論が噛み合わない。この島の北に、もう一つ島があり、三年に一回ほど渡り、朝鮮国主の用に鮑漁するという。此の嶋へは難風に遭い達したというが、彼らは一向に立ち退くような気配がない。日本人が船小屋を建て、そこに収蔵していた船も、彼らは奪い取って既に使用している。こちらも居座って、争いつつ漁をしようと思ったが、こちらは二一人で、数は向こうの方が遥かに多い。結果は見えているから、やむなく島を引き上げ、伯耆国へと還ってきた。

　원록5년의 봄에 예년과 마찬가지로 무라카와선은 요나고를 출범했다. 오키노쿠니 도고의 후쿠우라에 이르러 그곳을 떠나 죽도에 도착했다. 죽도에는 이미 5척의 배로 온 50여명의 조선인이 이곳에서 어로하고 있었다. 그 중의 한 사람이 통사처럼 일본어가 가능하여 그와 응답하게 되었다. 이 죽도는 옛날부터 일본인이 전복을 잡는 섬이므로 물러날 것을 말했다. 그러나 동의하지 않았다. 그들과는 의사도 통하지 않아 좀처럼 의견이 일치하지 않는다. 이 섬의 북에 또 하나의 섬이 있어 3년에 1회 정도 건너 조선 국주를 위한 전복을 잡는다 한다. 이 섬에는 폭풍을 만나 왔다고 하나 그들은 전혀 물러날 기색이 없다. 일본인이 집을 지어 그곳에 보관해둔 배도 그들이 빼앗아 이미 사용하고 있다. 이쪽도 주저앉아 다투면서 어렵을 하려고 생각했으나 이쪽은 21인으로 수는 저쪽이 훨씬 많다. 결과가 뻔하여 할 수 없이 섬을 떠나 호키국으로 돌아왔다.

　元禄五年(一六九二)欝陵島にいた通詞とは、果たして安龍福なのか。元禄六年(一六九三)伯耆から因幡、そして長崎から対馬へと、安龍福は送致された。対馬に移った直後、早速取り調べが始まった。その取り調べに対し安龍福は「欝陵島に渡ったのは今度が初めてである。同じ船に乗り組んだ者のうち、キンバタイという者が去年、彼の島(欝陵島)に一度、かせぎに渡ったことがある」と、越境侵犯の常習犯ではない旨を答えている。この発言からすれば、安龍福の欝陵島への渡海は元禄六年が初めてで、元禄五年、欝陵島にいた通詞は彼ではない。

　だが、よく考えてみよう。対馬から朝鮮へ引き渡された後、再び朝鮮で尋問を受けるのだが、その折「漂風で流され欝陵島へ到着」と答えている。御禁制の島、空島たるべき島に、繰り返し渡っては、当然ながら罰せられる。それゆえ偶然の漂着と答えたのである。対馬藩役人を前にして、つまり朝鮮へ送還されることを前提にして、この折も、彼は保身を図ったのである。それゆえ欝陵島へ渡ったのは初めてと答えたのである。

　安龍福はキンバタイと共に、おそらく元禄五年も渡っていたのであろう。キンバタイとは一行八名、すなわち安龍福・朴於屯・金徳生・金加之同・金自信・徐化立・李還・梁淡沙里の中の、金加之同ではなかったか。

　　원록5년(1692)에 울릉도에 있었던 통사란[4] 과연 안용복일까. 원록6년 (1693)에 호키에서 이나바, 그리고 나가사키에서 쓰시마로 안용복은 송환 당했다. 쓰시마로 옮긴 직후 서둘러 취조를 시작했다. 그 취조에 대해 안용복은 「울릉도에 건너 간 것은 이번이 처음이다. 같은 배에 탄 사람 중에 킨바타이라는 자가 거년에 그 섬(울릉도)에 한 번 건너간 일이 있다」라고, 월경 침범의 상습범이 아니라는 내용의 답을 했다. 이 발언을 보면, 안용복이 울릉도에 건너간 것은 원록6년이 처음으로, 원록5년에 울릉도에 있었던 통사는 그가 아니다.

　　그러나 잘 생각해보자. 쓰시마에서 조선으로 인도된 후 다시 조선에서 심문을 받게 되는데, 그때 「표풍을 만나 울릉도에 도착」이라고 답하고 있다. 금지된 섬, 공도인 섬에 반복해서 건넜다면 당연히 처벌받는다. 그래서 우연한 표착이라고 답한 것이다. 쓰시마의 역인 앞에서 즉 조선에 송환된다는 것을 전제로 해서 이때도, 그는 보신을 꾀한 것이다. 그래서 울릉도에 건넌 것은 처음이라고 답한 것이다.

　　안용복은 킨바다이와 함께 어쩌면 원록5년에도 건너갔을 것이다. 킨바타이란 일행 8명, 즉 안용복·박어둔·김덕생·김가지동·김자신·서화립·이환·양담사리 중의 김가지동이 아니었을까.

---

4) 울릉도에 건너가는 일행이 일본인과의 교류를 상정하고 일본어가 가능한 자를 특별히 포함시킨 것으로 볼 수는 없다. 일행에 우연히 일본어를 이해하는 자가 포함된 것 일 뿐이다. 또 일본어를 이해하는 자가 안용복에 한정되는 것도 아니다. 따라서 통사라는 말은 일본어를 이해하는 사람이 상황에 따라 통역한 것으로 보아야 한다.

【本文7】

一、舟中ニ荷物在之候哉ト尋候へハ

　　干鮑少和布少在之候是ハ食事之

　　サイニ仕候由申候後ニ船中□書付別ニ

　　御座候[1]

---

1) (御座候) (孫)

《現代語訳》

　船中に荷物があるかと尋ねたところ、

　干し鮑が少々、和布が少々あると答えた。これは[自分たち用の]食事の折に食べるものだと申し述べた。船中にある荷物は、後に記す書き付けに別途記してある。

　배 안에 짐이 있는가라고 물었더니,

　말린 전복 약간, 미역이 조금 있다고 답했다. 이것은 식사할 때에 먹는 것이라고 이야기 했다. 선중에 있는 짐은, 뒤에 기록하는 서류가 따로 있습니다.

　別途、記した書き付けとは、この文書の最後に記載した『朝鮮舟在之道具之覚』である。積荷について尋ねると、干し鮑と和布(若布)があると答えた。和布(若布)が三俵、干し鮑が一束ほどである。それは本来、交易通商の積荷となる商品である。それを自分たちの食い扶持であると、わざわざ言及した。商品になりうるものであるが、商品ではないと、そのように答えるのである。彼らは普段、そのような商品を、日常的に取り扱う仕事に従事していた。

　彼らの保有する食料を『朝鮮舟在之道具之覚』で確認する。すると干し鮑、和布の他に、白米が叺に三合、塩が一俵ほどであった。つまり保有する米穀の量が極めて乏しい。それは鬱陵島から鳥取へ、十一人が一航海する間の保存食、僅かな消費量にしか過ぎない。つまり彼らは鳥取へ渡れば、そこで新たに食料は得られるものと考えていた。食料と共に、また利得も得ることができる。そのように考えていた。それゆえの冒険渡海である。

별도로 기록한 서류란 이 문서의 최후에 기재한 『조선주재지도구지각』을 말한다. 실은 짐에 대해 묻자 말린 전복과 미역이 있다고 답했다. 미역이 3표, 말린 전복이 한 다발 정도다. 그것은 본래 교역 통상의 화물이될 상품이다. 그것을 자신들이 먹는 것이라고 일부러 언급했다. 상품이 될 수 있는 것이지만 상품이 아니라고 그렇게 답한 것이다. 그들은 보통 그러한 상품을 일상적으로 취급하는 일에 종사하고 있었다.[2]

그들이 보유하는 식료를 『조선주재지도구지각』에서 확인할 수 있다. 그러면 전복, 미역 외에 백미가 가마니에 3합, 소금이 1표 정도였다. 즉 보유하는 미곡의 양이 아주 적었다. 그것은 울릉도에서 돗토리에 11인이 항해하는 기간의 보존식으로 얼마 안 되는 소비량에 불과하다. 즉 그들은 돗토리에 건너가면 그곳에서 새로 식료를 얻을 수 있다고 생각하고 있었다. 식료와 더불어 이득도 얻을 수 있다. 그렇게 생각하고 있었다. 그런 성격의 모험도해이다.[3]

---

2) 5월 23일에 대관이 石見国과 鳥取藩에 낸 보고서에는 일행이 제출한 문서를 목록에 적어 사자에게 지참시켰다는 것은 일행이 제출한 서류를 목록으로 작성했다는 것으로, 안용복과 그 일행이 문서작성을 생활화하고 있었다는 것을 의미한다.

소송서 이외의 문서로는 자진 출두한 20일부터 23일까지 주고받은 것을 상정할 수 있다. 대담을 마치고 귀선한 안용복이 전복과 문서를 보내 필요한 물품을 요구한 것, 식량이 떨어진 사정을 알리며 도움을 요청한 것, 소송의 이유를 문서로 거절한 것, 종파에 대한 질문에 답한 것, 식량 지원에 감사를 표한 것 등이 있었다. 이상으로 보면 목록에 기재된 적어도 8건에 이른다. 재번소가 일행의 선물에 답장을 보낸 것을 보면 1통 이상의 서간을 보낸 것이 된다.

3) 안용복은 1693년에 범죄자로 납치되어 돗토리를 거쳐 에도까지 갔다. 그때 울릉도와 자산도가 일본의 죽도와 송도라는 주장을 했다. 그 안용복을 송환시킬 때는 의사와 요리사를 대동시키고, 안용복과 박어둔을 가마에 태우는 등 융숭

欝陵島から出発する時点で、いや蔚山で順天僧の雷憲らに出合った時点で、この航海の利得を彼らは話し合っていた。先年渡海した欝陵島の様子を、そこが物産豊かな島であることを、さらに因幡鳥取藩へ赴けば回賜品までも得ることができると、そのように話し合った。雷憲らは利欲心が沸き、寧海の人・劉日夫らを誘い、結局、共に島に渡ることとなった。この度は、まことに特殊な航海となる。それを承知の上で、彼らは島に赴いた。

もともと彼らは、干し鮑と若布など当時の流通用海産物を扱う海の流通業者である。米や銀子によって、その商品を仕入れ、他所に運び、価値を高めて売り払う。その利ざやを稼ぐのである。この欝陵島では、実際に海の現場で、その塩干物製造にも携わっていた。その効率の良い作業によって、彼らは多くの利を得ていた。それが元禄五年、六年、七年、八年の、彼らの欝陵島での活動である。だがこの元禄九年の出来事は、そこから一歩、踏み出している。新たな海の冒険の開始だった。

한 대접을 했다. 도저히 범죄자로 볼 수 없는 대우였다. 그 이유가 밝혀지지 않는 한 일행을 모험상인으로 단정할 수는 없는 일이다.

울릉도에서 출발하는 시점에 아니 울산에서 순천승 뇌헌 등을 만난 시점에 이 항해의 이점을 그들은 이야기하고 있었다. 선년에 도해한 울릉도의 상황을 그곳이 물산이 풍부한 섬이라는 것을 그리고 이나바 돗토리번에 가면 회사품까지 받을 수 있다고 그렇게 이야기했다. 뇌헌 등은 이익이 탐나 영해 사람 유일부를 권하여 같이 섬으로 건너가게 되었다. 이번에는 그야말로 특수한 도해였다.[4] 그것을 알고 그들은 섬으로 행했다.

원래 그들은 말린 전복과 미역 등 당시의 유통 해산물을 취급하는 유통업자였다. 쌀이나 금전으로 그 상품을 사들였다 다른 곳으로 운반하여 가격을 올려 판다. 그 차익금을 버는 것이다. 이 울릉도에서는 실제로 바다의 현장에서 어획물을 소금처리 하는 일에 관여하고 있었다. 그 효율 좋은 작업으로 그들은 많은 이익을 얻고 있었다. 그것이 원록5년, 6년, 7년, 8년에 그들이 울릉도에서 한 활동이었다. 그러나 이 원록9년의 사건은 그것에서 1보 더 나간 것이다. 새로운 바다의 모험이었다.

---

4) 일행에 승려 5인이 참가한 것은 당시 일본의 불교와 같이 생각할 문제다. 또 사찰의 운영이라는 면에서의 접근도 의미있는 일이라고 생각한다.

　この新たな一歩には、その前段の歩みがある。安龍福に関して言え
ば、元禄五年からの欝陵島渡海を追うことができる。だがそれ以前の欝
陵島渡海は、果たしてどうであったのか。元禄五年の朝鮮人通詞(安龍福
と思われる人物)の言には、三年ごとに北の島(実は欝陵島)で、鮑漁など
の漁労採集を行っていたとある。それを国主の用に供するのだという。
三年ごととは、三年前の元禄二年(一六八九)、さらに三年前の貞享三年
(一六八六)頃からということである。その頃から僅かの朝鮮人漁民が、
この島に渡り、細々と漁労を営んでいたのである。それが元禄五年頃よ
り、利に吸い寄せられ、一歩を踏み出し大船団を組み、大人数で島に押
し寄せてくるようになった。そして元禄九年、さらに一歩踏みだし、鳥
取藩に渡って行くことになった。この事態の推移とは何か。

이 새로운 일의 첫걸음은 그 이전의 경험이 있다. 안용복에 관해 말하자면, 원록5년부터의 울릉도 도해를 검토할 수 있다. 그러나 그 이전의 울릉도 도해는 과연 어떠했을까. 원록5년의 조선인 통사(안용복이라고 생각되는 인물)가 말하기를, 3년 마다 북쪽의 섬(실은 울릉도)에서 전복 등의 어로채취를 행하고 있었다 한다. 그것을 국주용으로 바친다 한다. 3년 마다라는 것은 3년 전의 원록2년(1689), 그 이전의 3년 전은 정형3년(1686) 경부터라는 것이다. 그때부터 소수의 조선어민이 이 섬에 건너 가 조심스럽게 어로하고 있었던 것이다. 그것이 원록5년 경부터 이익을 쫓아 한 발 더 나가 대선단을 꾸미고 많은 사람들이 섬에 모여들게 되었다. 그리고 원록9년에 한 발 더 나가 돗토리번에 건너가게 되었다. 이 사태의 추이는 어떨까.[5]

---

5) 1686년경부터 조선인이 울릉도에 나타났다는 것은 일본기록에 의한 판단일 뿐이다. 조선의 태종 17년(1417)에 해금정책을 취했으나 세종 원년(1419)에 17명의 남녀가 울릉도에서 나온 사실을 비롯하여 많은 기록이 있어, 해금정책을 어기고 도해하는 어민 이 그치지 않았다는 것을 알 수 있다. 강원감사의 정기적인 순찰도 있었다.

　細々と漁労を営むうちは、日本人漁民と朝鮮人漁民との間に、争い事など起きなかった。島での棲み分けが行われていた。日本人漁民は浜田浦や大坂浦で漁労活動を行っていた。朝鮮人漁民は目立たぬよう、これ以外の浦々で、細々と漁労活動を行っていた。しかしここは素晴らしい漁場である。そのような情報を入手した海の流通業者たちは、良質な海産物およびその精製品を求め、この島へ本格的な参入を開始した。それが元禄五年の出来事である。そして毎年の乱獲と、多量の海産物(塩干物)製造がなされ、この島からの搬出が行われた。流通機構へ乗せ、販路の拡張があった。島に渡った船は、全てが大量の水揚げを得た。多くの利潤を得た。だが毎年の乱獲は、やがて資源の枯渇を招く。容易に採取できる浅海からの魚介類・海藻の収穫は激減し、採取するにはより深海に潜らねばならなくなった。大船団を組み、この島に渡っても、もはや利潤は保障されない。船ごとの収穫に相違が出始めた。良い収穫を得た船はよいが、そうでない船は、そのままでは故郷に帰れない。貧しいままでは戻れないのである。そして思案の末に、鳥取藩への冒険航海となる。それが元禄九年の出来事であった。

조심스럽게 어렵을 할 때는 일본어민과 조선어민 사이에 다투는 일이 벌어지지 않았다. 섬에서의 지역구별이 이루어져 있었다. 일본어민은 하마타나 오사카우라에서 어로활동을 하고 있었다. 조선인 어민은 눈에 띄지 않도록 이 이외의 여러 포구에서 조심스럽게 어로활동을 하고 있었다. 그러나 이곳은 훌륭한 어장이었다. 그러한 정보를 입수한 바다의 유통업자들은 양질의 해산물 및 정제품을 찾아 이 섬에 본격적으로 참가하기 시작했다. 그것이 원록5년의 사건이다. 그리고 매년 난획과 다량의 해산물 제조가 이루어져 반출되고 있었다. 유통기구를 통해 판로가 확장되었다. 섬에 건넌 배는 모두 대량으로 어획하여 많은 이익을 얻었다. 그러나 매년 나획하여 자원이 고갈되게 되었다. 용이하게 채취할 수 있는 근해의 어패류나 해초의 수확이 격감하여, 채취하기 위해서는 심해에 잠수하지 않으면 안되게 되었다. 대선단을 조직하고 이 섬에 들어가도 이윤이 보장되지 않았다. 배마다 수확의 차이가 나기 시작했다. 좋은 수확을 얻은 배는 좋으나 그렇지 못한 배는 그대로 고향에 돌아 갈 수 없다. 가난한 체로는 돌아갈 수 없는 것이다. 그래서 생각 끝에 돗토리번에 가는 모험항해가 이루어진다. 그것이 원록9년에 생긴 일이었다.

　安龍福一行が、もしも交易としての航海を考えていれば、大量の交易品、つまり商品としての塩干物などを、船に積載しない筈はない。だが彼らの船中には、商品となるものは一切なかった。彼らの航海の実態は、商品取引による利を期待するものではなかった。では彼らの航海の目的とは何か、何が彼らを伯耆へ、そして因幡へと駆り立てたのか。それは、欝陵島は我等の漁場であると、ここは朝鮮領であると、それを主張するための航海であった。その主張によって利が生まれる。外交交渉が展開すれば、礼に則る接遇が得られ、それなりの回賜品が期待できる。それを持って帰国し、商品化して流通経路に乗せ、大いなる利を挙げるのである。そのようなことを期待し、彼らは冒険航海を行った。

　欝陵島から日本へ向かう、その最終的な決断を後押しする出来事があった。『粛宗実録』二十二年九月条に載る倭船の侵犯である。「島に来てみると、倭船が多数来泊していた。仲間は近づくのを恐れたが、安龍福は、欝陵島は我等の境域である、なぜ倭人は越境侵犯するのか、縛り上げてしまうぞと大声で怒鳴った。」そして倭人を追い掛け、子山島へ行き、さらに追い掛けるが、狂風に遭い隠岐島へ漂着したという部分である。

　안용복 일행이 만일 교역으로서의 항해를 생각하고 있었으면 대량의 교역품, 즉 상품으로서의 소금절인 것 등을 배에 싣지 않았을 리 없다. 그러나 그들의 선중에는 상품이 될 만한 것은 일체 없었다. 그들의 항해 실태는 상품의 거래로 이익을 기대할 만한 것이 없었다. 그러면 그들의 항해목적은 무엇인가. 무엇이 그들을 이나바에 가게 한 것일까. 그것은 울릉도는 우리들의 어장이라고, 이곳은 조선령이라고 그것을 주장하기 위한 항해였다. 그 주장으로 이익이 생긴다. 외교교섭이 전개되면, 예의에 따른 접대가 이루어져 그 나름대로 회사품을 기대할 수 있다. 그것을 가지고 귀국하여 상품화하여 유통경로를 통해 큰 이익을 얻는 것이다. 그러한 것을 기대하고 모험항해를 행했다.

　울릉도에서 일본으로 향한다. 그 최종적인 결단을 내리게 하는 사건이 있었다.『숙종실록』22년 9월조에 실린 왜선의 침범이다.「섬에 와보니 다수의 왜선이 정박하고 있었다. 동료들은 접근하는 것을 두려워했으나 안용복은, 울릉도는 우리들의 경역이다. 왜 왜인은 월경 침범하는 것인가, 묶어버리겠다 라고 큰소리로 야단쳤다.」그리고 왜인을 뒤쫓아 자산도에 갔고 다시 뒤쫓다가 광풍을 만나 오키도에 표착했다고 하는 부분이다.

　この元禄九年一月十八日、幕府老中の連署で鳥取藩主池田綱清に竹島渡海禁止が伝えられている。それは国元に伝えられ、伯耆商人にも伝えられていた。だから大谷・村川の両家は、この年竹島渡海を行っていない。だからといって零細な日本漁民が、このとき竹島渡海を行っていなかったとは到底思えない。むしろ細々とではあるが、島に渡っていた可能性は大いにある。日本側が大船団を組織し島に渡っていたとき、朝鮮側は細々と渡っていた。それに換わり朝鮮側が大船団を組織し島に渡れば、逆に日本側は細々と渡っていたことだろう。だから、この安龍福の証言は正しいのではなかろうか。彼が日本船を追い掛けたという話は、その蓋然性は遥かに高いものがある。

　ことのきっかけは、漁場荒らしに遭ったという思いであろう。漁獲量が乏しくなってきた折の盗獲である。追い掛け、回収しようと考えたとしても無理はない。松嶋まで追い掛けた。だが逃げられた。獲物を取り逃がした思いは、口惜しさと共に、新たな獲物の獲得へと思考を廻らせる。そのまま鳥取へと、彼らは船首を向けたのである。とっさに追い掛けた船には、積荷が積み込まれていないのは当然のことである。

이 원록9년 1월 28일에 막부노중의 연서로 돗토리 번주 이케다 쓰나키요에게 죽도도해금지가 전해졌다. 그러므로 오야・무라카와 양가는 이 해에 죽도도해를 하지 않았다. 그렇다해서 영세한 일본 어민이 이때에 죽도에 도해하지 않았다고는 도저히 생각할 수 없다. 오히려 조심하면서 섬에 건너갔을 가능성은 크다. 일본 측이 대선단을 조직하여 건너가고 있을 때, 조선 측은 조심스럽게 건너가고 있었다. 그것이 변하여 조선 측이 대선단을 조직하여 섬에 건너면 반대로 일본 측은 조심스럽게 건너갔을 것이다. 그러므로 이 안용복의 이야기는 그 개연성이 아주 높은 면이 있다.[6]

이것은 어장을 훔치는 절도를 만난 것을 계기로 했을 것이다. 어획량이 부족하게 되었다고 생각했을 때의 도난이었다. 뒤쫓아가서 회수하려고 했다고 보아도 무리는 아니다. 송도까지 뒤쫓았다. 어획물을 빼앗겼다고 생각하면 분하다는 생각과 더불어, 다른 것을 얻어야겠다는 생각을 하게했다. 그대로 돗토리로 선수를 돌리게 했다. 서둘러 뒤쫓아간 배에 짐이 없는 것은 당연한 일이다.[7]

---

6) 안용복의 진술이 사실일 가능성을 본 것은 인정할 수 있으나, 조선과 일본이 서로 상대방의 상황을 보며 소극적이었다는 추정에는 근거가 없다.

7) 안용복이 팔도지도를 소지한 것은 일반 항해를 위한 준비로 볼 수도 있는 일이나, 일반항해를 위한 준비라면 조선의 팔도지도와 다른 지도였기 마련이다. 조선의 영역을 알 수 있는 정도의 지도는 일반 항해의 방법과는 무관할 수 있다. 안용복이 지참한 팔도지도는 항해의 편리보다는 조선의 영역을 확인하기 위해 준비한 것으로 보여, 안용복의 도해는 그가 진술한대로 소송을 목적으로 한 것으로 보아야 한다.

【本文8】

一、船中二坊主五人乗セ候儀尋候ヘハ竹
　　嶋見物ヲ望二付同道仕候由申候

一、沙門宗派1)五人共二一宗カ又別宗カ
　　何宗そ2)と尋候ヘハ雷憲3)其問ノ書
　　付二答ヲ書記申候然共其分ケ
　　不分明様二相聞4)ヘ申候依之翌廿一日二
　　宗旨名伯州ヘ参候わ5)け荷物等之
　　義書6)付相尋候ヘハ病人李禅元筆者
　　ニテ書出ス書付有リ則差上申候

---

1) 沙門宗派 (内) 宗派 (孫)

2) そ (孫)

3) 雷憲 (内)

4) 聞 (孫)

5) 王 (孫)

6) (書) (孫)

《現代語訳》

　船中に坊主が五人いる。乗船させた理由を尋ねると、

　竹嶋見物を希望したので、連れてきたのだと申し述べた。

　その五人の沙門について、その宗派は五人とも同じ一宗か、それとも別な宗なのか、果たして何宗なのかと、彼らに尋ねた。すると雷憲が、その質問に答えて書き出した。だがそこに書き記したものは判読し難く、また聞いても不明瞭なものであった。そこで翌二十一日、

　再度、その宗旨の名称や、伯耆国へ参る理由、また荷物の

　詳細を書き出すことで尋ねた。すると病に伏せっていた李禅元が筆を取り、記した書き付けを差し出してきた。

선중에 스님이 다섯 사람 있다. 승선시킨 이유를 묻자,

죽도 관광을 희망했기 때문에 데리고 온 것이라고 이야기 했다.

그 다섯 사문에 대해, 그 종파는 다섯 모두가 같은 일파인가

그렇지 않으면 다른 종파인가. 도대체 무슨 파인가라고 그들에게 물었
다. 그러자 뇌헌이 그 질문에 답하여 써냈다. 그러나 그 그곳에 기록한 것
은 판독하기 어려워, 다시 물어도 불명료한 것이었다. 그래서 21일에 다시,
그 종파의 명칭이나 호키국에 가는 이유, 또 화물을 상세히 써낼 것을 요
구했다. 그러자 병자인 이비원이 붓을 잡아 기록한 서류를 제출했다.

　五人の坊主が、わざわざ船に乗って隠岐まで渡ってきた。一行十一人中の五人である。彼らはいったい何のため、ここまでやって来たのか。不審に感じた島の役人は、当然の如く、それを問い質す。その身元を掴もうと、五人の宗派を聞いたのである。言葉の遣り取りが旨くいかず、五人の宗派は不明であった。一見そのようにも受け取れる。だがそもそも彼らの所属が不明なのは、言葉の障害からだけではない。彼らは元々、特定の宗派・教団に所属する坊主ではなかった。つまり彼らは自由僧である。利によって動き、利のあるところに動いていく。寺銭に群がり、物流の中で利ざやを稼ぐ。そのような坊主の集団であった。

　竹嶋見物に同道したというのは、塩干物製造の現場に立ち会うこと、その製品の品質を見極め、梱包し、製品価値を定めるのである。すなわち値段設定、漁民たちへの賃金支払いである。そのためには算盤の持参は必須である。雷憲の仕事とは、その算盤業務であった。そして李禅元の仕事とは、筆を執っての帳簿記載であった。

　だが安龍福一行の商品流通業務は、肝心の商品調達が思うに任せず、この元禄九年で言えば、業務として成立しなかった。つまり赤字経営である。だから意を決し、鳥取へと、彼らは冒険航海を決断した。

다섯 스님이 일부러 배를 타고 오키까지 건너왔다. 일행 11인 중의 5인이다. 그들은 도대체 무엇 때문에 여기까지 온 것일까. 이상하게 여긴 섬의 역인은 당연한 것처럼 그것을 묻는다. 그 신원을 파악하려고 다섯 사람의 종파를 물은 것이다. 묻고 답하는 것이 잘 통하지 않아 다섯 사람의 종파를 알 수 없었다. 언뜻 그렇게 볼 수도 있다. 그러나 원래 그들의 소속이 불명인 것은 언어상의 문제만은 아니다. 그들은 원래 특정의 종파·교단에 속하는 스님이 아니었다. 즉 그들은 자유승이다. 이익에 따라 움직이고 이익이 있는 곳을 찾아갔다. 절의 금전을 따라 모이고, 물류의 차익을 번다. 그러한 스님의 집단이었다.

죽도 관광으로 동행했다는 것은 소금절이 제조 현장에 입회하는 것, 그 제품의 품질을 확인하고 포장하여 제품가치를 정하는 것이다. 즉 가격 설정과 어민들에게 임금을 지불하는 것이다. 그러기 위해서는 주판의 지참은 필수였다. 뇌헌의 임무는 이 주산 업무였다. 그리고 이비원의 임무란 붓을 잡는 장부기재였다.

그러나 안용복 일행의 상품 유통업은 중요한 상품의 조달이 뜻대로 되지 않았다. 이 원록9년의 일을 말하자면 업무가 성립하지 않았다. 즉 적자 경영이었다. 그래서 그들은 뜻을 정하고 돗토리의 모험항해를 결단했다.[7]

---

7) 흥미있는 추정이나, 일행의 도해를 우발적인 것으로 볼 수는 없다.

【本文9】

一、安龍福申候[1]ハ竹嶋ヲ竹ノ[2]嶋と

申朝鮮国江原道東菜

府ノ内ニ鬱陵嶋[3]と申嶋

御座候是[4]ヲ竹ノ嶋と申由[5]申候

則八道ノ図ニ記之所持仕候

---

1) 결자 (孫)

2) 결자 (孫)

3) 欝陵嶌 (孫)

4) (是) (孫)

5) (由) (孫)

《現代語訳》

安龍福が申すことには、竹嶋は竹の[生え茂る]島で、
それゆえ竹嶋と申すのだという。
朝鮮国の江原道の東莱府の
管轄内に欝陵嶋という島がある。
これを[日本の側で]竹ノ嶋というのだという。
朝鮮八道の図に[この欝陵嶋は]記されていて、
その八道の図を彼らは、今、所持している。

안용복이 말하는 것은, 죽도는 대가 [자라 무성한] 섬으로,
그래서 죽도라고 말하는 것이라 한다.
조선국 강원도 동래부의
관할 내에 울릉도라고 말하는 섬이 있다.
이것을 [일본 측에서] 죽도(다케노시마)라고 말한다 한다.
조선팔도의 그림에 [이 울릉도는] 기록되어 있고,
그 팔도의 지도를 그들은, 지금, 소지하고 있다.

　安龍福は元禄六年、鳥取から長崎、そして対馬、さらに朝鮮へと送られた。この時、七月一日の長崎奉行所での取り調べにおいて「此の度、我々ども鮑取りに参り候嶋の儀、常に朝鮮国にてはムルグセムと申し候、日本之内竹嶋と申す所の由は、此の度承り申し候御事」と供述している。『竹島紀事』の記載である。安龍福は元禄六年、日本に連れて来られ、初めて朝鮮でいうムルグセム（武陵島）が日本の竹嶋であることを知った。そして、この元禄九年、朝鮮の江原道にあるウンロンタウ（欝陵島）を日本では竹嶋と言うのだと、元禄六年に聞き知った知識を、こうして隠岐の島役人たちに披露した。

　안용복은 원록6년에 돗토리에서 나가사키, 그리고 쓰시마를 거쳐 조선에 송환되었다. 이때, 7월 1일에 나가사키 봉행소에서 취조 받을 때 「이번에 우리들은 전복을 잡으러 온 섬은 보통 조선에서는 무루구세무라고 말합니다. 일본의 죽도라고 말하는 것은 이번에 들은 일입니다」라고 공술했다. 『죽도기사』의 기록이다. 안용복은 원록6년에 일본에 납치되어 처음으로 무루구세무(무릉도)가 일본령이라는 것을 알았다. 그리고 이 원록9년에 조선 강원에 있는 울릉도를 일본에서는 죽도라고 말한다고, 원록6년에 들어서 안 지식을 이렇게 오키의 역인들에게 피로했다.[6]

---

6) 안용복은 납치되기전부터 우산도로 불리는 독도를 인식하고 있었다.

　元禄六年から九年の間で、ようやく、この海域の島の様子が判明した。それは実に安龍福の往来によって明らかとなった知識である。いわば彼の二度の航海の功績である。安龍福以前、この海域は茫洋としていて、誰もその実態を把握していなかった。『竹島紀事』によれば、元禄六年、対馬藩の家老・杉村采女が、釜山倭館に居る通詞・中山加兵衛に、朝鮮でいうブルンセミというのは欝陵島なのかと問い合わせを行っている。当時、対馬藩の国元家老さえ、この海域の詳細を知らなかった。また問われた中山の方も、同様に、その実態を知らなかった。以下は中山が杉村に答えた何とも不可解な返事である。

　「ブルンセミと欝陵島とは島違いである。欝陵島はウルチントウと申す島である。ブルンセミは、ウルチントウから北東に当たる島で、かすかに見えるのだという。ウルチントウの島の大きさは、船で廻れば一日半ほどのもので、高い山があり、田畑があり、また大木などが繁っている。このウルチントウへは江原道のユグハイという浦から南風に乗って出帆し、向かうのだという。ウルチントウへ通うようになったのは、去々年からのことで、それに相違ないのだが、御公儀へ報告がなく、密々に行われたものであった。」というものである。

　원록6년부터 9년 사이에 겨우 이 해역에 있는 섬의 상황을 판명했다. 그것은 안용복의 왕래에 의해 분명해진 지식이다. 말하자면 그의 두 번에 걸친 항해의 공적이다. 안용복 이전의 이 해역은 망망대해로 누구도 그 실체를 파악하고 있지 않았다. 『죽도기사』에 의하면 원록6년에 대마도 가로·스키무라 우네메가 부산 왜관에 있는 통사·나카야마 카베에게 조선에서 말하는 부룬세미라는 것이 울릉도인가라고 물은 일이 있다. 당시 대마도 번의 가로조차 이 해역을 상세히 알지 못했다. 또 질문을 받은 나카야마도 마찬가지로 그 실체를 알지 못했다. 이하는 나카야마가 스기무라에게 답한 것으로 무엇인지 알 수 없는 답이다.[7]

　「부룬세미와 울릉도는 섬이 다르다. 울릉도는 우루친토우라고 말하는 섬입니다. 부룬세미는 우루친토우에서 북동에 해당하는 섬으로 희미하게 보인다고 합니다. 우루친토우 섬의 크기는 배로 돌면 하루반 정도의 것으로, 높은 산이 있고 논밭이 있고 또 큰 대목 등이 우거져 있다. 이 우루친토우는 강원도의 에구하이라고 하는 포에서 남풍을 타고 출범하여 향하는 것이라 한다. 우루친토우에 다니게 된 것은 재작년부터의 일이라는 것이 틀림없습니다만 상사에 보고하지 않고 은밀하게 이루어진 일이었다.」라고 말하는 것이다.[8]

---

7) 대마도의 질문을 받고 왜관이 조선인들에게 물어 울릉도 북동쪽에 희미하게 보이는 섬이 부룬세미라는 것은 분명히 답했다. 즉 우루친토우로 불리는 울릉도에서 희미하게 보이는 섬이 부룬세미라는 것으로, 독도를 부룬세미로 불렀다는 것을 알 수 있다.

8) 울릉도와 독도의 지명은 다양하다. 512년에 이사부가 우산국을 정벌하면서부터 기록되기 시작한 두 섬은, 시대와 공간에 따라 다양하게 기억되고 기록된 것이다. 여기서 중시할 것은, 이사부가 정벌한 우산국의 문제다. 우산국은 울릉도를

　ウルチントウとは蔚珍島のことで、蔚珍県に所属する島のことである。蔚珍県の岸辺から沖合にある島で、それは即ち欝陵島のことである。ここから北東に、今一つ島があり、それがブルンセミだという。だがブルンセミとは武陵（ブルン）島（セミ）のことで、結局これも欝陵島のことである。この不可解な中山加兵衛の回答は、彼が釜山倭館の通詞として、東莱府の役人から直接得た知識である。彼我頻繁な情報交換の中で、中山はその知識を、相手国から得たのである。結局、東莱府の役人も、この海域については、よく分かっていなかった。

　ウルチントウへは、この元禄六年から二年前、つまり元禄四年ころから通うようになったという。そのウルチントウから北東に今一つの島があるという。この二島の話は村川船の船頭・黒兵衛が元禄五年に供述した「乍恐口上之覚」と全く同じである。竹嶋に渡ったところ、そこに通詞がいて、彼の語ったところによれば、この島の北にもう一つ島があり、三年に一回ほど渡り朝鮮国主の用に鮑漁するという話である。当時この海域の情報は、全く錯綜し、その実態は把握されていなかった。

비롯하여 주변의 섬들을 포함한 국명으로, 당연히 독도를 포함한다. 우산국에 독도가 포함된다는 사실을 분명히 하면, 독도가 무주지였다는 일본의 주장은 성립될 수 없게 된다.(졸고 ‘于山国의 종교와 독도’ “日本語文学” 韓国日本語文学会, 2007, 12)

우루친토우란 울진도(蔚珍島)를 말하는 것으로 울진현에 소속하는 섬을 말한다. 울진현의 연안의 먼바다에 있는 섬으로 이것은 곧 울릉도를 말한다. 이곳에서 북동으로 하나의 섬이 있는데 그것을 부룬세미라고 한다. 그런데 부룬세미란 무릉(武陵)도(세미)로 결국 이것도 울릉도를 말한다. 이 불가해한 나카야마카베에의 회답은 그가 부산 왜관의 통사로서 동래부의 역인한테 직접 얻은 지식이다. 서로 빈번하게 정보를 교환하는 사이로 나카야마는 그 지식을 상대국한테 들은 것이다. 결국 동래부 역인도 이 해역에 대해서는 잘 알고 있지 않았다.[9]

우루친토우에는 이 원록6년의 2년전, 즉 원록4년 경부터 왕래하게 되었다 한다. 그 우루친토우의 북동에 또 하나의 섬이 있다 한다. 이 두 섬의 이야기는 무라카와선의 선두·쿠로베가 원록 5년에 공술한 「삼가며 말씀드리는 각서」과 꼭 맞는다. 죽도에 건너갔더니 그곳에 통사가 있어 그가 말하는 것에 의하면 이 섬의 북쪽에 또 하나의 섬이 있고 3년에 한 번씩 건너 조선국주에게 바치는 전복을 딴다고 하는 이야기다. 당시 이 해역의 정보가 혼란스러워 그 실태는 파악되지 않았다.[10]

---

9) 결국 부산에 있는 왜관이 조선인들에게 물어 동해에 있는 두섬을 우루친토우·부룬세미로 부른다는 사실이 확실해졌다.

10) 동해에 존재하는 두개의 섬이란 울릉도와 독도 이외에 달리 상정할 수가 없다.

【本文10】

一、松嶋ハ右同道之内子山ト申

　　嶋御座候是ヲ松嶋と申由是も

　　八道之図ニ記申候

《現代語訳》

松嶋は右の同じ道筋[1)]の中にある嶋で、ここには[朝鮮でいう]子山という
嶋がある。これが松嶋である。この嶋も
八道の図に記されていると、彼らは申している。

송도는 우의 같은 길목에 있는 섬으로, 이곳에는(조선에서 말하는) 자산이라
고 하는 섬이 있다. 이것이 송도다. 이 섬도
팔도지도에 기록되어 있다고, 그들이 말하고 있다.

---

1) 「右同道」은 「右」은 本文9를 가르키고, 「同道」은 그곳에서 말한 朝鮮国 江原道東
　　萊府를 의미한다. 따라서 「송도는 같은 강원도 안에 있는 섬으로, 자산이라고
　　하는 섬이 있습니다.」로 해석해야 한다.

　子山とは干山のことである。だが干山と記さず、子山と記している。これは単なる誤記ではない。安龍福は欝陵嶋を親山として、この嶋を子山と考えていたのかもしれない。彼が帰国後、備辺司での取り調べの折「松嶋というのは子山島」と、やはり同様の供述をしているからである。彼は武陵・干山の両島を知っていたわけではない。ムルグセム（武陵島）たるの欝陵島と、その所属となる子山島を知っていたに過ぎない。だがそれが日本でいう竹嶋と松嶋だということを、この海域での二度の往復の間に知ったのである。この並びの島が、それゆえ安龍福以後、武陵と干山の二つの島になる。それはもともとウルチントウとブルンセミと、欝陵島一島を二つの島に語られていたものである。それが安龍福によって竹嶋と松嶋に置き換えられ、ムルグセム（武陵島）と、その付属の子山島に扱われていく。子山島は干山島へ、まさしく干山国の所属の島ということになる。欝陵・干山は我等の島と、そのような朝鮮側の認識は、安龍福のなしとげた最大の功績なのであろう。

자산이란 우산을 말한다. 그러나 우산으로 쓰지 않고 자산이라고 기록하고 있다. 이것은 단순한 오기가 아니다. 안용복은 울릉도를 아비의 산으로 하고 이 섬을 애기의 산으로 생각했는지도 모른다. 그가 귀국한 후에 비변사에서 취조 받을 때 「송도라고 말하는 것은 자산도」라고 역시 같은 공술을 하고 있기 때문이다. 그는 무릉·우산의 양도를 알고 있었던 것은 아니다. 무루구세무(무릉도)인 울릉도와 그것에 소속하는 자산도를 알고 있었던 것에 지나지 않는다. 그러나 그것이 일본에서 말하는 죽도와 송도라는 것을 이 해역을 두 번 왕복하는 사이에 알게 된 것이다. 이 나란한 섬이 이런 연유로 안용복 이후에 무릉과 우산의 두 섬이 된다. 그것은 원래 우루친토우와 무루구세무라고 울릉도 일도를 두 개의 섬으로 이야기하고 있었던 것이다. 그것이 안용복에 의해 죽도와 송도로 개명되어 무루구세무(무릉도)와 그것에 부속하는 자산도로 취급되어 간다. 자산도는 우산도에 그야말로 우산국의 속도로서의 섬이 된다. 울릉·우산은 우리들의섬이라는 조선 측의 인식은 안용복이 이룬 최대의 공적이다.[2]

---

2) 울릉도와 독도/자산도가 조선의 영토라는 사실이 안용복에 의해 재확인되었다고 말할 수는 있어도, 그것이 처음이라고 말할 수는 없다. 지명의 차이는 시대와 지역에 따라 어쩔 수 없는 일이나, 동해에 두 개의 섬이 존재한다는 일찍부터 알고 있었고, 그것에 대한 소유의식은 이사부가 정벌한 512년 이래의 일이었다. 안용복은 납치당하기 이전에 울릉도에서 희미하게 보이는 우산도를 확인했다. 일행중에 그것을 알고 있는 사람이 있었다는 것은 많은 사람이 울릉도 북동쪽에 우산도가 있다는 것을 알고 있었다는 것을 의미한다.

【本文11】

一、当子三月十八日朝鮮国朝

　　飯後二出船同日竹嶋へ着夕

　　夕飯給申候由申候

《現代語訳》

まさにこの子の年(元禄九年、一六九六)三月十八日、朝鮮国を
朝飯後に出船した。そして同日の夕べには、もう竹嶋に着いた。
夕飯を食べたと申し述べている。

그런데 이 쥐의 해(원록9, 1696) 3월 18일에 조선국을
조반 후에 출선했다. 그리고 동일의 석양에는 이미 죽도에 도착했다.
석식을 먹었다고 말하고 있다.

　天候と風向きに恵まれれば、朝方に出発し、夕方には、もう島に着くのである。『世祖実録』三年四月条には「三陟から西風に乗れば、丑の刻に船を出し、亥の刻に島に着くことができる」とある。さらに「風が微風なら、一昼一夜を費やし到達することができる。もしも無風なら、櫓を漕ぎ、二日と一夜で到着できる」とある。古い昔から、追い風の強弱で、島への行程が論じられていた。天気晴朗であれば、島への距離は推し量れるのである。伯耆商人の大谷・村川の両家も、雲州から隠州へ、松嶋へ、竹嶋へ、そして朝鮮国への海上の距離を、よく承知していた。

　날씨와 바람이 좋으면 아침에 출발하여 석양에는 섬에 도착하는 것이다. 『세조실록』 3년 4월조에 「삼척에서 서풍을 타면 축시에 배를 내어 해시에 섬에 도착할 수 있다」라고 있다. 또 「바람이 미풍이면 하루 낮 하룻밤에 도착할 수 있다. 만일 바람이 없으면 노를 저어 이틀과 하룻밤에 도착할 수 있다」라고 하고 있다. 오랜 옛날부터 바람의 강약에 따라 섬으로 가는 행정이 이야기되고 있었다. 천기가 청랑하면 섬으로 가는 거리를 추상할 수 있는 것이다. 호키의 상인 오야・무라카와 양가도, 운슈에서 인슈로, 송도로, 죽도로, 그리고 조선국에 가는 해상의 거리를 잘 알고 있었다.

【本文12】

一、舟数十三艘二人壱艘二九人

　　　十人十壱人十弐三人十五人程宛

　　　乗リ[1] 竹嶋迄参候由人数之

　　　高問候而も一圓不申候

---

1) 乗 (孫)

《現代語訳》

竹嶋に渡った彼らの船数は十三艘である。それぞれの一艘に、九人、
十人、十一人、十二・三人、十五人などで
乗り込み、竹嶋まで来たという。人数の
高(合計)を問うが、それについては一向に答えなかった。

죽도에 건넌 그들의 배의 수는 13척이다. 각각의 1척에 9인,
10인, 11인, 12·13인, 15인 등이
타고, 죽도까지 왔다 한다. 인원의
합계를 물었으나, 그것에 대해서는 일체 답하지 않았다.

　船数を答え、船に乗り組む船人の数を申し述べている。そこからさらに島役人は、島に渡った総人数を問うたのだが、彼らはそれに答えなかった。十三艘の総人数など、瞬時に答えられるものではない。これは当然のことであったろう。

　배의 수를 답하고 배에 탄 선원들의 수를 이야기하고 있다. 그러자 다시 섬의 역인은 섬에 남은 총 인원수를 물었으나 그들은 그것에 답하지 않았다. 13척의 총 인원수 등 즉시 대답할 내용이 아니다. 이것은 당연한 일일 것이다.[2]

---

2) 배의 수나 각 배에 타는 선원들의 숫자를 알면, 그 총수를 아는 것은 그리 어려운 문제가 아니다. 그럼에도 비밀로 한 것에는 어떤 의미가 있는 것일까. 그것은 11인에 포함된 무명씨와 같이 생각해볼 문제다. 일행 11인이 서로의 이름을 모를 리 없는데도 20일의 대담에서는 무명씨로 했다. 23일의 보고서에는 모든 이름이 밝혀진 것을 보면, 후에 일행이 알려주었거나 재번역인들이 알아낸 것이 된다. 어차피 알려질 이름을 왜 숨긴 것일까. 숨기지 않으면 안되는 사정이 있었던 것일까. 아니면 성의 없이 대담에 임한 것일까.

【本文13】

一、右十三艘之内十弐艘ハ竹嶋ニ而

　　和布鮑[1]ヲ取竹ヲ伐リ申候

　　此事ヲ只今仕候当年者鮑

　　多[2]モ無之由申候

---

1) (鮑) (孫)

2) 多し (孫)

《現代語訳》

右の十三艘のうち十二艘までは、竹嶋で
若布取りや鮑取り、また竹を伐り取っている。
このような作業は今年も行っている。ただ今年の鮑の水揚げは、
とても多いとはいえない。そのようなことを申していた。

우의 13척 중의 12척은 죽도에서
미역 채취나 전복 잡이, 또 대를 베고 있다.
이러한 작업은 금년도 행하고 있다. 다만 금년에 딴 전복의 양이
많다고는 말할 수 없다. 그러한 것을 말하고 있다.

三月十八日から欝陵嶋に滞在している。彼らは五月十五日まで、約二ヶ月間、島で漁労活動を行っていた。だがいつもの年と異なり、今年の収穫は乏しかった。確かに年々水揚げは落ち込んでいる。望み通りの利が上げられないと分かり、彼らは改めて、伯耆への渡航を考え付いた。そのことは既に述べた。

3월 18일부터 울릉도에 체재하고 있다. 그들은 5월 15일 까지 약 2개월 간 섬에서 어로활동을 하고 있었다. 그러나 예년과는 달리 금년의 수확은 많지 않았다. 분명히 년년 어획량은 떨어지고 있다.[3] 원하는 대로의 이익이 오르지 않는다는 것을 알고 그들은 새로이 호키 도항을 생각했다. 그것은 이미 이야기했다.[4]

---

3) 전복의 어획량이 적은 것을 조선어민의 계속된 출어의 결과로 보는 것은 다시 생각 할 문제다. 일본은 1691년경부터 조선어민의 어렵이 시작된 것으로 보는데, 불과 5, 6 년 사이에 자원이 고갈된다는 것은 무리한 추청이다. 일본 기록을 근거로 조선어민의 출어시기를 규정하는 것의 모순이다. 일본기록과 상관없이 조선어민들의 출어는, 조선 이 해금정책을 편 1417(태종17)년 이후 간헐적으로 이루어졌다고 보아야 한다.

4) 안용복 일행의 호키 도항은 갑자기 이루어진 것이 아니라, 대마도의 부당한 처사 등을 소송할 목적이었고, 울릉도에 도항하기 전부터 계획된 것으로 보아야 한다. 일본도 많은 관심을 보인 것이 스님들의 도해였다. 그들의 도해는 대마도가 조선에 보내는 외교문서 전부를 스님이 담당했던 일과 연계해서 생각해 볼 문제다.

【本文14】

一、安龍福申候ハ私乗参候船ニハ

　　　拾[1]壱人伯州江参取鳥

　　　伯耆守様江御断之義在之罷[2]

　　　越[3]申候順風悪[4]布候而当地へ寄申候

　　　順次第二伯州江渡海可仕候

　　　五月十五日竹嶋出船同日松嶋江

　　　着[5]同十六日松嶋ヲ出[6]十八日之朝

　　　隠岐[7]嶋之内西村之礒へ着

　　　同廿日ニ大久村江入津仕候由申候

　　　西村之礒ハ荒礒ニ而御座候ニ付

　　　同日中村江入津是之[8]湊悪候故

---

1) 十 (孫)

2) 候 (孫)

3) (越) (孫)

4) 惣 (孫)

5) 着 (孫)

6) 出 (孫)

7) 峨 (内)

8) □ (孫)

翌十九日彼⁹⁾所出候而同日晚ニ
大久村之内かよひ¹⁰⁾ 浦卜申所ニ
舟懸リ仕廿日ニ大久村江参
懸リ居¹¹⁾申候

---

9) □ (孫)

10) かよい (孫)

11) 居リ (孫)

《現代語訳》

　安龍福が申し述べるには、自分たちが乗ってきた船には

十一人がいる。これから伯耆国へ行き、鳥取藩の

伯耆守様へ訴え出る用件がある。そのために罷り

越した。折悪しく順風を得ず、その結果、当地に寄港したという。

順風があり次第、伯州へ向け渡海するつもりであるという。

五月十五日に竹嶋を出発し、同日には松嶋に

着いた。翌十六日、松嶋を出発し十八日の朝、

隠岐島の西村の海岸に着いた。

そして二十日に大久村へ入港したということである。

西村の海岸は荒磯であったから、

同じ十八日に[隣の]中村の港に[避難し]入港した。だがこの港も停泊に

は悪く、

翌十九日には出発し、同日の晩、

大久村の村域にある「かよい浦」という処に

舟を寄せ停泊した。そして二十日、この大久村に至り、

ここの港に舟を繋ぎ止めた次第である。

안용복이 말하기를, 자신들이 타고 온 배에는
11인이 있다. 지금부터 호키노쿠니에 가서 돗토리번의
호키노카미님에게 소송할 용건이 있다. 그 때문에
넘어왔다. 운 나쁘게 순풍을 만나지 못해, 그 결과 당지에 기항했다 한다.
순풍이 부는 대로 호키를 향해 도해할 계획이라고 한다.
5월 15일에 죽도를 출발하여 같은 날에는 송도에
도착했다. 다음 16일에 송도를 출발하여 18일 아침에
오키도 니시무라의 해안에 도착했다.
 그리고 20일에 오쿠무라에 입항했다는 것이다.
니시무라의 해안은 거친 해변이었으므로
같은 18일에 나카무라 항에 입항했다. 그러나 이 항도 정박하기에 나빠
다음 19일에는 출발하여 같은 날의 밤에,
오쿠무라 안에 있는 카요이 포구라는 곳에
배를 대고 정박했다. 그리고 20일에 그 오쿠무라에 이르러,
이곳의 항에 배를 묶고 머문 것이다.

　安龍福の一行は、鳥取藩庁を目指すものである。つまり因幡に向けての航海である。だが常に伯耆へ行くという物言いが生じる。それは元禄六年の伯耆行きの経験が、安龍福の心に強く刻まれているからであろう。

　彼らは五月十五日の朝、鬱陵島を出発し、その日のうちに松嶋に到着した。一気に隠岐まで押し渡らなかったのは、密漁する倭人を追い、松嶋に至ったからであろうか。だが出発した後、何となく天候不安をも感じ取っていたからであろう。この松嶋に停泊し安全を確認し、翌十六日の朝、松嶋を出発した。だがその日にうちに隠岐へ到達していない。一昼夜を海上で過ごし、十八日の朝、隠岐へ到着した。それは途中で起こった天候の変化ではなかったか。風波に弄ばれた一昼夜であったに違いない。

　狂風に煽られ、到着した隠岐の海岸は、隠岐北端の西村海岸であった。ここは荒海で吹き流された場合、漂着するという海岸である。北西風を直接受けるから、港に停泊していても、まだ船は大きく翻弄される。彼らは同日にも、隣の中村港へと避難した。この中村港で、ようやく船中一泊した。そして翌朝つまり十九日の朝から、隠岐の島後の東海岸を廻る。注意深く渡り継ぎ、その晩には大久村へと至った。大久村の北端「かよい浦」に彼らは碇泊した。かよい浦とは、つまり「通いの浦」で

ある。大久村から北隣の飯美村へ通う折、途中休憩のため仮留まる浦である。ここで夜を過ごし、翌二十日の朝に至り、大久村の港へと到着した。中村から大久村まで、通常なら一日もかかるような距離ではない。数時間程度のものである。だから恐らく海は相当に荒れていたに違いない。荒天が何日も続いていたと思われる。それゆえ一行は鳥取へ直行することなく、この隠岐に急遽寄港したのである。安龍福が備辺司で語ったように、まさに狂風による漂着であった。

●・・・・・・・

안용복 일행은 돗토리번청을 목표로 하는 것이다. 즉 이나바를 향하는 항해다. 그러나 항상 호키에 간다고 말한다. 그것은 원록6년에 호키에 간 경험이 안용복의 마음에 강하게 각인되어 있기 때문일 것이다.[12]

그들은 5월 15일의 아침에 울릉도를 출발하여 그날 중에 송도에 도착했다. 한 번에 오키까지 건너가지 않은 것은 밀렵을 하는 왜인을 쫓아 송도에 이르렀기 때문일 것이다. 이 송도에 정박하여 안전을 확인하고, 다음 16일 아침에 송도를 출발했다. 그러나 그날 중에 오키에 도착하지 않았다. 일주야를 해상에서 보내고 18일 아침에 오키에 도착했다. 그것은 도중에 일어난 천후의 변화 때문이었을 것이다. 풍파에 흔들리는 일주야였던 것이 틀림없다.

광풍에 떠밀려 도착한 오키의 해안은 오키 북단의 니시무라 해안이었다. 이곳은 거친 바다에서 떠밀려왔을 때 표착한다는 해안이다. 북서풍을

---

12) 1693년에도 호키에만 간 것이 아니다. 이나바에도 갔다. 돗토리번이 호키와 이나바를 지배하고 있었기 때문에 어떻게 말해도 돗토리번에 해당한다.

직접 맞으므로 항구에 정박한다 해도 역시 배는 크게 번롱당한다. 그들은 같은 날 나카무라 항으로 피난했다. 이 나카무라 항에서 어렵게 배 안에서 일박했다. 그리고 다음날 아침, 즉 19일 아침부터 오키 도고의 동해안을 돌아, 주의 깊게 건너 그날밤에 오쿠무라에 이르렀다. 오쿠무라의 북단 「카요이 포구」에 그들은 정박했다. 「카요이 포구」란 「오가는 포구」이다. 오쿠무라에서 북단의 이이비무라로 가는 도중에 휴식을 취하기 위해 잠시 머무는 포구이다. 이곳에서 밤을 새우고 다음 20일 아침에 오쿠무라 항에 도착했다. 나카무라에서 오쿠무라까지 보통이라면 하루가 걸리는 거리가 아니다. 수 시간 정도의 거리였다. 그러므로 아마도 바다가 상당히 거칠었던 것이 틀림없다. 거친 날씨가 며칠이나 계속되었다고 생각한다. 그렇기 때문에 일행은 돗토리에 직행하지 않고 이 오키에 급거 기항한 것이다. 안용복이 비변사에서 이야기했듯이 그야말로 광풍에 의한 표착이었다.

【本文15】

一、竹嶋卜朝鮮之間三十里竹

　　嶋卜松嶋之間五十里在之由申候

《現代語訳》

竹嶋と朝鮮の間は三十里で、

竹嶋と松嶋の間は五十里である。そのように彼らは申している。

죽도와 조선의 사이는 30리이고,

죽도와 송도의 사이는 50리이다. 그렇게 그들은 이야기하고 있다.

　米子商人の大谷・村川両家は、この時期、竹嶋渡海事業を行っていた。彼らが把握する島の距離は、隠岐から松嶋までが七十里、松嶋から竹嶋までが四十里である。延宝九年(一六八一)大谷勝信が幕府に差し出した請書に記載された距離である。また『因藩野史』寛永十五年(一六三八)の条にも、隠岐から松嶋までが七十里、松嶋から竹嶋までが四十里、そして竹嶋から朝鮮国までが四十里と記載がある。日本から行く場合の距離が長く、朝鮮から来る場合の距離が短い。これは海流に乗って進むか、海流に逆らって進むかの違いである。あるいは偏西風に乗って進むか、偏西風に逆らって進むかの違いである。

　요나고의 상인 오야・무라카와케는 이 시기에 죽도도해사업을 하고 있었다. 그들이 파악하는 거리는 오키에서 송도까지가 70리, 송도에서 죽도까지가 40리였다. 엔호 9년(1681)에 오야 가쓰노부가 막부에 제출한 보고서에 기재된 거리다. 또『이나바야사』칸에15년(1638) 조에도 오키에서 송도까지가 70리, 송도부터 죽도까지가 40리, 그리고 죽도에서 조선까지가 40리라는 기재가 있다. 일본에서 가는 경우의 거리가 멀고 조선에서 오는 경우의 거리가 짧다. 이것은 해류를 타고 가는가 해류를 거스르며 가는가의 차이다. 아니면 편서풍을 타고 나아가는가 편서풍을 맞으며 나아가는가의 차이다.[1]

---

1) 독도는 경상북도 울릉군 남면 독도리 산1-36번지로, 동경 131, 52- 131, 53, 북위 37, 14-37, 14, 45에 위치한다. 울진군 죽변에서 215km, 일본 島根県 境港에서 220km, 울릉도에서 92km, 일본 隠岐島에서 160km의 거리에 있다. 날씨가 맑은 날에는 울릉도에서 육안으로 볼 수 있다. 일본 隠岐島에서는 보이지 않는다.

【本文16】

一、安龍福ととらべ¹⁾弐人²⁾四年巳前

　　酉夏竹嶋ニ而伯州之舟ニ被連

　　まいり候其とらべ³⁾も此度召連

　　参竹嶋ニ残置申候

---

1) □べ (孫)

2) 弐□ (孫)

3) □べ (孫)

《現代語訳》

安龍福とトラベの二人は、四年前の
酉年の夏、竹嶋から伯州の舟に連れられ、
当地に参っている。そのトラベも、この度は召し連れることなく、
そのまま竹嶋に残し置いてきたという。

안용복과 도라베 두 사람은 4년 전
닭해의 여름에 죽도에서 하쿠슈의 배에 끌려,
당지에 왔었다. 그 도라베도 이번에는 같이 오지 않고
그대로 죽도에 남겨두었다 한다.

　この元禄九年から遡った四年前(実際は三年前であるが、前後両年を含めるので四年前)の元禄六年、それは酉年のことであった。安龍福(アンビンシャ)と朴於屯(トラヘ)とが、竹嶋から連れられ、隠岐に来た。元禄九年の此の度、朴於屯は安龍福と、もう行動を共にしていない。彼が敢えて欝陵島に留まったのは、対馬での恐怖の取り調べだったかもしれない。彼は安龍福と違い、日本語が解せない。情報が閉ざされた中で、異国の取り調べは、極めて辛かったであろう。一方、安龍福の方は日本語を解することができた。情報を容易に掴むことができ、何ら恐怖を感じなかった。むしろ取り調べの間に、さらに日本語の理解が巧みとなった。その充分な理解力こそが、彼の再度の渡航を決断させた。

이 원록9년보다 4년 전(실제로는 3년전이나, 전후 두 해를 포함하기 때문에 4년 전)의 원록6년 유년의 일이었다. 안용복(안빈샤)와 박어둔(도라헤)가 죽도에서 납치되어 오키에 왔다. 원록9년 이번에도 박어둔은 안용복과 이미 행동을 같이하고 있지 않다. 그가 일부러 울릉도에 남은 것은 대마도의 무서운 취조 때문이었을지도 모른다. 그는 안용복과 달리 일본어를 알지 못한다. 정보가 단절된 상태에서 이국의 취조를 받는 것은 아주 힘들었을 것이다. 한편 안용복 쪽은 일본어를 알았다. 정보를 쉽게 파악할 수 있어, 아무런 공포도 느끼지 않았다. 오히려 취조하는 사이에 더욱 일본어의 이해력이 좋아졌다. 그 충분한 이해력이 그의 재 도해를 결단하게 했다.[4)]

---

4) 안용복의 도해가 돗토리에 소송을 목적으로 했다. 그것은 본 기록을 통해서도 확인되는 사항이다. 박어둔이 울릉도에 남아있는 원인을 일본어 능력으로 단정할 수는 없는 일이다. 안용복이 3년 전에 얻은 일본에 대한 정보를 독점하여 박어둔이 답답해하는 일이 있었다고 추정하는 일은 불가능하다. 안용복과 박어둔의 관계를 판단할 수 있는 자료는 없으나, 울릉도의 조업에 동행하는 사이였다는 것은 틀림없다.

【本文17】

一、朝鮮出船之節米五斗三升入

　　□十俵積参候得共十三艘之者共

　　給申候二付只今者飯米乏[1]ク　成候

　　由申候

---

1) 簓（孫）

《現代語訳》

朝鮮を出発する時には、米五斗三升入り
[大俵を]十俵ほど積んできた。だが十三艘の乗組員によって、
その悉くが、もう費消されてしまった。今に至れば飯米の蓄えは無
く、実に乏しく心細いばかりだという。

조선을 출발할 때는 쌀 5두 3승 들이
[큰 가마니를] 10가마니 정도 싣고 왔다. 그러나 13척의 승무원에 의해,
그 모두가 이미 소비되고 말았다. 지금에 이르러서는 먹을 쌀을 모아둔
것이 없어, 참으로 불안하고 걱정스러울 뿐입니다.

　安龍福が乗った船は、米五斗三升入りの大俵を、朝鮮から出船すると
き十俵ほど積んできた。それを十三艘の船の乗組員に分け与えたようで
ある。何ヵ月も島に逗留する十三艘もの大船団である。果たして十俵ほ
どで足りるのであろうか。まずそれを計算してみよう。十三艘の船に、
それぞれ平均十一人が乗り込んでいたと仮定する。彼らが語った船の乗
員の概略は「一艘に九人、十人、十一人、十二・三人、十五人など」であ
るからである。十三艘の乗組員の合計は、すると百四十一人となる。こ
の人数で確保されている米は、五斗三升入りの俵で十俵である。果たし
て彼らの食料は、これで足りるのか、まかなえるのか。

・・・・・・・・

　안용복이 탄 배는 쌀 5두3승 들이 큰 가마니로 조선에서 출선할 때 열
가마 정도를 싣고 왔다. 그것을 13척의 배에 탄 승무원들에게 나누어 준
것 같다. 몇 개월이나 섬에 머문 13척의 대 선단이다. 과연 열 가마 정도로
충분했겠는가. 우선 그것을 계산해 보자. 13척의 배에 각각 평균 11인이
타고 있다고 가정하자. 그들이 이야기한 배의 승무원의 개략은 「일척에 9
인, 10인, 11인 12・3인, 15인」등이기 때문이다. 13척에 탄 선원의 합계는
140인이 된다. 이 인수가 확보한 쌀은 5두 3승 들이 가마니로 10가마니다.
과연 그들의 식량은 이것으로 충분한 것일까, 밥을 먹을 수 있을까.

　先ず、彼らの米の量は朝鮮升による計測量である。だから日本升に変換して、理解を容易にして見よう。後述するように日本升と朝鮮升の変換率は、日本升の一斗二升三合が朝鮮升では三斗に該当する。すると彼らの持参した米五斗三升は日本升に換算すれば二斗一升三合ということになる。これが十俵ばかりある。一人一日あたり、日本升で一合を食べると見て、つごう二一三〇食分が保存されている計算となる。百四十一人が食べるとすれば、僅か十五日分でしかない。日本升への換算を破棄し、五斗三升の大俵十俵のまま、一人一日一合を食べるとみても、たかだか三十七日分である。彼らは三月十八日に欝陵島に渡り、この五月十八日に隠岐に到着した。陰暦の月の日数を二十九日に取れば、この間、五十八日である。完全に足りない。しかもまだ欝陵島での漁労活動を、残る十二艘は、なお続けなければならない。もう完全に枯渇である。飢え死にしてしまうだろう。現地で調達する魚介類や海藻類や果樹山菜など、他の食料と混ぜ合わせ、食い繋いで行かねばならない。だが生存は極めて厳しい。この本文の記載は果たして正しいのか。

．．．．．．．

　우선 그들이 소유한 쌀의 양은 조선 말에 의한 계량한 것이다. 그러므로 일본말로 변환하여 이해하기 쉽게 해보자. 후술하겠지만 일본 말과 조선 말의 변환율은 일본말의 1두 2승 3합이 조선 되로는 3말에 해당한다. 그러면 그들이 지참한 쌀 5두 3승이란 일본 말로 환산하면 2두 1승 3합이라는 것이 된다. 이것이 세 가마정도다. 한 사람이 하루에 일본 말로 1합을 먹는다고 보고, 총 2,130끼 분을 보전하고 있다는 계산이 된다. 140인이 먹는다고 하면 겨우 15일 분밖에 안 된다. 일본 말의 환산을 파기하고 5두 3승의 큰 가마니 10 가마 그대로, 한 사람이 하루에 1합을 먹는다고 보아도 겨우 37일 분이다. 그들은 3월 18일에 울릉도에 건너, 5월 18일에 오키에 표착했다. 음력 달의 일수를 29일로 보면 이 기간이 58일이다. 완전히 모자란다. 그것도 울릉도에 남은 12척은 계속해서 어로활동을 하지 않으면 안 된다. 완전한 고갈이다. 아사하고 말 것이다. 현지에서 조달하는 어개류나 과수 산채 등 다른 식료를 섞어 먹지 않으면 안 된다. 그래도 생존하지 않으면 안 된다. 이 본문의 기재가 과연 옳은 것일까.[2]

---

2) 俵(효우)는 쌀의 양을 재는 단위다. 한 가마니에 들어가는 쌀의 양으로 정의되는 체적 (용적)의 단위이나, 일반적인 쌀의 밀도는 같기 때문에 같은 체적의 쌀이라면 거의 같은 무게. 오늘날에는 쌀의 무게(질량)의 단위로 되어 있다. 문헌에 최초로 기재되어 있는 가마니에 대한 기술은 헤이안시대의 것으로 5두를 1표로 한다는 규정이 남아있다 (『엔기시키』). 이 시대의 두량은 현재의 두량과 달라, 현재의 정설로는, 당시의 1두는 현재의 0.4이다 (사와다고이치『나라시대 민정경제의 수적연구』). 따라서 당시의 1표는 약 30kg이다. 그러나 이것은 찧은 쌀의 경우로, 당시의 쌀은 껍질을 벗기지 않은 상태로 보존되었기 때문에, 이 경우의 중량은 약 20kg이다. 전국시대부터 에도시대는 시대·토지·보존법 등에 따라 다르나 대개 1표는 2두부터 5두 사이였다. 전국적으로 통일된 것은 메이지시대 말로 1표는 4두(약72리터)로 정했다. 쌀 1두(약18리터)의 무게는 약 15kg이기 때문에, 1표는 약 60kg이 된다. 현재의 1표는 60kg으로 정해져 있다.

鬱陵島に渡った船団は、真実この程度の糧食の持参であったろうか。実際は他の船も米俵を積んでいたのではなかったか。航海する船舶のそれぞれが、その内部に米や塩や水を積んでいない筈はないのである。安龍福の船が、その持参した米を喪失させたのは、あるいは確保した商品(海産物)の支払い、島に渡った漁民への労働の給付に充てたのではなかったか。それを他の船への配分として語ったのであろう。たとえ密漁する倭人を追い掛けての航海であろうと、冒険航海たるもの、身軽でなくてはならない。安龍福らが確保してきた海産物商品は、そのまま鬱陵島に残し置いた。身軽となって冒険航海に赴き、鳥取藩で回賜品を貰う。その荷を船積みし、再び鬱陵島へと戻る、そして残し置いた商品をさらに積み込み、船を満載にして故郷へ戻るのである。そのような航海を企んだ。

- - - - - - -

울릉도에 건넌 선단은 사실 이 정도의 양식을 지참한 것일까. 실제는 다른 배도 쌀가마를 싣고 온 것은 아닐까. 항해하는 선박이 제각각 그 내부에 쌀이나 소금이나 물을 싣고 있지 않을 까닭이 없다. 안용복의 배가 지참한 쌀을 상실한 것은 어쩌면 확보한 상품(해산물)의 계산, 섬에 건넌 어민의 어로의 대가로 충당한 것은 아닐까. 그것을 다른 배에 나누어 주었다고 이야기한 것일 것이다. 밀어하는 왜인을 뒤쫓는 항해였다 해도 모험항해이기에 가볍게 하지 않으면 안 되었다. 가볍게 하고 모험항해를 하여 돗토리에서 회사품을 받는다. 그 짐을 배에 싣고 다시 울릉도로 돌아온다. 그리고 남겨 두었던 상품을 다시 싣고 배에 만재하고 고향으로 돌아가는 것이다. 그러한 항해를 계획했다.[3]

---

3) 안용복이 돗토리에서 든 쓰시마의 비리를 다음과 같다. 馬島가 사이에 끼어서 속이는 것이 어찌 울릉도의 일 하나만 있겠는가. 우리나라에서 보내는 폐백과 화물을 마도에서 일본에 전매하고 많이 속임수를 쓴다. 쌀 15斗가 한 섬(斛)인 것을 마도는 7두를 한 섬이라 하고, 베 30尺이 한 필인 것을 마도는 20척을 한 필이라 하며, 종이 한 다 발이 매우 긴 것을 마도에서는 끊어서 세 다발로 하는데 關伯이 어찌 이 내용을 알겠는가(『증보문헌비고』, 宋炳基『독도영유권자료선』, 한림대학교, 2004, p.129).

【本文18】

一、伯州用事仕廻[1]竹嶋江戻リ

　　十弐艘之舟ニ荷物ヲ積セ[2]

　　　改仕六七月之比[3]帰国[4]仕リ殿江も[5]

　　　運上[6]ヲ上ケ申筈之由申候

---

1) 思 (孫)

2) と (孫)

3) 比 (孫)

4) 国ヲ (孫)

5) と (孫)

6) 運上 (孫)

《現代語訳》

伯耆国で用事を済ませ、竹嶋へ戻るつもりである。

十二艘の舟と共に荷積みし、

改めて六月か七月の頃、帰国し朝鮮の殿様へ、

運上金を差し上げるはずになっていると申し述べている。

호키노쿠니에서 용무를 마치고 죽도에 돌아가,

12척의 배에 짐을 싣고,

다시 6월이나 7월경에 귀국하여 관리에게

세금을 바치기로 되어있다고 이야기 했다.

　彼らの欝陵島での活動は、密々に行われていたものである。闇取引であるから、朝鮮の殿様に運上金を差し上げるようなものではない。ではなぜそのような発言がなされたのか。彼ら流通業者たちの活動は、海関を通過する折、港湾に入港する折、積み荷を陸揚げする折、港湾倉庫に入庫する折、どこかで運上金が課せられる。

　商品を移動し、市場に持ち込む限り、常に運上金は発生するのである。それは密かに欝陵島へ赴こうが、まっとうに本来の運送業務、流通業務を行おうが、市場に回す限り、支払として生ずるものである。それを嫌い、闇から闇に商品を運んだとしても、その闇社会のルールの中で、それなりの手数料、口利き料は発生する。やはり運上金に代わる上納金が必要となる。

　そして彼らはアウトローとはいえ、故郷に家族を抱えた郷党の一員で、民衆の一人である。朝鮮国民たるの証し、号牌の所持者でもある。その号牌の所持者には人頭税が、つまり運上金(租税)が課せられていた。帰国すれば、殿様に運上金を差し上げなければならないのである。

그들의 울릉도에서의 활동은 은밀하게 이루어지고 있는 일이다. 몰래하는 일이므로 조선의 관리에게 세금을 바치는 일과 같은 일은 없다. 그렇다면 왜 그러한 발언을 했을까. 그들 유통업자들의 활동은 해관을 통과할 때나 항만으로 입항할 때, 화물을 상륙시킬 때, 항만창고에 입고할 때 등 그 언젠가는 세금과 같은 돈을 지불해야 한다.

상품을 이동하여 시장에 내놓는 한 항상 세금은 따라 붙기 마련이다. 그것은 울릉도에 은밀하게 가거나 정상적으로 본래의 운송업무나 유통 업무를 행하거나 시장에 내놓는 이상 지불해야 하는 것이다. 그것이 싫어 비밀로 상품을 옮긴다 해도 그 조직의 규칙 안에서 그 나름대로의 수수료 구전 등의 문제는 발생한다. 역시 조세를 바치지 않으면 안 되는 것이다.[7]

그리고 그들은 모험가라고는 하나 고향에 가족을 둔 동료의 일원이고, 민중의 한 사람이다. 조선국민이라는 증거, 호패를 소지한 자이다. 그 호패의 소지자에게는 인두세가, 즉 세금이 부과되고 있었다. 귀국하면 관에 세금을 바치지 않으면 안 되는 것이다.

---

7) 죽도도해면허를 받았다는 大谷家・村川家를 보면 모든 것이 상납과 연계되어 있다. 특히 안용복을 납치한 大谷家의 기록 "竹島渡海由来記抜書控"을 보면, 大谷家는 계기가 있을 때마다 죽도 특산물을 상납하는 방법으로 막부의 중신들과 유대 관계를 맺고 있었으며, 막부의 중신들이 먼저 상납을 요구하기도 한다. 이 것을 보면, 양가가 받았다는 면허증이라는 것은, 막부의 실세와 지방의 어민의 이익이 일치하여 비공식적으로 발부 된 것이라고 생각할 수도 있다. 특히 老中들이 長崎 奉行所를 중심으로 하는 朱印船 무역의 이익에 깊이 관여하고 있었다는 것과 같이 생각해보면, 그같은 개연성은 아주 높다. 또 안용복 일행이 귀국의 계획을 세우고 있었다는 것은 소송을 위한 도해가 충동적으로 이루어진 일이 아니라는 것을 알 수 있다.

【本文19】

一、竹嶋ハ江原道東菜府[1]
　　之内ニ而御座候朝鮮国王之御名
　　クモシヤン[2]天下ノ名主上[3]　東菜府
　　殿ノ名一道方伯同所支配人之
　　名東菜府使ト申候由申候

---

1) 江原道東菜府 (内)

2) (ヤン) (孫)

3) 主上 (孫)

《現代語訳》

　　竹嶋すなわち欝陵島は、江原道の沖合にある島である。そこは東莱府の
　　管轄内である。朝鮮国王の支配下にある島であるという。その支配す
　る王の御名はクモシャンである。その天下において語られる御名は主上
　（チウシャン）という。そして東莱府の殿の名は一道方伯、同所の支配人
　の名は東莱府使というと、そのように申し述べた。

　　죽도는 강원도의 먼 바다에 있는 섬이다. 그곳은 동래부의
　　관할 내이다. 조선국왕의 지배하에 있는 섬이라고 말한다. 그 지배하는
　왕의 이름은 금상이다. 천하에서 말하는 어명은 주상이라 한다. 그리고 동
　래부 관리의 이름은 일도방백, 동소 지배인의 이름은 동래부사라 한다고,
　그렇게 이야기했다.

　安龍福は竹嶋すなわち彼らの欝陵島が、江原道に属し、東莱府の管轄内にある島だと主張した。それは朝鮮国王の支配下にある島であるとする。そして君主の御名を挙げ、管轄する役所の担当官名を挙げた。

　国王の御名であるクモシャンとは、あるいは「君主」の謂いであろうか。チウシャンが「主上」であることを考えれば、クモシャンとは「今上」であろう。現王のことで、まさに今上陛下なのである。今上とは、上監・主上・君上などと同意の語である。また東莱府の殿の名は、慶尚道方面の方伯ということであり、つまり一道方伯である。そして東莱府の支配人の名は、まさしく東莱府使と言うのである。

안용복은 죽도 즉 그들의 울릉도가 강원도에 속하고 동래부의 관할 내에 있는 섬이라고 주장했다. 그것은 조선국왕의 지배하에 있는 섬이라는 것이다. 그리고 군주의 어명을 들고 관할하는 역소의 담당관명을 들었다.

국왕의 어명인 구모샨이란 어쩌면 「군주」을 말하는 것일까. 치우샨이 「주상」이라는 것을 생각하면 구모샨은 「금상」일 것이다. 현왕을 의미하는 것으로 그야말로 금상폐하 인 것이다. 금상이란 상감, 주상, 군상 등과 동의어다. 또 동래부사의 이름은 경상도 방면의 방백이라고 말하는 것으로 일도방백이라고도 한다. 그리고 동래부의 지배인의 이름은 동래부사라 한다.

【本文20】

一、四年以前癸酉十一月日本二而

　　被下候物共書付之帳壱冊出シ

　　申候則写之申候

《現代語訳》

四年前の癸酉年(元禄六年、一六九三)十一月、日本で
貰ったものを書き付けた帳面を一冊出してきたので、
それを写し取った。

4년 전의 계유년(원록6, 1693)11월에 일본에서
받았다는 것을 기록한 장부 한 권을 제출했기에
그것을 베꼈다.[1]

---

[1] 안용복은 쓰시마에서 관백의 서계 등을 빼앗겼다는 사실을 진술을 했다. 그것
과 달리 받았다는 내용의 기록이다. 11월이라면 쓰시마의 감시하였기 때문에
받았다는 내용은 모순이다. 어쩌면 조선에 양도되었을때를 준비하여 납치된 경
위와 일본에서의 행적을 기록한 것을 말하는 지도 모른다.

　安龍福は元禄六年の秋九月、対馬の多田与左衛門(橘真重)に伴われ、釜山に帰国している。だから十一月の記載とは、日本における出来事の、帰国後における備忘録であろう。だが安龍福は文字記載に不慣れである。そのような彼が自分自身で書き付けた帳面である筈はない。対馬から移送された後、東莱府での取り調べの折、下役人によって書き記され、破棄されようとした帳簿の一部ではなかったか。わざわざ持参するからには、彼の主張を裏付ける記載が、ここに在るに違いない。竹嶋は朝鮮の欝陵島であり、東莱府の管轄にある島なのだと、そのような類の記載である。その一冊の帳面を、隠岐の島役人は写し取ったようである。だが残念ながら、その写し取った記録は、今、残されていない。

안용복은 원록6년 가을 9월 대마의 다다요자에몬(橘眞重)에 끌려 부산으로 귀국하고 있다. 그러므로 11월의 기재란 일본에 있었을 때 생긴 일을 귀국 후에 기록한 비망록일 것이다. 그러나 안용복은 문자 기재에 익숙하지 않다. 그러한 그가 자기 자신이 기록한 장부일 리가 없다. 대마도에서 이송된 후 동래부에서 취조 받을 때 하급 역인이 기록했다 파기하려고한 장부의 일부가 아니었을까. 일부러 지참한 이상 그의 주장을 입증해줄 내용이 그곳에 있었기 마련이다. 죽도는 조선의 울릉도이고 동래부가 관할하는 섬이라고 그러한 내용의 기재일 것이다. 그 1권의 정부를 오키의 역인은 베낀 것 같다. 그러나 유감스럽게도 이 사본은 지금 남아있지 않다.[2]

---

2) 1693(숙종19)년 4월 18일에 납치되었던 안용복은 7개월이 지난 11월 2일에 부산으로 송환되어, 다시 왜관에 40여 일이나 구금되었다 12월 10일에서야 동래부에 양도되었다. 안용복을 대동한 사신이 10월 22일에 대마도를 떠나, 11월 1일에 절영도, 2일에 왜관에 도착했으므로, 동래부에 양도되기 전이다. 따라서 안용복이 말하는 11월이란 일본의 감시하에 있었다. 그때 일본에서 무엇을 받았는가는 추정의 영역을 넘을 수 없다. 안용복의 진술에 의하면 對馬島는 안용복이 關伯한테 받았다는 서계를 탈취했다 한다. 그런 對馬島의 감시하에 있었던 안용복이 그들한테 받았다는 것을 생각하면, 그것은 물품보다는 처우일 가능성이 높고 긍정적인 것보다는 부정적인 내용이기 쉽다. 실제로 안용복은 돗토리에서 대마도의 비리를 고발하고 있으므로, 對馬島가 안용복에 가한 부당한 처우나 조선과 일본 사이에서 자행하는 비리의 내용으로 추정할 수 있을 것이다.

【本文21】

一、三人江在番人対談終リ舟江
　　　三人共ニ帰リ[1]其後ニ書簡ヲ差
　　　出シ干鮑六包内壱包ハ大久村
　　　庄屋ヘ五包ハ在番人ヘ之心入
　　　ニ[2]而指越候得共六包共ニ返シ申候
　　　其書簡ノ奥ニ生菜[3]菁菜[4]
　　　実菓請と御座候ニ付苣ねふか[5]
　　　榵[6]実芹生姜な[7]と遣シ申候尤
　　　書簡之返事ヲモ相添遣申候[8]

---

1) 帰リテ (孫)

2) 爾 (孫)

3) 茅 (孫)

4) 茅 (孫)

5) 禰ふか (孫)

6) □ (孫)

7) 奈 (孫)

8) 適中慎 (内)

《現代語訳》

朝鮮人三人と在番役人との対談は終わり、
三人は共に連れだって舟へ帰っていった。その後、書簡を差し
出し、干鮑六包を添えて来た。六包のうち一包は大久村の
庄屋殿へ、残る五包は在番役人への心遣いである。
だがこれは受け取らず、六包とも返却した。
差し出した書簡には、その最後の部分に、生菜、青菜、
実果が欲しいと書いてあった。
それゆえ苣、根深、榧実、芹、生姜などを与えてやった。もちろん
書簡に対する返事も添えてやった。

조선인 삼인과 재번 역인의 대담이 끝나자,
삼인은 같이 출발하여 배로 돌아갔다. 그 후, 서간을 보내,
말린 전복 여섯 포를 딸려 보냈다. 여섯 포 중 한 포는 오쿠무라의
쇼야님에게 나머지 다섯 포는 재번 역인에 대한 마음을 나타낸 것이다.
그러나 이것은 받지 않고 여섯 포 모두를 돌려보냈다.
보낸 서간에는, 그 최후의 부분에 생채, 청채,
실과가 필요하다고 써 있었다.
그래서 상추, 파, 비자나무 열매, 미나리, 생강 등을 주었다. 물론
서간에 대한 답장도 딸려 보냈다.

　この後、船中を大久村の庄屋らが観察(探索)するが、その折、船中に干し鮑が一束あることを認めている。差し出してきた干し鮑の六包とは、船中で見つけた一束の物、その中の一部であろう。干し鮑を干した海藻で一個ずつ包み、それを連ねる。それが一連である。その数連を束にまとめ一束とする。その束から一連を解いたもの、その中から六包を差し出してきた。彼らにとっては赴く鳥取藩で、本来、藩主に差し出す貴重な贈答品の筈である。荒天の中、風波の中、ようやく辿り着いた隠岐である。安堵と感謝の中で世話になる。それ相応の感謝の心遣いであった。

그 후 배 안을 오쿠무라의 쇼야 들이 관찰(탐색)하는데, 그 때, 배 안에 말린 전복이 한 다발 있다는 것을 확인했다. 보냈다는 말린 전복 여섯 포란 배 안에서 발견한 한 다발의 전복, 그 중의 일부였을 것이다. 말린 전복을 말린 미역으로 하나씩 싸서 그것을 엮는다. 그것이 1련이다. 그 여러 련을 다발로 묶어 1속이라 한다. 그 속에서 1련을 푼 것, 그 중에서 6포를 보낸 것이다. 그들이 찾아가는 돗토리번에서 본래 번주에게 줄 귀중한 증답품이었을 것이다. 거친 일기와 풍파 속을 어렵게 헤치고 도착한 오키였다. 안도와 감사를 느끼게 하는 오키의 응대였다. 그것에 대한 감사의 마음을 보낸 것이다.[9]

---

9) 오키의 역인은 3인을 입회시키고 안용복 일행 11인 중의 3인의 이야기를 들었는데, 그것을 신문이나 취조로 표기하지 않고 '대담'으로 표기했다는 것은, 일행과 역인이 대등한 입장에서 이야기를 나누었다는 것을 의미한다. 일행이 자진해서 찾아가 표착한 이유를 밝히고, 또 돗토리 태수에게 용무가 있다는 사실을 분명히 밝힌 이상, 오키 측도 심문이나 취조가 아니라 청취하고 묻는 자세를 취한 것이다. 또 대담을 마친 후에 일행은 말린 전복을 보내 예를 취하며, 필요한 생필품을 요구했다. 이에 역인도 그에 상응하여 필요한 물품과 서간을 보내며 일행이 보낸 증답품도 반려했다. 이는 일행이 표하는 예는 받아들이고 물품은 반려한 것으로, 생필품이 부족하다는 일행의 처지를 감안한 처사로 보인다. 또 일행이 돗토리 태수를 만난다는 사실을 감안한 처사로 볼 수도 있다.

【本文22】

一、廿一日安龍福ヨリ書付出シ申飯

　　米二切レ夕飯ヨリ食二絶候由申

　　越候二付舟江庄屋与頭[1]右衛門罷り

　　越様子相尋候へ[2]者飯米無之

　　致難儀候朝鮮二而他国之舟[3]

　　参候得ハ致馳[4]走候処[5]二此元二而ハ

　　大凡成義之様二申候二付庄屋申候ハ

　　爰許モ異国舟被放風参候節ハ

　　飯米等[6]其外所相応之儀ハ御

　　調被遣候事二候其方義取鳥伯耆守様へ

　　訴訟在之参候と之申方二而候間

　　飯米等[7]致用意可被参事と申候得者

　　不審尤成義二候竹嶋十五日二出候

---

1) 次（保）

2) 得ハ（孫）

3) 舟(へ)（孫）

4) 地（孫）

5) 候（内）

6) など（孫）

7) など（孫）

得者其侭日本之地へ着等申候日本

之地ニ而ハ御如[8]在無之と存右之通ニ候与

申候然共無覚束[9]候間船中見可[10]

申と庄屋申候得者成程見候様ニと

申[11]ニ付見分仕候得者飯米入候[12]叺之

内[13]白米三合程残リ申候庄屋申候ハ

飯米切レ申候段見届申候爰元ハ

去年作[14]不熟ニ而米払底ニて候

少[15]々在之候而も悪[16]米ニ而候不苦候ハ、

少ハ才覚可仕由申候得者致才覚

くれ候様ニト申ニ付在番所ヨリ参候

迄ハ延引ニ付大久村地下ヨリ取合

白米四升五合遣シ[17]申候朝鮮升

---

8) □ (孫)

9) 連(束) (孫)

10) 分 (孫)

11) (申) (孫)

12) 결락 (孫)

13) ニ (孫)

14) (去)□□ (孫)

15) 出て (孫)

16) 惣 (孫)

17) 之 (孫)

壱斗壱升五合二斗立手配ヲ[18]申候

迫付在番ヨリ米参候ヲ則白米二

仕壱斗弐升三合遣シ[19]候得者朝鮮

升三斗二斗立手配ヲ[20]申候

右両度之米廿一日之夕と廿二日

三度之飯米在之由申候二付其

積りヲ以追々米才覚仕時々二

飯米あてか[21]い渡シ申候

---

18) 越 (孫)

19) 之 (孫)

20) 越 (孫)

21) 可 (孫)

《現代語訳》

二十一日に、安龍福から書付が出され[持参した]

飯米が尽きてしまい、もう夕飯から食べるものがない状態に陥ったとの

報告があった。そこで彼らの舟に、庄屋と与頭（くみがしら）の右衛門が

出かけることになった。様子を尋ねると、確かに飯米が無くなり

難儀している。朝鮮では他国の舟

がやってきた時には、ご馳走をすることになっているが、こちらでは、

そのような習慣はないのだろうかと申してきた。そこで庄屋は申し聞

かせた。

こちらでも異国舟が風にあって流され漂着してきた折には、

飯米など様々なものを提供し、それ相応の

援助を行うことになっている。だが、お前たちは鳥取藩の伯耆守様に

訴訟するといって、わざわざやってきた。それならば

飯米など、予め用意しておくのが当然であろうが、と申してやった。

すると

不審に思われるのはもっともなことだと、彼らも了解した。ただ竹嶋

を十五日に出発し、そのまま[目的とする]日本の地に到着するものとばか

り思っていた。

その日本の地では、もう困る様なことも無いと考えていた。そして右

のような事情のことが起こってしまった。

そのように彼らは申し述べた。だがやはり心配である。舟中をよく観

察しておこうと

　庄屋が申すので、なるほどと納得し観察しておくことにした。

　見ると飯米を入れていた叺に、

　もう僅か三合ほどしか残っていない。庄屋が言うことには、

　確かに飯米が無くなっていることは見届けた。ただ当地では

　去年、農作は不作で、こちらも米不足の中にある。

　少しばかりの備蓄米も全くの粗悪品である。だがもしそれでよければ、

　少々都合を付け、用意してやろうと伝えた。すると是非、

　都合を付けて用意して頂きたい。そのように申してきた。在番所から

取り寄せ、

　用意するには時間が掛かる。そこで取り敢えず大久村の地元で掻き集

めた

　白米を、四升五合ほど与えた。これを朝鮮升で量れば

　一斗一升五合の手配になる。

　やがて在番所から、追って白米が送られてくる。それは

　一斗二升三合ばかりの米量であるが、朝鮮

　升で量れば三斗にもなる手配である。

　この両方から提供された米で、二十一日の夕飯と二十二日の

　三度の飯は、充分確保されることとなった。こうした段取りを以て

　予定を立てた。また追い追いに米を準備し、時々に

　飯米をあてがうことにした。

21일에 안용복한테 서간이 왔다(지참했다).

먹을 쌀이 떨어져, 이미 저녁부터 먹을 것이 없는 상태에 놓였다는

보고가 있었다. 그래서 그들의 배에 쇼야와 조장 에몬이 가게 되었다. 상황을 살펴보니 분명히 식량이 떨어져 어려워하고 있다.

조선에서는 타국의 배가 왔을 때에는 대접하게 되어있습니다만, 이쪽에는 그러한 관습은 없는 것입니까라고 물어왔다. 그래서 쇼야는 이야기해주었다.

이쪽에도 이국 배가 바람을 만나 표착했을 때에는, 식량 들 여러 가지를 제공하고, 그에 상응하는 원조를 하게 되있다. 그러나 당신들은 돗토리번의 호키노카미님에게 소송한다고 말하며, 의도적으로 왔다. 그렇다면 먹을 쌀 등 미리 준비해두는 것이 당연할 것이라고 말했다.

그러자 이상하게 여기는 것도 당연하다고, 그들도 양해했다. 단 죽도를 15일에 출발하여, 그대로 [목적으로 하는] 일본땅에 도착할 것이라고만 생각하고 있었다.

그 일본땅에서는, 더 이상 곤란한 일도 없을 것으로 생각했다. 그리고 우와 같은 일이 생겨버렸습니다. 그렇게 그들이 말했다.

그러나 역시 걱정이다. 배 안을 잘 조사해 두자고 쇼야가 말했기에, 옳다고 생각하고 조사해 두기로 했다. 살펴보았더니 먹을 쌀을 넣어둔 가마니에 겨우 3합 정도밖에 남아있지 않았다. 쇼야가 말하기를, 분명히 먹을 쌀이 없는 것을 보았다. 다만 당지는 작년에, 불황의 농작으로, 이곳도 쌀이 부족한 상태다. 조금 있는 비축미도 조악품이다. 그러나 그것이라도 괜찮다면, 조금 준비하여, 준비하겠다고 전했다.

그러자 꼭 준비하여 주시기 바랍니다. 그렇게 이야기 했다. 재번소에서

모아, 준비하는 데는 시간이 걸린다. 그래서 우선 오쿠무라 지역에서 긁어 모은 백미를 4승 5합 정도 주었다. 그것을 조선말로 계산하면 1두 1승 5합 정도가 된다.

드디어 재번소에서 이어 백미를 보냈다. 그것은 1두 2승 3합 정도의 쌀의 양이나, 조선말로 계산하면 3두나 될 정도다.

이 양방에서 제공된 쌀로, 21일 저녁밥과 22일의 세끼의 밥은 충분히 확보되게 되었다. 이러한 준비로 예정을 세웠다. 또 이어서 쌀을 준비하며, 때에 맞추어 먹을 쌀을 충당하기로 했다.

叺(かます)に残った三合ほどの米とは、この叺に附属した朝鮮升で量られたものである。日本の枡で量れば一合二尺、これが十一人の食料の全てであった。もう完全な逼迫である。来島に到った理由の詮索よりも先に、その窮状に対し、何とかしなければならない。それが急遽なされた飯米の提供である。あくまでも人道支援の立場に立つ措置であった。[22]

가마니에 남은 3합 정도의 쌀이란, 이 가마니에 부속한 조선말로 잰 것이다. 일본 말로 재면 1합 2척, 이것이 11인의 모든 식량이었다. 이미 완전히 떨어진 상태였다. 섬에 온 이유를 조사하기보다 우선 궁핍한 사정을 어떻게 하지 않으면 안 되었다. 그것이 서둘러 이루어진 먹을 쌀의 제공이었다. 어디까지나 인도지원의 입장에 선 조치였다.

---

22) 표류민에 대한 조선과 일본의 대치방법을 설명한 것으로, 일행과 일본간의 신뢰관계를 엿볼 수 있다. 조선의 요구사항을 조사하고 그 사실이 틀림없음을 확인한다는 것은, 표착하여 자진 신고한 일행의 언행이 사실을 바탕으로 한다는 신뢰를 조성하는 일이었다. 또 안용복이 구두가 아닌 서류로 사정을 설명하여, 안용복이 문자생활 익숙했다는 것을 알 수 있다. 안용복이 문맹이었다면, 기록 어딘가에 그 언 내용의 기술이 있기 마련이다. 그런데 본 기록은 안용복을 중심에 위치시키면서, 그의 문맹을 언급한 일이 없어, 그가 문자생활에 익숙했다는 것을 알 수 있다.

【本文23】

一、拾壱人之内名歳知レ不申分[1]

　　猶又宗門之義銘々ニ願ハ書

　　記伯州へ訴訟之わ[2]け書付出シ候

　　様ニと申候得者始ハ心得候由申候

　　処廿二日之朝ニ至リ其事共

　　書出スニ不及候伯州へ参委

　　細可申上由重而ハ其問者[3]無

　　用ニ可仕由書付出申候則指上ケ

　　申候[4]

---

1) 外 (孫)

2) 王 (孫)

3) 事 (孫)

4) 供 (内)

《現代語訳》

　十一人のうち、まだ名前や年齢の分からぬ者、また宗門についても分からぬ者、それを書き出すように申し伝えた。

　なお銘々に願い事がある場合、それを書き出すように、そして伯州への訴訟の理由についても、また書き出すように申し渡した。すると最初は承知いたしましたと得心していたのが、二十二日の朝になって、そのような事は書き出すまでもないことです。伯耆へ直接参り、委細を述べるつもりですから、重ねての質問は無用ですと、書面にて提出してきた。

　11인 중, 아직 이름이나 연령을 알지 못하는 자, 또 종파에 대해서도 알지 못하는 자, 그것을 써내라는 말을 전했다.

　또 각각 원하는 일이 있을 경우, 그것을 써낼 것을, 그리고 호키슈에 소송하는 이유에 대해서도 써내도록 이야기했다. 그러자 처음에는 알았다고 이해했으나, 22일 아침이 되자, 그러한 것은 써내지 않는 것입니다. 호키에 직접 가서, 자세한 것을 이야기할 계획이므로, 거듭되는 질문은 필요 없다고 서면으로 제출해왔습니다.

　伯州への訴訟というのは間違いで、彼らは因州(鳥取)へ赴くつもりである。伯州の地名が発せられたのは、伯耆商人に連れられての元禄六年の経験が、今なお尾を引いている。また追い掛けていった密漁倭人を、伯耆商人の手下だと思い違いしているためかもしれない。ともあれ倭人の渡海漁労を咎め、それに絡めての越境の罪、竹嶋(欝陵島)は朝鮮のもの、松嶋(子山島)は朝鮮のもの、そのことを問い質す訴訟である。島庁の役人は、その訴訟の内容を書き出すように伝えたが、彼らは拒絶した。彼らにしてみれば、それを隠岐の役人に訴え出ても、何の利益にもならない。それは鳥取藩庁に申し出てこそ価値を生む。それを承知していたから、回答を拒絶した。天候が回復すれば、ここを早々に立ち去り、直ぐにも鳥取へ向かいたい。そのような彼らの心境であった。

하쿠슈에 소송한다는 것은 잘못으로, 그들은 이나바(돗토리)에 갈 계획이다. 하쿠슈라는 이름이 의미하는 것은, 호키 상인에게 납치당한 원록6년의 경험이 지금도 영향을 미치고 있다. 또 뒤쫓고 있던 밀어하는 왜인을, 호키 상인의 부하라고 잘못 생각하고 있는지도 모른다. 어찌되었든 왜인의 도해 어로를 추궁하고 그것에 관련된 월경의 죄, 죽도(울릉도)는 조선의 것, 송도(자산도)는 조선의 것, 그러한 것을 따지는 소송이다. 도청의 역인은 그 소송의 내용을 써내라는 이야기를 전했으나 그들은 거절했다. 그들로서는 그것을 오키의 역인에게 이야기한다 해도 아무런 이익도 없다. 그것은 돗토리번청에 이야기해야 가치가 있는 일이었다. 그것을 알고 있었으므로 회답을 거절했다. 날씨가 회복되면 이곳을 서둘러 떠나, 금방이라도 돗토리에 가고 싶다. 그러한 그들의 심정이었다.[5]

---

[5] 안용복 일행은 오키를 떠나 아카사키(赤崎)로 상륙하여 돗토리로 직행한다. 그러자 돗토리번은 그들을 일시 아오야(靑谷)에 있는 센넨지(伝念寺)에 머물게 하고, 유학자를 보내, 도해한 목적을 묻는 내용의 필담을 시도했다. 그러나 돗토리 한은 필람은 했으나 도해의도를 알 수 없다는 보고를 했다. 현재로서는 알 수 없는 의문이다. 안용복은 일본의 국경을 침범했다는 혐의로 납치되었으나, 송환시킬 때는 안용복과 박어둔을 가마에 태우고 요리사와 의사를 대동시키고 있었다. 도저히 납치당할 만한 범죄자에 대한 대우는 아니었다. 돗토리번 자체도 처음에는 범죄자로 취급했으면서, 어떤 이유가 있어 그런 예우를 했는지 알 수가 없다. 이번에도 돗토리의 가로(賀露)항에 도착하면, 돗토리번은 2대의 가마와 9필의 말을 내어 일행을 영접한다. 이러한 돗토리번의 예우를 어떻게 해석할 것인가. 그것에 대한 연구가 필요하다.

【本文24】

　　雷憲廿二日ミニ陸ヘ揚リ候時之
　　装[1]束ハ

一、ウハキハ白木綿ノね[2]ツミニ
　　似タルヲ着シ申候

一、帽子ハ本朝禅宗ノ用候様
　　成ヲ着シ申候
　　地ハサイミウラハ白キ麻

一、数珠モ禅宗之用候様成ヲ
　　持申候玉之数十斗在之笠ハ
　　着不申候弟子衍習モ揚リ申候
　　装[3]束雷憲ト同断
　　但衍習カ珠数ノ玉太[4]サ同ク
　　数ハ多相見ヘ申候

---

1) 持衣 (孫)

2) 襧 (孫)

3) 持衣 (孫)

4) 大 (内)

《現代語訳》

　　雷憲が二十二日、陸に上がった時の

　　服装は、次の通りである。

一、上着は白木綿のものであるが[白色ではなく、もはや着古して]、

　　ねずみ色に

　　似たものとなっていた。そのような上着を着けていた。

一、帽子は日本の禅宗の僧侶が用いているような

　　　ものを着けている。

　　　その帽子の生地は細身[の糸で織られ]裏地は白い麻製である。

一、数珠も日本の禅宗が用いているようなものを

　　　持っている。その珠の数は十個ほどである。笠は

　　　着けていない。弟子の衍習も陸に上がってきたが、

　　　その服装は雷憲と同じである。

　　　但し、衍習の数珠の大きさは雷憲のものと同じであるが、

　　　その珠の数は多いようにも見えた。

뇌헌이 22일 육지에 올랐을 때의
복장은 다음과 같다.

1, 상의는 백목면의 것이었으나[백색이 아니라, 이미 오래 입어서] 쥐색에
닳은 것이 되어 있었다. 그러한 상의를 입고 있었다.

1, 모자는 일본 선종의 승려가 사용하고 있는 것과 같은
것을 쓰고 있었다.
그 모자의 천은 가는 [실로 짜고] 이면은 흰 마제였다.

1, 염주도 일본의 선종이 사용하고 있는 것과 같은 것을
가지고 있었다. 그 염주의 수는 10개 정도다. 삿갓은
쓰고 있지 않았다. 제자 연습도 땅에 올라왔으나
그 복장은 뇌헌과 같았다.
단, 연습의 염주 크기는 뇌헌의 것과 같으나,
그 염주의 수는 많은 것처럼 보였다.

　雷憲の装束は、禅宗の僧侶のようであったという。彼の関わる寺院は金烏山興旺寺である。そしてそこでは護符たる朱印状を発行している。金烏山とは陽光を崇める金烏山の意である。そのような名を山号とする寺とは、果たして戒律の厳しい禅宗の寺であろうか。おそらく様々な行者、破戒僧、自由民が立ち入る神仏習合の開かれた寺であろう。このような寺に関わる雷憲とは、いったい何者か。文字に明るく、算に長け、そして激しい航海にも耐え得る体力を持つ人物、直弟子を持ち、付き従う複数の僧に囲まれた五十五歳の僧侶である。自由僧の一群を率いる賢明な先達の体である。それなりに心服を受けるほどの人物であったろう。

뇌헌의 복장은 선종 승려와 같았다 한다. 그와 유관한 선원은 금조산의 홍왕사이다. 그리고 그곳에서는 부적에 해당하는 주인장을 발행하고 있다. 금조산이란 양광을 숭배하는 금조산의 의미이다.[5] 그러한 이름을 산호로 하는 절이란, 과연 계율에 엄한 선종일까. 아마도 여러 행자, 파계승, 자유민이 뒤섞인 신불 습합의 열린 절일 것이다. 이러한 절에 관계되는 뇌헌은 도대체 어떤 자일까. 문자에 밝고, 계산에 밝고, 또 거친 항해에도 견딜 수 있는 체력을 가진 인물, 직접 제자를 거느리고, 시종하는 복수의 승려에 둘러싸인 55세의 승려다. 자유승의 한 무리를 이끌고 있는 현명한 선도자로서의 스님이다. 그 나름대로 신뢰를 받을 정도의 인물이었을 것이다.[6]

---

5) 金烏는 태양의 별칭이다. 해 속에 세발 다린 까마귀가 있다는 전설에서 나온 말.

6) 일본은 도해 일행에 스님이 포함된 것에 많은 관심을 표했는데, 그것은 당시의 일본의 스님이 차지하는 사회적 신분과 연계해서 생각해볼 문제다. 조선과의 외교를 독점한 대마번이 작성하는 외교문서를 승려가 전담했을 정도로, 일본에서 스님이 차지하는 지적 가치는 높았다. 에도시대의 절과 민중은 단가라는 제도로 연계되어 있었다. 당대의 민중이 생활하기 위해서는 막부가 금제하는 기독교인이 아니라는 것을 입증해야 했는데, 그것이 일정한 사원에 등록해서 단가가 되는 방법이었다. 이 제도는 1635년(寬永12)에, 기독교인을 적발하는 역할을 전국의 사원에 명했다. 이에 따라 사원은 주변 사람들이 기독교인이 아니라는 보증서를 발부했다. 이때부터 사원과 단가의 관계가 형성되기 시작했다. 사원 측은 이것을 계기로 경제적 협력을 단가에 요청했다. 민중의 신분을 보장하는 대가로 사원의 경제적 기반을 마련했다. 사원의 신원 보증이 없으면 기독교인이 되기 때문에 단가는 사원에 대한 의무를 충실히 이행해야 했다. 이 제도와 동시에 각지에서 宗門閘帳이 만들어져, 일가 전원이 소속하는 사원이 기록되었다. 곳에 따라서는 지역의 사원에 출두하여 씨명을 기록하고 인판을 남기는 일을 했다. 그곳에서는 호적도 관리하며 이주나 혼인이 있을 때는 절에 수속했다. 에도 막부는 전국통일에 장애요소였다고 판단한 寺社勢力을 억제하기 위해, 그 경제적 기반인 소령을 주인장으로 조정하였다. 그리고 원화 원년(1615)에 종파제도나 본사와 말사의 서열을 규정하는 제도를 정하고, 관문5년(1665)에는 호국사원의 규정을 반포하여 도당을 지어 다투는 일을 금지시키고, 寺領売買入을 금지시켰다.

【本文25】

右廿二日　安龍福　李裨元　雷憲
同弟子陸へ上リ候事ハ西風強ク船
中不静物書候義不成候間陸へ
上[1])リ書可申と申ニ付海辺近キ
百姓家へ入[2)]申[3)]候処[4)]其時ニ至リ
前々書付斗書出[5)]申候廿一日舟
ヲモ[6)]証懸リ申候書簡今度之
訴訟一巻と被為長々と仕た[7)]る
下書ヲ致シ本書をも証懸リ
候[8)]へとも廿二日陸へ上リ相談仕かへ
申候様ニ相見へ申候[9)]併前之[10)]書付
ニ而始終大体わけ[11)]聞へ申候
様ニ奉存候其通ニ而差置申候

---

1) (上)リ (孫)

2) 入し (孫)

3) 결락 (孫)

4) 處ニ (孫)

5) 出し (孫)

6) □□ (孫)

7) 多 (孫)

8) 候ても (孫)

9) 결락 (孫)

10) 前々 (孫)

11) 王 (孫)

《現代語訳》

右の二十二日、安龍福、李禅元、雷憲、

そしてその弟子(衍習)が上陸してきた。西風が強く吹き、舟が

揺れるため、静かに物書きができないので、

上陸して落ち着いて書きたいと申すので、海辺に近い、

百姓家に入居させた。入居することとなって、ようやく

前々から行ってきた書き付けを、ここで書き出すこととなった。それ

は前日の二十一日、舟の中で[書き綴り]取り掛かっていた証文の書簡であ

る。此の度の

訴訟のため一巻とした、長々と書き連ねた

下書きである。それを本格的に書き上げ、証文らしき様相に

あつらえたのである。二十二日に上陸し相談しての結果[ここに改め

て]決定

したようにも見えるのである。このような経緯と、以前の書き付け

などから、この一連の始終が、おおよそ理解可能となってきた。

それを踏まえて、彼らを差配することにした。

우의 22일에 안용복, 이비원, 뇌헌

그리고 제자(연습)이 상륙했다. 서풍이 강하게 불어

배가 흔들려, 차분히 문서를 작성할 수 없기 때문에,

상륙하여 차분히 쓰고 싶다고 말하기 때문에, 해변 가까이 있는

민가에 들어가게 했다. 입거하게 되자, 드디어

전부터 작성하고 있던 서류를 이곳에서 쓰기 시작하게 되었다. 그것은 전날 21일에,

배 안에서 [글로 엮어] 쓰기 시작했던 증문의 서간이다. 이번의

소송을 위해 한 권으로 한, 길게 늘어 쓴

초고다. 그것을 본격적으로 완성하여, 증서의 형식으로

맞춘 것이다. 22일에 상륙하여 상담한 결과[여기서 다시] 결정

한 것 같이 보인다. 이러한 경위와 이전의 서류

등으로, 이 일련의 자초지종을 대충 이해할 수 있게 되었다.

　なお浜では強風が吹き荒れ、船は波に翻弄されていた。揺れる船の中では、じっくりと落ち着いて話をすることなどできない。そこで上陸してきたのである。揺れて物書きができないと理由付けがあった。そこで休息用に民家を提供した。隠岐の人たちの親切を、彼らは肌で感じ取ったことであろう。

　上陸し落ち着いた民家の中で、彼らは今後の行く末を語り合った。相談の結果、やはり因幡鳥取藩へ訴訟に赴く。それを最終的に決定したのである。それまで、このような計画が、時に頭をよぎっては、また消えていた。あるいは、この計画に関し、これまで互いに語り合うことがあったかもしれない。だが飽くまでも観念の世界の話で、実際、実行に移そうというものでは無かった。

　だが隠岐に漂着し、ここで島庁の役人と話を交わす中で、次第に彼らの考えは熟してきた。それはこの地で聞き知った竹嶋渡海禁制の存在のためである。倭人密漁の事実を訴え出れば、竹嶋渡海禁制という関白様（徳川将軍を彼らはこのように呼ぶ）のお達しに、これは明らかに違反する。訴訟は必ずや取り上げて貰え、あわよくば報奨金にありつけるかもしれない。詫びの言葉と共に、あるいは慰労金がいただけるかもしれない。こちらが正式な使者であれば、決して粗略には扱われない。鄭重な対応を受ける筈である。そのような読みを行った。そこで訴状を作成

し、訴訟準備に着手した。

　この一連の動き、訴訟に向けての動きを、朧気ながら、島庁の役人たちも見て取った。彼らの行動が、おおよそ理解可能となったのである。だから対応も、それに応じて行うことにした。

●· · · · · · ·

　아직도 해변에는 강풍이 불고 배는 파도에 번롱 당하고 있었다. 흔들리는 배 안에서는 차분히 앉아서 이야기도 할 수 없다. 그래서 상륙한 것이다. 흔들려서 서류를 작성할 수 없다는 이유를 말했다. 그래서 휴식용으로 민가를 제공했다. 오키 사람들의 친절을 그들은 피부로 느꼈을 것이다.

　상륙하여 안정된 민가 안에서 그들은 금후의 일을 서로 이야기했다. 상담한 결과, 역시 이나바 돗토리번에 소송하기로 했다. 그것을 최종적으로 결정한 것이다. 그때까지 이러한 계획이 머리를 스쳤다가는 사라져갔었다. 어쩌면 이 계획에 관하여, 이때까지 서로 이야기하고 있었을 지도 모른다. 그러나 어디까지나 관념의 세계의 이야기로, 실제로 실행에 옮긴다는 것은 아니었다.

　그러나 오키에 표착하여 이곳에서 도청 역인들과 이야기를 나누는 사이에 점차로 그들의 생각은 구체화되었다. 그것은 이곳에서 죽도도해금제의 일을 들어서 알게 되었기 때문이다. 왜인이 밀어한 사실을 소송하면, 죽도도해금제라는 관백님(德川 장군을 그들은 이렇게 부른다)의 명령에 분명히 위반되는 밀어를 했다는 것이 된다. 소송은 반드시 받아들여져, 잘되면 보상금을 받게 될지도 모른다. 사과하는 말과 함께, 어쩌면 위로금을 받을지도 모른다. 이쪽이 정식 사자라면 결코 함부로는 취급하지 않는다.

정중히 대접할 것이 틀림없다. 그렇게 예상했다. 그래서 소장을 작성하며 소송준비에 착수했다.

이 일련의 움직임 소송을 위한 움직임을 어렴풋하게나마, 도청의 역인들도 간취했다. 그들의 행동을 대개 이해할 수 있게 된 것이다. 그러므로 대응도 그것에 맞춘 것이다.[12)

12) 일본인에 대한 죽도도해금지령이 내린 것은 1696년 1월 28일이었다. 이날 노중들이 열좌한 가운데 죽도도해금지령을 받은 쓰시마 도주 宗義眞는 그것을 연말에나 구두로 조선에 전달하겠다고 답하고, 돗토리번에는 그때까지 비밀에 부쳐줄 것을 부탁했다. 그런 연유로 10월이 되어 조선은 전달을 받게 된다. 중요한 사안임에도 쓰시마가 구두로 전달하겠다고 말한 것은 중대한 일을 애매하게 처리하여, 후일의 문제로 남겨두려는 의도였다. 이런 과정이 있어, 안용복이 표착했을 당시, 오키의 역인들이 그 사실을 알고 있었는지는 분명하지 않다. 물론 돗토리번의 에도 연락소는 그날로 돗토리번에 연락을 취했다 한다.

안용복이 돗토리에 소송하러 가는 것은, 그 이전 1693년에 납치당하여, 돗토리에서 심문 당한 일이 있었다는 사실과 같이 생각해야 한다. 3년 전에 심문 당했다는 것은, 돗토리 사람들이 안용복을 이미 알고 있다는 것이다. 처음에는 범법자로 납치했다 취조했으면서, 어찌된 일인지 송환시킬 때는 가마에 태우고 의사와 요리사까지 동반시키는 예우를 취했다. 그처럼 돌변한 돗토리번의 태도와 소송을 위해 도해한다는 안용복의 행동은 같이 생각되어야 한다.

또『조선실록』에 의하면, 안용복이 소송한 주요 내용은 쓰시마번이 자행한 비리와 울릉도와 자산도가 조선의 영지라는 것이었다. 안용복의 소송문제에는 밝혀지지 않은 내용이 더 많아 다양한 추정이 가능하다. 당시의 사회제도와 배경을 근거로 하는 추정이 다양하게 이루어지는 가운데, 사실에 대한 접근도 가능할 것이다.

【本文26】

一、廿一日ヨリ廿三日迄も風雨強ク
　　御座候而西郷へ朝鮮舟廻シ候
　　事引舟仕[1]候而も難成候ニ付而
　　番舟申[2]付役人共付大久村ニ
　　其侭指置申候惣而十八日ヨリ
　　西風毎日強ク舟路ノ通ひ
　　不罷成荒申候

---

1) 付 (孫)

2) 申ニ (孫)

《現代語訳》

二十一日から二十三日まで風雨が強く、

西郷へ朝鮮舟を廻船しようにも、

引き舟を使って動かそうにも、とても難しいことであった。だから

張り番となる舟を付け、見張りの役人を置き、大久村に

そのまま繋留しておくよう申し渡した。この十八日から

西風が毎日吹き、海は荒れていたから、舟の行き来が

できない状態が続いていた。

21일부터 23일까지도 풍우가 강하여,

사이고에 조선주를 회선시키려고

예인선을 사용하여 움직이려 했으나, 참으로 어려운 일이었다. 그래서

배를 지키는 배를 정해두고, 지키는 역인을 남겨두고, 오쿠무라에

그대로 계류시켜 두라고 말했다. 이 18일부터

서풍이 매일 불어, 바다가 사나웠기 때문에 배의 왕래가

불가능한 상태가 지속되었다.

　安龍福一行が隠岐へ到着した十八日から、強い西風が吹き、海は荒れ
ていた。いや話は逆で、強い西風が吹き、海が荒れていたから、彼らは
隠岐へ漂着したのである。松嶋から隠岐へ渡るとき、もう海は相当に荒
れていた。松嶋から竹嶋へ戻ろうとして、彼らの船は流されたのかもし
れない。その結果、隠岐に漂着の可能性もある。意を決しての渡海では
なく、因幡鳥取への御訴訟とは、この嵐に遭遇した結果の、全く偶然の
産物であったかもしれない。隠岐に漂着した結果、竹嶋渡海禁制を知
り、ついに因幡鳥取に向かうことになった。そのような粗筋を否定する
ことはできない。

　ともあれ、やむなく隠岐に着いたのである。それはまさに漂着で、
散々な体での入港であった。疲労困憊し、大久村に着いた彼らではあっ
たが、やはりアウトロー、少々のことでは屈するものではない。なおま
だ意気軒昂である。大久村からは晴天であれば山陰本土を望み見ること
ができる。それを彼らは大久村の村人たちから聞き出していた。風波お
さまれば、そして晴天であれば、対岸の伯耆や因幡は視野の中にある
と。辿り着くのは容易である。そのような情報を得て、彼らの決断は促
された。航海の安全が定まったことで、あとは日を待ち、風を読む。艫
綱を解く機会を、ひたすら窺うのみであった。

　だが手持ちの食料は、もはや枯渇し、繋留の間、乗員の空腹を満たす

手段はなかった。それゆえ村役人や郡役所からの役人に対し、彼ら一行はおとなしく、暫し、その命令に服したのである。だがこの島で、その訴訟の詳細を明らかにすることはできない。それでは利を失ってしまう。うやむやの内に晴天を見計らい、出帆の機会を見つける腹積もりであった。

　島庁の役人からすれば、彼らは別に意図するところがある。やはり、そのように見受けられた。どのような訴訟であるのか、これはじっくりと聞き出さねばならない。そのためには、やはり大久村から隠岐郡役所のある西郷に、彼らを移動させなければならない。だがあいにくの荒天続きで、船の移動はできなかった。そこで番船を付け、見張りの役人を置き、この大久村に、そのまま留め置いたのである。

　●・・・・・・●

　안용복 일행이 오키에 도착한 18일부터 강한 서풍이 불어 바다가 거칠었다. 아니 이야기는 반대로, 강한 서풍이 불어 바다가 거칠었기 때문에 그들이 오키에 표착한 것이다. 송도에서 오키에 표류될 때, 이미 바다는 상당히 거칠었다. 송도에서 죽도로 돌아가려다 그들의 배가 표류 당했는지도 모른다. 그 결과 오키에 표착한 가능성도 있다. 의지에 의한 도해가 아니라 이나바 돗토리에 하는 소송은 이 폭풍에 조우한 결과 그야말로 우연의 산물이었을지도 모른다. 오키에 표착한 결과 죽도도해금제를 알아 드디어 이나바 돗토리에 향하게 되었다. 그러한 줄거리를 부정할 수는 없다.

　어찌되었든 어쩔 수 없이 오키에 도착한 것이다. 그것은 그야말로 표착으로 지친 상태의 입항이었다. 지친 상태로 오쿠무라에 도착한 그들이었지만 역시 모험가, 사소한 일에는 굴하지 않는다. 아직 의기양양하다. 오쿠무라에서는 맑은 날씨라면 산인 본토를 바라볼 수 있다. 그것을 그들은 오쿠무라 마을사람들한테 들었다. 풍파가 가라앉고 날씨가 맑으면 대안의 호키나 이나바가 시야에 들어온다는 것을. 찾아가는 것은 용이하다. 그러한 정보를 얻고 그들은 결단을 내렸다. 항해의 안전이 정해져 있으므로 적당한 날을 기다리며 바람을 읽고 있었다. 애매한 상태에서 청천을 기다리며, 출범의 기회를 기다리는 심산이었다.

그러나 가진 식료는 이미 고갈되어, 계류하는 동안 승무원의 공복을 채울 수단이 없었다. 그래서 마을 역원이나 군역소에서 온 역원에게, 그들 일행은 얌전히 잠시, 그 명령에 따랐던 것이다. 그러나 이 섬에서 소송의 내용을 밝힐 수는 없었다. 그러면 이롭지 않다. 그러면서 날씨를 살피면서, 출범의 기회를 기다리려는 심산이었다.

도청의 역인으로서는 그들 나름대로 의도하는 일이 있다. 역시 그렇게 보였다. 어떤 소송인가, 이것을 자세히 알아내지 않으면 안 된다. 그 때문에는, 역시 오쿠무라에서 오키군의 역소가 있는 사이고우에, 그들을 이동시키지 않으면 안 되었다. 그러나 공교롭게 거친 날이 계속되어 배의 이동이 불가능했다. 그래서 지키는 배를 두고, 그것을 지키는 역인을 두고 오쿠무라에 그대로 계류시켜 놓은 것이다.[3]

---

3) 안용복은 도해하게 된 것을 비변사에서 다음과 같이 이야기했다. 지난해에 내가 일본에서 울릉 자산 등의 섬을 조선의 경계로 정하여 관백의 서계를 받았다. 그런데 일본은 규범이 없어 우리의 경지를 다시 침범하니 이것은 어찌된 도리인가라고 말했다. 그 말은 들은 오키 도주는 호키에 전보하겠다고 했으나 오래 기다려도 소식이 없어 분을 이기지 못하고 배를 타고 호키로 향했다. 이런 기록이 있는 이상, 그 내용은 존중되어야 한다. 그리고 허실을 규명해야 한다. 기록이 있음에도, 안용복의 도해를 즉흥적인것으로 보는 것은 기록을 떠난 관념이라 말할 수 있다.

【本文27】

一、石州へ為右注[1]進松岡弥次[2]郎
　　渡海申付候二付廿二日弥次右衛門
　　呼[3]戻シ高梨杢左衛門　河嶋理太夫
　　大久村江遣置申候飯米等廻[4]シ
　　見斗庄屋方ヨリ渡させ候二付
　　朝鮮人悦申由二而書付指
　　出申候[5]則差上申候

---

1) 御注進 (孫)

2) 二郎 (孫) 次右衛門 (内)

3) (呼) (孫)

4) 近夕 (孫)

5) 供 (内)

《現代語訳》

石見の代官所に、右の次第を注進することにした。

その役目を松岡弥次右衛門に命じた。

二十二日に弥次右衛門を[大久村から]呼び戻し

[石見に向けて]渡海を申し付けた。

松岡に代わり、高梨杢左衛門と河嶋理太夫とを大久村へ派遣した。

飯米などの廻送を見計らいつつ、それを庄屋方から渡すようにした。

[食料を得たことで]朝鮮人たちは満悦し[感謝の]由を、書面にて差し出してきた。

이와미 대관소에 위의 사정을 주진하기로 했다.

그 역할을 마쓰오카 야지에몬에게 명했다.

22일에 야지에몬을 [오쿠무라에서] 불러들여

[이와미를 향해] 도해하도록 이야기했다.

마쓰오카 대신에 타카나시 모쿠자에몬과 카와지마 이타이유를 오쿠무라에 파견했다.

식량 등의 회송을 배려하며 그것을 쇼야님에게 전하도록 했다.

[식량을 얻은 일로] 조선인들은 기뻐하며 [감사의] 뜻을 서면으로 제출했다.

　そもそも隠岐は天領であり、幕府の支配するところである。それが雲州松江藩の預かり地となり、松平直政の時代、雲州藩の支配するところとなった。だが貞享四年(一六八七)藩主松平綱近の時、預かり地としての隠岐を幕府に返上することがあった。この結果、隠岐は一時期、石見国の大森銀山領の代官の所管となった。大森代官所は吏員を隠岐に派遣し、この島を統治した。やがて享保五年(一七二〇)幕府から許可が下り、雲州松江藩へ預かりが復活した。藩主松平宣維は隠岐に郡代および代官を派遣し、再びこの地を統治した。安龍福一行が訪れたこの元禄九年の時、隠岐は大森代官所の支配下にあった。

　それゆえ、この事件は隠岐代官の後藤角右衛門の命により、その部下で手代の中瀬弾右衛門と山本清右衛門により報告書が作り上げられ、使者として松岡弥次右衛門が派遣され、石見の大森代官所に、ことの始終が報告されたのである。

원래 오키는 천령으로 막부가 지배하는 곳이었다. 그것을 운슈 마쓰에 번이 맡아 관리하는 땅이 되어 마쓰타이라 나오마사의 시대에 운슈번이 지배할 때였다. 그러나 죠쿄4년(1687)에 번주 마쓰타이라 쓰나치카의 시대에 맡았던 오키를 막부에 되돌려 주었다. 이 결과 오키는 한 때, 이와미국의 오모리 긴잔령의 대관이 소관하게 되었다. 오모리 대관소는 관리를 오키에 파견하여 이 섬을 통치했다. 결국 쿄호5년(1720)에 막부에서 허가가 내려 운슈 마쓰에번에다시 맡겨졌다. 번주 마쓰타이라 요시코레는 오키에 군대 및 대관을 파견하여 다시 통치했다. 안용복 일행이 방문한 원록9년의 오키는 오모리 대관소의 지배하에 있었다.

그렇기 때문에 이 사건은 오키 대관인 고토 쓰노에몬의 명에 의해, 그 부하 데다이 나카세 히키에몬과 야마모토 키요에몬에게 보고서를 작성하게 하고, 사자로 마쓰오카 야지에몬을 파견하여, 이와미의 오모리 대관소에 일의 본말을 보고한 것이다.

【本文28】

右此度朝鮮人一巻之書付

并朝鮮人出候書付[1]目録ニ記

之弥次右衛門持参仕候口上ニ茂

可申上候　以上

　　　　　　　　　　中瀬　弾右衛門

　　五月廿三日

　　　　　　　　　山本清右衛門

石州

　　御用所

---

1) 奉書 (内)

《現代語訳》

　右のような此の度の朝鮮人の出来事を、ここに一巻の書き付けとして提出する。

　併せて朝鮮人の差し出した書き付けを目録に記し、

　使者たる弥次右衛門により持参致させます。そして口上によっても

　報告を致させます。以上のようなことであります。

中瀬弾右衛門

　　五月二十三日

山本清右衛門

　石州

　　　御用所

　위와 같은 이번의 조선인에 대한 일을, 이곳에 한 권의 서류로 하여 제출한다.

　아울러 조선인이 제출한 서류를 목록에 기록하여

　사자인 야지에몬에게 지참시킵니다. 그리고 구두로도

　보고하게 합니다. 이상과 같은 일입니다.

나카세 히키에몬

　　5월 23일

야마모토 키요에몬

　세키슈

　　　어용소

　鳥取藩の『御在府日記』元禄九年六月十三日の条は、当時出府中で江戸の藩邸にあった藩主・池田伯耆守綱清に対し、この事件の急報があったことを伝えている。隠岐代官の後藤角右衛門は石見代官に急報したと同時に、因幡の鳥取藩庁に、その国元家老に、同様の報告書を伝えたのである。国元家老は、早速この報告書を、江戸藩邸に在る藩主池田綱清のもとに急報した。急報を受けた藩主池田綱清は、その当日、家臣の吉田平馬を遣わし、事件をさらに主席老中の大久保加賀守忠朝へと届け出た。以下は、その届け出た「口上書」である。

　　　口上書
　　朝鮮の船一艘、五月二十日、隠岐国へ着岸、之に依て御代官後藤角右衛門手代中瀬弾右衛門、山本清右衛門、様子相尋ね候処、今度、朝鮮船三十二艘、竹島へ渡海仕り候、其内一艘人数十一人罷り有り候、是は伯耆国へ願の儀之れ有り、渡海仕りし旨申すに付いて、右両人より飛脚を以て、右の趣今月二日国元家来まで申し越し候、同四日伯州赤崎と申す浦へ、右朝鮮船着し候、則ち番人等申し付け置き候、委細承り追って注進仕る可き旨、国元より今日飛脚を以て申し越し候に付き先は御届け申上げ置き候、　以上

　隠岐代官の後藤角右衛門は、安龍福の一行を隠岐に留め置くことはできなかった。代官としての職権を振りかざしてみても、安龍福の方は朝鮮国の使節として、あくまでも訴訟に赴くのだと主張した筈である。異国の使節に対し、田舎代官の手出しなど、できよう筈もない。せいぜい報告書を作成し、早飛脚で関係機関に伝える程度のこと、それができる精一杯のことであったろう。こうして安龍福は、まず隠岐において、彼の演ずる役柄の入念なリハーサルを行ったのである。そして天候を見計らい、伯耆・因幡を指して出帆した。

돗토리번의 『어재부일기』 원록9년 6월 13일조는 당시 출부하여 에도의 번저에 있었던 번주 이케다호키노카미쓰나키요에게, 이 사건의 급보가 있었다는 것을 전하고 있다. 오키 대관인 고토 쓰노에몬은 이와미 대관에 급보한 것과 동시에 이나바의 돗토리번청에, 그곳에 있는 가로들에게 같은 보고서를 전한 것이다. 가로들은 서둘러 이 보고서를 에도 번저에 있는 번주 이케다 쓰나카요에게 급보했다. 급보를 받은 번주 이케다 쓰나키요는 당일에 가신 요시다 히라마를 보내 사건을 다시 주석 노중 오쿠보카가노카미타다요리에게 보고했다. 다음이 제출한 그 구상서다.

구상서

조선의 배 1척이 5월 20일에 오키에 착안했다. 이에 따라 대관 고토 쓰노에몬은 데다이 나카세히키에몬, 야마모토 키요에몬에게 상황을 조사하게 했더니, 이번에, 조선선 32척이 죽도에 도해했다 합니다. 그 중의 1척으로 11인이 타고 있습니다. 이것은 오키국에 원하는 것이 있어 도해한다는 뜻을 말하고 있습니다. 그 때문에 위의 두 사람을 비각으로 해서, 위의 뜻을 금월 2일에 본국의 부하에게 전해왔습니다. 동 4일에 아카사키라는 포구에 위의 조선선이 도착했습니다. 즉시 지키는 사람들을 배치했습니다. 자세한 것은 들어오는 대로 추진하겠다는 뜻을, 본국에서 오늘 비각으로 알려왔기 때문에 우선 보고 드립니다.   이상.

오키 대관 고토 쓰노에몬은 안용복 일행을 오키에 잡아둘 수는 없었다. 대관으로서의 직권을 휘둘러보아도 안용복 측은 조선국의 사절로서, 어디까지나 소송하러 간다고 주장했을 것이다. 이국의 사절에게 시골 대관의 간섭 따위는 할 수도 없는 일이다. 기껏해야 보고서를 작성하여 빠른 비각으로 관계기관에 전하는 정도의 일이 할 수 있는 일이었을 것이다. 이리하여 안용복은 우선 오키에서 그가 연출할 내용을 면밀히 연습한 것이다. 그리고 날씨를 보아 호키·이나바를 향해 출범했다.[2]

---

2) 오키대관은 안용복 일행이 소송을 목적으로 돗토리에 간다는 것을 이야기했기 때문에, 그 사실을 돗토리 및 이와미 등의 관계요로에 보고하고 있다. 그 이전에 일행이 소송하려는 내용을 알려고 노력했으나, 일행은 직접 이야기 하겠다며 거절했다. 따라서 오키 대관의 보고는 소송의 이유나 내용은 모르는 상태에서 이루어진 것이 된다.

　일행의 소송의 뜻을 분명히 밝히고, 소송에 관계되는 서류를 작성하기에 알맞은 장소를 요구했고, 오키 대관은 편리를 제공해주었다. 소송의 내용을 탐지해서 요로에 보고 할 필요성을 느끼고, 또 소송에 관련된 서류를 작성할 수 있는 장소를 제공하면서도, 그 내용을 모른 상태에서 보고서를 보냈다는 것은, 일행과 오키 대관소가 상호존중하고 있었다는 것을 의미한다. 대관소는 급박한 일행의 식량을 보급해주면서도, 필요한 정보를 수집하는데 무리한 행동을 취하지 않았던 것이다. 이것은 일행이 그만큼 위엄을 갖추고 신뢰있는 행동을 취한 결과로 보아야 한다.

【本文29】

朝鮮舟在之道具之覚

一、白米　叺二　三合程残リ申候

一、和布　　　三表

一、塩　　　　壱表

一、干鮑　　　壱束[1]

一、薪　　　　壱〆

一、竹　　六本　長六尺八寸　但　一尺廻リ
　　　　　　　　同三尺五寸
　　　　　　　　同三尺

一、刀　　壱[2]腰　此刀武具二ハ難[3]用
　　　　　　　　麄[4]相成もの二候[5]

一、脇[6]指　壱腰　此脇指柄ハ脇指二候へ共
　　　　　　　　料理なと[7]いたし候二付包丁

---

1) 결자 (孫)

2) 一 (孫)

3) 用難 (孫)

4) 麤 (孫)

5) 二てのミ (孫)

6) (脇) (孫)

　　　　　　同前

一、鑓　　四筋　何モ鮑取器[8]物之由長柄[9]ハ

　　　　　　四尺斗

一、長刀　　　壱

一、半弓　　　壱

一、矢　　　　壱筋[10]

一、帆柱　　　弐本内壱本ハ八尋

　　　　　　　壱本は[11]六尋

　　　　　　内壱本ハ竹之由

一、帆　　　　弐端[12]内方五枚下り六枚

　　　　　　　　方四枚下り五枚

一、梶　　　壱羽　　壱丈四尺五寸

一、ミなわ[13]網　壱羽[14]　わ[15]ら

　　　　　　　　かつら

---

7) ど (孫)

8) 笠物 (孫)

9) 物 (孫)

10) 箱 (孫)

11) 결락 (孫)

12) □ (孫)

13) 王 (孫)

14) 결락 (孫)

15) 王 (孫)

　　　　　　　　　し¹⁶⁾な

一、とま　　　拾枚斗　内弐枚長サ¹⁷⁾五尺横一丈二尺

　　　　　　　　　　　残ハ日本ノとまヨリ少大キ

一、犬皮　　　三枚

一、敷き莫蓙　三枚　　帆こさの類ニ而候

　右の¹⁸⁾通見分仕候処紛無御座候

---

16) □ (孫)

17) ケ (内), カ (孫)

18) 之 (孫)

《現代語訳》

朝鮮舟に在る道具についての覚え書き

一、白米が叺に三合ほど残っている。

一、和布(若布)が三俵ある

一、塩が一俵ある

一、干鮑が一束ある

一、薪が一〆ある

一、竹が六本ある。その長さは六尺八寸あり、一尺廻りのものである。
　　　　　　また同じく長さ三尺五寸のものがあり、
　　　　　　三尺のものもある。

一、刀が一腰ある。この刀は武具として使用するには難がある。つまり
　　粗悪品である。

一、脇差が一腰ある。この脇差は、確かに脇差であるが、調理に使用し
　　ていたから、
　　包丁同然のものである。

一、鑓(やり)が四筋ある。いずれも鮑取りの道具である。その長柄
　　は、四尺ばかりのものである。

一、長刀が一つある。

一、半弓が一つある。

一、矢が一筋ある。

一、帆柱が二本ある。その内の一本は八尋の長さである。そして他の一本は六尋である。この内の一本は竹製の柱である。

一、帆が二端ある。この内の一つは、方(方形の筵)が五枚下り、六枚[並びのもの]である。もう一つは、方が四枚下り、五枚[並びのもの]である。

一、梶は一羽ある。一丈四尺五寸のものである。

一、水縄網が一羽ある。薫や葛や科[で作られている]

一、苫が十枚ばかりある。その内の二枚は、長さが五尺、横が一丈二尺である。

残りのものは、日本の苫より少しばかり大きい。

一、犬皮が三枚ある。

一、敷き莫蓙が三枚ある。帆莫蓙の類である。

右の通りに見分けを行った。間違いのないところである。

조선 배에 있는 도구 일람

1. 백미 가마니에 3홉 정도 남아있다.
1. 미역 3표 있다.
1. 소금 1표 있다.
1. 마른 전복 1속 있다.
1. 장작 한 묶음 있다.
1. 대가 6자루 있다. 길이 3척 85촌이고, 둘레가 1척의 것이다.

　또 마찬가지로 길이가 3척 5촌의 것이 있고,

　3척의 것도 있다.

1. 칼 한 자루가 있다, 이 칼은 무기로 쓰기는 어렵다. 즉 조악품이다.

1. 협도 1자루가 있다. 이것은 분명히 협도이지만 요리에 사용하는 식칼 같은 것이다.

1. 창이 4자루 있다. 모두 전복을 잡는 무구다. 긴 자루는 4척 정도의 것도 있다.

1. 긴 칼이 하나 있다.

1. 반궁(半弓)이 하나 있다.

1. 화살 하나가 있다.

1. 돛대 2개 있다. 그 중 하나는 8발의 길이다. 그리고 다른 것은 6발이다. 그 중의 하나는

　대나무로 만든 돛대다.

1. 돛이 2개 있다. 그 중 하나는 사각(사각형의 자리)이 5매 매달린, 6매를 [늘어놓은 것]이다. 또 하나는 사각형의 자리가 4매 매달리고, 5매를 [늘어놓은 것]이다.

1. 키는 1우 있다. 1장 4척 5촌의 것이다.

1. 엮은 그물이 하나 있다. 짚이나 넝쿨, 참피나무의 껍질[로 만들었다].

1. 멍석이 10장정도 있다. 그 중 2장은 길이가 5척, 폭이 1장 2척이다. 남은 것은 일본 멍석보다 조금 크다.

1. 개가죽이 3장 있다.

1. 까는 방석이 3장 있다. 돛의 걸개 종류다.

　　　위와 같이 조사하였다. 틀린 것이 없는 바이다.

【本文30】

　　　　朝鮮人俗名

李禕元（イ　ビ　ジェン）　金可果（キンサウクハウ）

柳上工（ユシャ　コウ）　金甘官（キングハングハン）

ユウカイ　此字相尋候得共書

　　　　　　不申候[1]下々[2]歟毎度

　　　　　　末座[3]ニ居申候

安龍福（アンヘンチウ）共六人俗

　　　　　僧侶

興旺寺（フンコソウ）[4]　雷憲（トイホン）

霊律（ヨンユク）　丹冊（タンソイ）

騰淡（スウクハミイ）　衍習（エンスツ）[5]

　　　雷憲（トイホン）[6]弟子

右、五人坊主

合拾壱人

___

1) 供 (内)

2) □ □ (孫)

3) 度 (孫)

4) 興□寺（フンコソウ） (内), 興旺寺（フンコソウ） (孫)

5) 衍習（エンスウ） (孫)

6) 雷憲 (孫)

《現代語訳》

　　　朝鮮人の俗名を、以下に記す。

李禋元　金可果

柳上エ　金甘官

ユウカイ、どのような文字であるか尋ねたが、

　　　　　書かなかった。おそらく下人であろう。常に

　　　　　末座に控えていたからである。

安龍福と、六人の俗人(一般人)がいる。

　　　僧侶の名を以下に記す

興旺寺の僧の雷憲、

さらに霊律、丹冊、

騰淡、衍習

　　　　　雷憲の弟子

　　この五人の坊主がいる。

俗人の六人と、五人の坊主、合計十一人の朝鮮人一行である。

조선인의 속명을 이하에 기록한다.

이비원   김가과

유상공   김감관

유우카이   어떤 문자인가를 물었으나

　　　　　쓰지 않았다. 아마 하급사람인 것 같다. 항상

　　　　　말석에 대기하고 있었다.

안용복과 6인의 속인이 있다.

승려의 이름을 이하에 기록한다.

홍왕사의 스님 뇌헌

그리고 영율   단책

　　　등담   연습

　　　　　　　뇌헌의 제자

위 6인의 스님이 있다.

속인 6인과 5인의 스님, 합계 11인의 조선인 일행이다.

【本文31】

朝鮮之八道

京畿道

江原道　　此道ノ[1]中ニ

　　　　　竹嶋松嶋

　　　　　有之

全羅道[2]

忠清道

平安道

咸鏡道

黄海[3]道

慶尚道

---

1) 결락 (孫)

2) 忠清 (孫)

3) 黄海 (孫)

《現代語訳》

朝鮮の八道を次に示す

京畿道
^{チョクイダウ}

江原道　　この道の中に
^{カンヲン}　　竹嶋と松嶋が
　　　　　　有る。

全羅道
^{チェンナア}

忠清道
^{チグチョク}

平安道
^{ペアン}

咸鏡道
^{ハンギョン}

黄海道
^{ハンハへ}

慶尚道
^{ケムシャム}

조선의 팔도를 다음에 나타낸다.

경기도

강원도　이 도 안에

　　　　죽도와 송도가

　　　　있다.

전라도

충청도

평안도

함경도

황해도

경상도

●●●【その後の経過】●●●

　隠岐を出発した安龍福の船は、六月四日、伯耆国赤崎浦に到着した。鳥取藩では御船手の山崎主馬を遣わし、この朝鮮船を因幡国の青谷浦に曳舟した。そしてそこに繋留する。藩士平井金左衛門、儒者辻権之丞(晩庵)を遣わし、言葉の通じない[いや通じないことを演じた]彼らと筆談させた。だが平井も辻も、この異国人との間で、意思の疎通は得られなかった。江戸幕府へ、その旨を通報すると共に、藩の普請奉行北村八兵衛をして朝鮮国船を賀露の港に廻し、この安龍福一行を朝鮮国の使節として、東善寺を宿舎として留めることになる。その後、六月二十一日、戸田市右衛門、牧野市郎右衛門、岡崎藤兵衛を護衛として、一行を駕籠と馬とにより鳥取城下に迎え、その町会所を接待場所とした。

　藩庁より今回の朝鮮人渡来の措置につき、幕府に急報を以て届け出ていたが、幕府からは異人(朝鮮人)を上陸させず、船を差し戻すよう指令が下った。そこで彼らを城下から退出せしめ、青島(鳥取の湖山池の小島)の仮宿舎に留め置くことになった。幕府からの指示で、彼らと交渉する対馬藩からの通詞が、鳥取藩へと派遣された。対馬藩の介在によって、この安龍福一行は対馬経由で、朝鮮国へ送還と決まった。あるいは一方で、このやっかいな彼らに、自発的な帰国を促し、それとなく追い返すよう指示が出た。老中大久保加賀守から池田綱清へ向けた、七月二十四日付けの通達である。

●●● 【그 후의 경과】 ●●●

오키를 출발한 안용복의 배는 6월 4일에 호키국 아카사키 포구에 도착했다. 돗토리번에서는 선수 야마자키 슈마를 보내어 이 조선선을 이나바국 아오야 포구에 예인하여 그곳에 계류했다. 번사 히라이 가네자에몬, 유학자 쓰지 곤노죠(반안)를 보내, 말이 통하지 않는(통하지 않는 것처럼 했다) 그들과 필담을 하게했다. 그러나 히라이도 쓰지도 이 이국인과 의사소통을 하지 못했다. 에도 막부에 이 내용을 통보함과 동시에 번의 보청봉행 키타무라 하치베에에게 조선국 배를 가로항으로 돌려 이 안용복 일행을 조선국 사절로 대우하여 동선사에 머물게 했다. 그 후 6월 21일에 도다 이치에몬, 마키노 이치로우에몬, 오카자키 토베에를 호위로 해서 일행을 가마와 말에 태워 돗토리 성하로 영접하여 정회소를 숙소로 했다.

번청에서 이번에 도래한 조선인의 조치에 대해 막부에 급보로 알렸으나 막부에서는 이국인(조선인)을 상륙시키지 말고 배를 되돌려 보내라는 지시가 내렸다. 그래서 그들을 성하에서 퇴출시켜 아오시마(돗토리의 고야마이케의 소도)의 임시 숙사에 잡아두기로 했다. 막부의 지시로 그들과 교섭할 쓰시마번의 통사가 돗토리번에 파견되었다. 쓰시마한이 개입하여 안용복 일행을 쓰시마를 경유해서 조선으로 송환하기로 정했다. 한편으로는 번거로운 그들의 자발적인 귀국을 권하여 별탈없이 되돌려 보내라는 지시를 보냈다. 노중 오쿠보 가가노카미가 이케다 쓰나키요에게 보낸 7월 24일부의 통달이었다.

　ここには「一筆啓達候、先頃、因州へ参り候朝鮮人、宗次郎(宗義方)方より、通詞参り候はば、相談し長崎へ越され候様にと申達し候へども、惣じて朝鮮国よりの通用は宗刑部大輔(宗義真)方へ申す筈に従前仰せ付けられ置き候間、其元にて通詞に様子相い尋ねさせ候儀、並びに長崎へ遣るに及ばず、対州の外にては朝鮮国の儀取り次ぎ申さざる御大法に候間、刑部大輔へ相達せられ候、此段も如何と存ぜられ候ば、帰国候様に申し含め追い返さる可く候、右の段各々申し談じ此の如くに御座候、恐惶謹言」と記されている。安龍福の行動は、筆頭老中の大久保加賀守や因伯の太守池田綱清を、共に激しく困惑させるものであった。

　鳥取藩の国元家老は、幕府の意向、藩主の意向を汲み、この奇妙な朝鮮使節に早々の撤退を交渉した。それが功を奏したのか、彼らは八月六日、ついに鳥取の外港、賀露の港を出発する。鳥取藩の『控帳』元禄九年八月六日の条には「朝鮮人、今朝、賀露を出帆、帰帆に付き、江戸へ御届けの為、御使者広沢半右衛門仰せ付けられ、之に依って御書院に於て御目見仰せられ式部(藩公に侍従した三番家老の和田式部)罷り候事」と記載がある。国元も江戸表も、彼らが問題を起こすことなく帰国したことで、大いに安堵したことであろう。

　安龍福一行は、その後どのような経路を辿り帰国したのだろう。その帰国経路の記録はない。僅かに矢田高当の『長生竹島記』に、彼が隠岐を経由し帰国したことが伺えるのみである。島後の福浦を経由し、再び松嶋、竹嶋を辿る海の道である。但しこの帰国の情景は、隠岐へ渡来してきた折の有様を反映しているのかもしれない。往還が混同されているのである。だが一応、以下に紹介しておく。

이곳에는 「일필하여 알린다. 지나번에 이나바에 온 조선인 소우지로우(소 요시카타)측에서 통사가 가면 상담하여 나가사키에 보내도록 하라고 이야기했지만, 모든 조선국과의 용무는 소 형부대보(소 요사자네) 쪽에 이야기하라고 종전에 전해두었기 때문에 그곳에서 통사에게 상황을 묻게하는 것이나 또 나가사키로 보낼 수 없는 일로 쓰시마 이외의 곳에서는 조선에 관한 일을 취급할 수 없다는 것이 대법이기 때문에 형부대보에게 전한 것이다. 이번에도 어찌 생각하면 귀국할 것을 이야기하여 돌려보내는 것이 좋을 것이다. 위의 건은 서로 이렇게 상의하였습니다. 삼가 아룁니다」 라고 기록되어 있다. 안용복의 행동은 필두노중 오쿠보 가가노카미나 인하쿠의 태수 이케다 쓰나키요를 아주 곤란하게 하는 일이었다.

돗토리번의 본국에 있는 가로는 막부의 의향과 번주의 의향을 알고, 이 기발한 조선 사절의 빠른 철퇴를 교섭했다. 그것이 효과를 보았는지 그들은 8월 6일에 드디어 돗토리의 외항 가로항을 출발한다. 돗토리번의 『히카에초』 원록9년 8월 6일조에는 「조선인 오늘 아침에 가로를 출범하여 귀국한 것을 에도에 보고하기 위해 사자 히로자와 한에몬에게 명하였다. 이것으로 서원에서의 알현을 명받아 시키부(번공을 시종하는 3번 가로 와다시키부)가 갔다」라는 기재가 있다. 본국도 에도도 그들이 문제를 일으키는 일 없이 귀국한 일로 크게 안도했을 것이다.

안용복 일행은 그 후에 어떤 경로를 따라 귀국한 것일까. 그 귀국 경로의 기록은 없다. 겨우 야다다카마사의 『장생죽도기』에, 그가 오키를 경유하여 귀국한 일을 엿볼 수 있을 뿐이다. 도고의 금조산를 경유하여 다시 송도 죽도를 거치는 바다의 길이었다. 단 이 귀국 정경은 오키에 도래했을 때의 상황을 반영하고 있는 것일지도 모른다. 왕환이 혼동되어 있는 것이다. 그러나 일단 이하에 소개해둔다.

　翌年、隠州の島後、福浦港より二里脇の西村と云ふ港へ、異国船、馳せ来たり、村中が浜へ出る。唐人も二里針(ばかり)の立ち違ひをして、知らぬ所へ乗り掛け、当惑して、如何が是、福浦港は何れに差す哉と問いければ、福浦に去年、長逗留して、其の時、西村の者、見物に行く、「あべんてふ」「虎へひ」なりと見知りたるもの多し、其の故に隣の功者を聞き馴れて、方角、午未に当たる三十六丁一里として道のり二里あると仕形をなせば、其の侭、舟を漕出し福浦港をさしてそ乗り掛け、・・・・・(略)

　さて又、福浦にても唐人来たりてと、また驚き地下人、浜へ出るに馴染みの「あべんてふ」「虎へひ」なり、・・・・・・(略)

　さて去来、障りも在らぬ御上位、恵みを蒙りたる事を厚く慮り、その礼儀と見へて空へ指を指して九拝をなし、次に集り居る大勢に向ひ、また三拝して、一別以来、いかん無量恩徳と、ちんぷんかんの分かりかねたる音声ぞかし、・・・・・(略)

　さて一礼終わりて、御禁制を憚り、いとまの時日もあらず、急ぎ異国船に打ち乗りければ、藻を焼く浦の老若男女、浜辺へ出て、言葉の分からぬ名残を惜しみ、紅涙たもとをひたす、なお唐人も名残はろかに、はらはらと涙を流し、手を揚げて朝鮮差して帰りける。

(『長生竹島記』)

《現代語訳》

　さて翌年(元禄九年)のこと、隠岐の島後、その福浦港から2里ほど離れた傍らの村、西村という港に、異国船(朝鮮船)が到着した。[西村の]村中の人たちが[この異国船を見ようと]浜辺へ出てきた。異国船の唐人は[福浦のつもりが西村に入港し]2里ばかり見計らいの過ちを犯し、見知らぬ港に乗り入れたことに当惑していた。だから、ここはどこで、福浦港は、どの方角にあるのかと問うてきた。[この唐人は]福浦で去る年(元禄六年)長く逗留していた人物であった。その折、西村の者どもも[福浦まで異国人を]見物に出かけており、この「あべんてふ(安龍福)」そして「虎へひ(朴於屯)」という人物を、見知っているものも多かった。それゆえ隣人のように会話が弾み、[福浦の]方角は午未(西南)に当たり、三十六丁を一里として、その道のりを数えれば、ほぼ二里の距離にあることを教え知らせてやった。[すると彼らは]そのまま、また船を漕ぎ出し福浦港を目指し、乗り掛けて行った。・・・・(略)

　さて福浦でもまた、唐人が来たといって驚き[大騒ぎとなった。]土地の人たちが浜に出て見ると[その着岸した異国船とは]既に馴染みであった「あべんてふ(安龍福)」「虎へひ(朴於屯)」の係わる船であった。・・・・(略)

　さて[あべんてふ(安龍福)は]去る年(元禄六年)以来、皆様方には障りも無くお暮らしのご様子、その折には、大変お世話になりましたと、厚く感謝の態をなし、その礼儀の有様は、空へ指を突き差し、その後、九拝

するという[ていねいな]ものであった。そして集い来た大勢の村人に向かい、さらに三拝し、別れて以来の苦節の出来事と、様々な恩寵とを、理解困難なちんぷんかんぷんの言葉で、語り出すのであった。・・・・(略)

　さて、その礼儀を尽くした村人との出会いも終わった。[異国の人との交流という]御禁制があり、それを憚って[早々に唐人は退散しなければならない。なごりは尽きぬのであるが]別れの時間も迫り、急いで彼らは異国船に乗り込んでいった。藻塩を焼く[貧しい]浦の老若男女が、いっせいに浜へ出て、言葉は分からぬままに別れを惜しみ、眼を赤くはらし、涙をぬぐうのであった。また唐人の方も、はらはらと涙を流し[進む船から]手を揚げ、別れを告げるのであった。名残り惜しみつつ、遥かな朝鮮を目指し、彼らは帰っていった。

(『長生竹島記』)

그런데 다음해(원록9년)의 일이다. 오키의 도고의 후쿠우라에서 2리쯤 떨어진 옆 동네 니시무라라는 항에 이국선이 도착했다. [니시무라의] 마을 사람들이 [이 이국선을 보려고] 해변에 나갔다. 이국선의 조선인은 [후쿠우라라고 생각하고 입항하여] 2리 정도 틀려서 알지 못하는 항에 들어온 것에 당황하고 있었다. 그리고 이곳은 어디입니까, 후쿠우라는 어느 쪽에 있습니까라고 물어왔다. [이 조선인]은 후쿠우라에서 지난 해(원록 6년) 오랫동안 머물렀던 인물이었다. 그때, 니시무라의 사람들도 [후쿠우라까지 이국인을] 구경하러 나갔기 때문에, 이 '아벤테후'(안용복) 그리고 '도라헤히'(朴於屯)라는 인물을 알고 있는 자가 많았다. 그런 연유로 이웃사람처럼 이야기하며, [후쿠우라의] 방각은 오미(서남)에 해당하고, 36정을 1리로 해서, 그 거리를 말하자면, 거의 2리의 거리에 있다는 것을 알려주었다. [그러자 그들은] 다시 배를 저어 후쿠우라 항을 향하여 타고갔다.(중략)

그런데 또 후쿠우라에도 역시 조선인이 왔다고 놀라 [큰 소동이 났다] 그곳 사람들이 해변에 나가보니 [그 착안한 이국선이란] 이미 눈에 익은 '아벤테후' '도라헤히'였다. (중략)

그런데 [아벤테후]는 지난해(원록 6년) 이래, 여러분들은 별탈없이 지내신 것 같습니다. 그때는 많은 신세를 졌습니다라고, 깊게 감사하는 태도를 취했다. 그 예의를 표하는 모양은, 하늘을 손가락으로 가리키고, 그 후에 9배를 한다고 하는 [정중한] 것이었다. 그리고 모여든 마을 사람들을 향해 다시 3배하고, 헤어진 이후에 고생한 사건과, 많은 은총을, 이해하기 어려운 말로 이것저것 이야기하는 것이었다. (중략)

그런데 그 예의를 다한 마을 사람들과의 만남도 끝났다. [이국인과의 교류라는] 금제가 있어, 그것이 두려워서 [서둘러 조선인은 물러가지 않으면 안 되었다. 서운하기 그지 없으나] 헤어질 시간이 다가와, 그들은 서둘러 이국선을 타고 갔다. 바닷말을 태우는 [가난한] 포구의 남녀노소가 일제히 해변에 나와, 말도 모르는 체 헤어지는 것을 슬퍼하며 눈을 빨갛게 하고, 눈물을 닦는 것이었다. 또 조선인도 똑똑 눈물을 흘리며 [나가는 배에서] 손을 들어 흔들며 헤어져 갔다. 서운해 하며 멀고먼 조선을 향해 그들은 돌아갔다.

(『장생죽도기』)

　さて安龍福の一行を乗せた船は、こうして福浦の港を出帆する。それは風待ちの後の出帆である。東南風に乗り、彼らは西北に向かう。そこには子山島(松嶋)、そして欝陵島(竹嶋)が浮かぶ。両島を経由し、やがて江原道の海岸へと、飛び石状に辿り渡っていった。記録には残っていないが、彼らはしばし欝陵島に滞在したことであろう。島に残った十二艘の乗組員たちと、懐かしい再会を果たしたに違いない。

　その後の八月二十九日、朝鮮国江原道、襄陽県の港に彼らは入港した。そして、その後江原道監察使の司直の手によって、彼らは逮捕されるのである。『肅宗実録』二十二年九月庚申の条に、その取り調べの有様が載る。「二十七日庚申、是より先、備辺司、東莱人安龍福等を推問す。龍福、欝陵島より日本の伯者に到れるの事情を陳す。王、渡海の訳官、還来の後、之を処せしむ」

　그런데 안용복 일행을 태운 배는 이렇게 후쿠우라항을 출범했다. 그것은 바람을 기다린 후의 출범이다. 동남풍을 타고, 그들은 서북을 향한다. 그곳에는 자산도(송도), 그리고 울릉도(죽도)가 떠있다. 양도를 경유하여 결국에는 강원도의 해안으로 징검다리를 건너듯 건너갔다. 기록은 남아있지 않으나 그들은 얼마 동안 울릉도에 체재했을 것이다. 섬에 남은 12척의 승무원들과 반갑게 재회했을 것이다.

　그 후 8월 29일에 조선국 강원도 양양현의 항구에 입항했다. 그리고 그 후에 강원도 감찰사의 사직의 손에 그들은 체포된다. 『숙종실록』 22년 9월 경신조에, 그 취조하는 내용이 있다. 「27일 이보다 앞서, 비변사가 동래인 안용복을 추문했다. 용복 울릉도에서 일본의 호키에 이르러 사정을 이야기했다. 왕은 도해의 역관이 돌아온 후에 이를 처벌하게 했다.」

[권말부록]

元禄9年　丙子年　朝鮮舟着岸一卷之覚書

孫承哲

원록9병자년조선주착안일권지각서

朴炳涉・内藤正中

『元禄九年丙子年朝鮮舟着岸一卷之覚書』와
安龍福

權五曄

孫承哲 「1696년, 安龍福의 제2차 渡日 공술자료」 『韓日関係史研究』 제24호

(한일관계사학회, 2006, 4)

元禄9年 丙子年 朝鮮舟着岸一巻之覚書

朝鮮舟着岸一巻之覚書

隠岐国嶋後

길이 上口 3丈
下口 2丈

一. 조선 배 1척, 폭이 上口 1장 2척이고, 깊이는 4척 2촌이다.

　　단 80石을 실을 수 있다고 합니다.

　　돛대 2개, 돛 2개, 키 1개, 노 5정, 목면 깃발을 두개를 세웠다.

　　나무 닻 2정, 닥나무 4묶음, 돗자리 깔개, 개의 가죽

一. 배에 탄 사람 11인

　　俗人 安龍福, 俗人 李禪元, 俗人 金可果, 俗人 3인은 이름과 나이를 쓰
지 않았다.

　　승려 雷憲, 승려 衍習(뇌헌의 제자), 승려 3인은 이름과 나이를 쓰지
않음.

一. 安龍福, 43세.

　　冠 같은 검은 갓을 썼고, 수정이 달린 줄, 얇은 목면 상의를 입었습니다.

허리에 패를 하나 찼는데, 겉에는 通政大夫安龍福 甲午生, 東莱라는 글자가 새겨져 있었고, 도장과 작은 상자와 귀이개를 넣은 작은 상자가 달린 부채를 가지고 있었습니다.

一. 金可果, 나이를 쓰지 않음.
　冠 같은 검은 갓을 썼고, 목면으로 끈을 달았고, 흰 면의 상의를 입고 부채를 들었습니다.

一. 승려
　홍왕사 주지 뇌헌 55세
　관 비슷한 검은 삿갓을 썼고, 목면으로 끈을 달았습니다.
　가늘고 아름다운 실로 짠 상의를 입고 부채를 들었습니다.
　기사 윤3월 18일 금조산의 주인장을 뇌헌이 가지고 있다가 내놓자, 곧바로 베껴두었습니다.
　강희 28년 윤3월 20일 금조산 朱印이 찍힌 문서를 뇌헌이 가지고 있다가 내 보인 즉 곧바로 베껴두었습니다.
　상자 하나가 길이 1척, 폭 4촌, 높이 4촌이고, (방울)자물쇠가 걸렸는데, 그 안에 대나무로 만든 算木, 벼루와 필묵이 있었습니다.

　뇌헌제자
一. 승려 연습, 나이 33세라고 합니다.

一. 위의 안용복. 뇌헌, 김가과 3인을 在番人이 입회했을 때, 소지했던 8매로 한 조선팔도지도를 내보이며, 팔도의 이름을 조선말로 썼다. 3인 가운데 안용복을 通詞로 하여 사정을 문답했습니다.

一. 배에 짐이 있는가를 물었더니, 千鮑 조금, 미역 조금이 있는데, 이것은 식사 때에 쓰는 것이라 했습니다. 뒤에 배 가운데 (있는 물건)의 목록이 별도로 있습니다.

一. 배에 승려 5인이 탄 일을 물었더니, 竹嶋에 구경을 가기 위해 동행했다고 합니다.

一. 승려의 宗派가 5인이 한 종파인가, 다른 종파인가, 무슨 종파인가를 물으니, 뇌헌이 그 물음에 답을 썼는데, 그 내용이 불분명하여, 다음날인 21일에 그 종파의 이름을 伯州에 보냈고, 짐 목록 등과 病者 李禪元의 일을 함께 써 보냈습니다.

一. 안용복이 말하기를 竹嶋를 대나무섬이라고 하며, 조선국 강원도 동래부내의 울릉도라는 섬이 있는데, 이것을 대나무섬이라고 한다고 합니다. 팔도의 지도에 그렇게 쓰여 있는 것을 소지하고 있습니다.

一. 松嶋는 같은 강원도 내의 子山이라는 섬입니다. 이것을 松嶋라고 한다는데 이것도 팔도의 지도에 쓰여 있습니다.

一. 당자 3월 18일 조선국에서 아침을 먹은 후에 배를 타고 떠나서, 그날 저녁 죽도에 도착하여 저녁을 먹었다고 합니다.

一. 배 13척에 사람은 1척에 9인, 10인, 11인, 12~3인, 15인 정도씩 타고
죽도까지 갔는데, 사람 수를 물으니 전혀 답하지 못했습니다.

一. 오른편 13척 가운데 12척은 죽도에 미역과 전복을 따고, 대나무를 벌
채하러 간 것인데, 올해는 전복도 많지 않았다고 합니다.

一. 안용복의 말에 의하면, 우리 배의 11인은 伯州를 거쳐 鳥取 伯耆守에
게 담판을 지으려고, 순풍을 타고 이곳에 와서 차차 伯州로 도해하려
한 것이라고 했습니다.
　5월 15일 竹嶋를 출선하여 동일 松嶋에 도착했고, 동 16일 松嶋를 떠
나 18일 아침에 隱岐嶋의 西村 해안에 도착, 동 20일 大久村 나루에 들
어갔다고 합니다. 西村의 해안은 거친 해안이어서, 동일 中村의 나루로
들어갔는데, 다음날인 19일에 떠나 동일 저녁 大久村안의 가요이浦라는
곳에 배를 묶어두고, 20일에 大久村으로 갔다고 합니다.

一. 竹嶋와 조선 사이는 30리, 竹嶋와 松嶋 사이는 50리라고 압니다.

一. 안용복과 토리베 2인은 4년 전 여름에 竹嶋에서 伯州의 배로 끌려 왔는
데, 토리베는 이번에 데리고 오지 않고 竹嶋에 남겨 두었다고 합니다.

一. 조선에서 출선할 때, 쌀 5말 3되를 열 부대에 넣어, 13척에 나누어 주
었기 때문에 지금은 飯米가 부족하다고 합니다.

一. 伯州에서 일을 본 후, 竹嶋로 돌아가 12척의 배에 짐을 싣고, 다시 6~7

월에 伯州로 돌아와, 殿(伯耆守)에게 運上을 바치려고 했다고 합니다.

一. 竹嶋는 강원도 동래부에 속해 있고, 조선국왕의 어명을 받는 東莢府殿의 이름은 一道方伯으로, 竹嶋를 지배하는 사람의 이름은 동래부사라고 합니다.

一.　4년 이전, 계유 11월 일본에서 주신 물건과 함께 書付 1책을 내 놓았습니다. 즉시 이것을 베꼈습니다.

一. 3인과 在番人의 대담이 끝나고, 3인이 배에 함께 돌아간 후에 서한과 함께 마른전복 6포 중 1포는 大久村 庄屋에게, 5포는 在番人에게 정성스럽게 보내왔지만, 모두 돌려보냈습니다. 그 서한의 말미에는 과일을 청했습니다. 그래서 상추, 과실, 생강 등을 보냈습니다. 그리고 서한의 답장도 보냈습니다.

　一. 21일 안용복으로부터 문서로 飯米가 떨어져 夕食부터 먹을 수 없다고 하여, 배에 庄屋 与頭 右衛門을 보내어 조사해 보니, 飯米가 없어 난감했다고 합니다. 조선에서는 타국의 배가 찾아오면, 음식을 대접하는데, 이곳에서는 그렇게 하지 않는가하고 물었다고 합니다. 庄屋이 말하기를, 이곳에서도 다른 나라의 배가 바람을 피해 오면 飯米 등 필요한 것을 조사해서 주지만, 이번에 온 것은 그쪽에서 鳥取의 伯耆守님에게 소송을 하기 위해 온 것이므로, 飯米 등을 준비하지 않았다는 것이 매우 이상합니다. 竹嶋를 15일에 떠나 그대로 일본 땅에 도착하였고, 일본 땅에 도착하였고, 일본 땅에서는 먹을 것이 없어 앞에 말씀드린 대로 초조하였습니다.

배 가운데를 조사하였더니, 飯米가 삼 홉 정도 남아 있었습니다. 반미가 떨어져서, 여기서는 밥을 지어먹을 수 없게 되었습니다. 在番所에 갈 때까지는 大久村 평민에게서 받은 백미 4되 5홉을 주었습니다. 조선 되로 1말 1되 5홉을 주었습니다. 그리고 다시 在番에서 쌀을 주었는데, 백미 1말 2되 3홉을 주었는데, 조선 되로 합이 3말입니다. 두 번째의 쌀은 21일 저녁에, 22일에는 세 번째 飯米를 주었다고 합니다.

一. 11인 가운데 이름과 나이를 알지 못하며, 그 외에도 또 종파의 이름을 알지 못하지만, 그대로 伯州에 소송하는 문서를 제출한다고 합니다.

　22일 아침에 이르러서도 그 사실을 써 내지 못하였으므로, 伯州에 가는 사유를 거듭하여 자세히 물어 알려드리겠습니다.

뇌헌이 22일 상륙했을 때에 입고 있던 것은

一. 상의는 흰 목면의 ○을 입고 있었습니다.

一. 모자는 일본의 선종의 것을 쓰고 있었습니다.

　옷감은 엉성하게 짠 마포, 옷깃 안쪽은 흰 삼베

一. 염주도 선종에서 사용하는 것과 비슷한 것을 가지고 있는데, 알이 수십 개였고, 갓은 쓰지 않고 있었습니다. 제자 연습도 입고 있는 옷은 뇌헌과 같았습니다. 그러나 연습의 염주는 알의 크기는 같았으나, 수는 더 많았습니다.

一. 22일에 안용복, 이비원, 뇌헌과 그의 제자가 육지에 올라 온 것은 서풍
   이 강하게 불어 배 안에서는 글씨를 쓸 수 없어서 육지에 올라가 쓰게
   된 것이고, 해변 근처의 백성의 집에서 문서를 써서 제출하였습니다.
    21일에 배에서 쓴 문서와 이번에 올린 소송 1권과 그 동안의 경위를
   적은 것 입니다. 22일부터 육지에 올라와 상담하였습니다. 그리하여
   전의 문서와 그 동안의 경위에 대해 여기에 적어 놓았습니다.

一. 21일부터 23일까지도 바람과 비가 강해서, 西鄕으로 조선배를 돌렸으
   나, 배를 끌어 올리는 것도 어려웠습니다. 배를 보내어 役人과 함께 大
   久村에 끌어다 두었습니다. 18일부터 서풍이 매일 강하게 불어 뱃길의
   통행이 어렵기 때문입니다.

一. 石州에 탄원하기 위해 松岡弥二郎을 도해시켰는데, 22일에 弥次右衛
   門이 돌아와서, 高梨杢衛門, 河嶋理大夫를 大久村으로 보내어 飯米 등
   을 가까운 시일에 庄屋을 통해서 건네게 하니, 조선인이 기뻐하면서
   문서를 보내와 즉시 올려 보냈습니다.
    이번에 朝鮮人一卷의 문서와 조선인이 제출한 문서목록을 써서 弥次
   右衛門이 지참하여 올리도록 했습니다.   이상.

                     中頼弾右衛門
    5월 23일

                              石州 山本清右衛門
                                    御用所

朝鮮舟在之道具之覚書

一. 흰쌀(白米)　　　3홉 정도 남아있습니다.

一. 미역(和布)　　　3표

一. 소금(塩)　　　　1표

一. 전복(干鮑)　　　1자루

一. 장작(薪)　　　　한 꾸러미, 길이 6척 4촌, 둘레 1척.

一. 대나무(竹)　　　6그루. 길이 3척 5촌, 둘레 3척.

一. 칼(刀)　　　　　1개, 이 칼은 무기로 쓰지 못한다. 조잡한 칼이다.

一. 호신용칼(脇指)　1腰, 이 호신용 칼이라 해도 요리에 사용하므로 식칼과
　　　　　　　　　　같다.

一. 창(鑐)　　　　　4개, 모두 전복을 잡는 데 쓰는 것이라 한다. 긴 것은
　　　　　　　　　　4척 정도.

一. 긴칼(長刀)　　　1개

一. 작은 활(半弓)　　1개

一. 화살(矢)　　　　1상자

一. 돛대(帆柱)　　　2개, 그 중 하나는 8발. 하나는 6발. 그 중 하나는 대나
　　　　　　　　　　무로 만듬.

一. 돛(帆)　　　　　2개, 하나는 5장에서 6장, 하나는 4장에서 5장

一. 키(梶)　　　　　1개, 1장 4척 5촌.

一. 짚으로 만든 발(王綱)

一. 지붕10매(그 중 2매의 길이는 5척, 폭 1장 2척, 나머지는 일본 것보다
　　　　　　　　　　조금 크다)

一. 개가죽(견피)　　3매

　　　　　　　　　　　　　　위와 같이 조사하였음에 틀림없습니다.

조선인 속명

이비원(이비장)   김가과(김사과)

유상공(유사공)   김감관(김간관)

유가이 이자는 물어 보았으나 잘 모르겠습니다.

안용복과 함께 6인의 속인

승려 이름

홍왕사(홍?)   뇌헌(도이헌)

영률(영육)   단책(단소이)

등담(수?)   연습(엔수)

　　　　뇌헌제자

　　　　위 5인 승려

　　　　합 11인

조선의 팔도

경기도

강원도　이 도 가운데 竹嶋와 松嶋가 있다.

전라도

충청도

평안도

함경도

황해도

경상도

원록9병자년조선주착안일권지각서

원록(元祿) 9 병자(丙子)년 조선 배 착안(着岸) 한 권의 각서

조선 배 착안 한 권의 각서

오키국 도고

1. 조선 배 한 척

길이 상구 3장, 하구 2장, 폭은 상구 1장 2척, 깊이 4척 2촌, 쌀 80석을 실을 수 있다.

돛대 2개, 돛 2개, 키 1개, 노 5자루, 쑥, 목면으로 만든 깃발 2개 뱃머리에 세웠다.

나무 닻 2개, 닥나무 4묶음, 깔개 자리개, 개의 가죽.

1. 배에 탄 사람 11인

속인 안용복, 속인 이비원, 속인 김가과, 속인 3인이 이름과 나이를 쓰지 않았다.

승려 뇌헌, 승려 뇌헌의 제자 연습, 승려 3인은 이름과 나이를 쓰지 않았다.

1. 안용복　　나이 43

관 모양의 까만 갓, 수정이 달린 끈, 약간 노란 목면 상의를 입고 있다. 허리에 나무 패 하나를 차고 있다. 앞면에 통정대부 안용복, 연 갑오생(1654), 앞(=뒤를 잘못 표기)면에 동래라는 글자가 새겨져 있다. 도장은 작은 상자에 들어있다. 귀이개 이쑤시개 작은 상자에 넣고 이 두 가지는 부채에 달아서 가지고 있었다.

1. 김가과　　나이는 적지 않았다.

관 모양의 검은 갓, 목면의 끈, 흰 목면의 상의를 입고 있었다. 부채를 가지고 있었다.

승려

1. 흥국사의 주지 뇌헌　　나이 55

관 모양의 검은 갓, 목면의 끈, 고운 상의를 입고 부채를 가지고 있었다. 1689년 윤3월 18일 금응산의 관헌 주인장을 소지하고 있어 그것을 냈으므로 옮겨 적었다.

강희 28년 윤3월 20일

금응산이란 주인 문서를 뇌헌이 소지한 것을 제출해서 옮겨 적었다. 상자 하나 길이 1척, 폭 4촌, 높이 4촌, 방울의 쇠장식이 있다. 안에 산목(算木)이 있는데 대나무로 만들었다. 달린 상자에 벼루를 넣고 붓과 먹이 있다.

뇌헌의 제자 안수쓰

1. 승려 연습 나이는 33세라고 한다.

1. 위 안용복, 뇌헌, 김가과 3인에게 당번관리가 입회했을 때 조선 8도지도 8장으로 된 것을 갖고 있어 내놓았다. 즉 8도의 이름을 베껴 조선말로 적었다. 3인 중 안용복의 통역으로 내용을 물으니 대답했다.

1. 배 안에 짐이 있느냐고 물으니 마른 전복 조금, 미역 조금 있다고 답했다. 이것은 식사 때 먹었다고 한다. 뒤에 배의 □ 일람이 따로 있다.

1. 배 안에 승려 5인을 태운 것을 물으니 다케시마 구경을 원함으로 데리고 왔다고 한다.

1. 스님의 종파는 5인이 모두 같은가 다른가 무슨 종파인가 물으니 뇌헌이 그 물음의 대답을 썼다. 그러나 그것이 불분명한 것 같았다. 이에 다음 21일 종파명과 호키국에 가고자 하는 이유, 짐 등에 대해 글로 물으니 병이 든 이비원이 써 낸 글이 있어 내놓았다.

1. 안용복이 말하기를 다케시마를 대나무 섬이라고 하는데 조선국 강원도 동래부 안에 울릉도라는 섬이 있어 이것을 대나무 섬이라고 한다. 즉 팔도지도에 적혀 있어 갖고 있다.

1. 마쓰시마는 같은 도안에 자산이라는 섬이 있다. 이것을 마쓰시마라고

한다. 이것도 다 팔도지도에 적혀 있다.

1. 당자 3월 18일 조선국을 조식 후에 출발하여 같은 날 다케시마에 도착하여 저녁밥을 먹었다고 한다.

1. 배 13척에 사람은 한 배에 9인, 10인, 11인, 12~3인, 15인 정도씩 타고 다케시마까지 왔다고 한다. 전체 인원수를 물었으나 말하지 못했다.

1. 이 13척 중 12척은 다케시마에서 미역이나 전복을 채취하고 대나무를 벌채했다고 한다. 이 일은 지금도 계속 하고 있다. 올해는 전복이 많지 않았다고 한다.

1. 안용복이 말하기를 자신이 탄 배의 11인은 호키주에 가고 돗토리의 호키노카미(호키 태수) 님께 말씀드리고 싶은 일이 있어 간다. 바람이 안 좋아서 당지에 왔으나 순풍이 부르면 호키주에 도해하고자 한다. 5월 15일 다케시마를 출발, 같은 날 마쓰시마에 도착했고 동 16일 마쓰시마를 떠나 18일 아침에 오키섬의 니시무라 해안에 도착, 그리고 20일에 오쿠촌에 입항했다고 한다. 니시무라 해안은 거친 바닷가임으로 같은 날 나카무라에 입항했으나 이 항구도 좋지 않아 다음 19일에 나와 같은 날 밤에 오쿠촌 안의 가요이포에 배를 댔고 20일 오쿠촌에 갔다.

1. 다케시마와 조선 사이는 30리(120km)이고 다케시마와 마쓰시마 사이는 50리(200km)라고 말한다.

1. 안용복과 도라베 2인은 4년 전 윤년 여름에 다케시마에서 호키국의 배에 붙들려 왔는데 그 도라베도 이번에 동행했지만 다케시마에 남겨 두고 왔다.

1. 조선을 출항할 때 쌀 5말 3되들이 □십 가마니를 실어왔으나 13척에 탄 사람들이 먹어버렸다. 지금은 밥쌀이 부족하게 되었다고 말한다.

1. 호키국에서 용무를 마치고 다케시마로 돌아가 12척 배에 짐을 실어 6~7월경에 귀국하여 영주에게 운상금을 드릴 예정이라고 한다.

1. 다케시마는 강원도 동래부 안에 있고 조선 국왕의 이름은 구모샹, 세상에서의 명칭은 주상, 동래부 영주 이름은 일도방백이고, 다케시마의 지배인 명칭은 동래부사라고 한다.

1. 4년 전 계유 11월 일본에서 받은 것을 적은 문서를 한 권 내놓았는데 그것을 필사했다.

1. 3인과 당번 관리의 대담이 끝나 3인은 배로 돌아가고 그 후에 서간을 보내 와 마른 전복 6봉지, 그 중 한 봉지는 오쿠촌 촌장에 5봉지는 당번 관리에게 마음이라고 냈으나 모두 돌려보냈다. 그 서간 속에서 생나물, 부추나물, 실과 등을 청했으므로 상추, 파, 비자열매, 미나리, 생강 등을 보내주었고, 이에 답서도 같이 보냈다.

1. 21일 안용복으로부터 글이 왔는데 밥쌀이 떨어져서 저녁부터 먹을 것
   이 없어졌다고 했으므로 그 배에 촌장과 야지우에몬이 가서 형편을 알
   아보았더니 쌀이 없고 어렵다고 한다. 조선에서는 타국의 배가 오면 대
   접을 하는데 이곳에서도 그렇지 않느냐고 했다. 촌장이 말하기를 여기
   서도 이국배가 바람을 맞아 표류해 오면 밥쌀과 그 외에 상응하는 대접
   을 하기로 되어 있다. 그러나 당신들은 돗토리 호키 태수 님에게 소송할
   일이 있어 왔다고 하니 밥쌀 등을 준비하여 온 것이 아닌가라고 말했더
   니, 그랬다, 15일에 다케시마를 출발하면 그대로 일본에 도착한다고 생
   각했다. 일본에서는 오래 있지 않을 것으로 생각하고 이런 형편이라고
   말했다.

   하지만 걱정이 되어 배 안을 잘 보라고 촌장이 말하는 것도 맞다고
   생각해 배 안을 조사해 보니 쌀이 들어있던 가마니 안에 흰쌀 3홉 정도
   가 남아 있었다. 촌장이 말하기를 쌀이 떨어진 것을 확인했다. 그러나
   이곳은 작년에 작물이 잘 여물지 않아 쌀이 부족하다. 조금 남아 있는
   것도 좋은 쌀이 아니지만 그것으로 괜찮다면 조금은 마련해 주겠다고
   전했다.

   안용복들은 그것으로 괜찮다고 하니 당번소에서 보내면 시간이 걸린
   다고 하여 오쿠촌에서 긁어모은 흰쌀 4되 5홉을 보내주었다.

   조선의 되로 1말 1되 5홉을 준비하여 뒤따라 사이고의 당번소로부터
   보내진 쌀을 흰밥으로 하여 1말 2되 3홉을 만들어 조선 되로 3두로 만
   들어 준비했다. 양쪽 밥쌀로 21일 저녁과 22일 세끼는 이것으로 확보했
   다고 하니 그렇게 알고 점차 쌀을 준비하여 때때로 밥쌀을 보내준다.

1. 11인 중 이름과 나이를 말하지 않은 사람

그리고 종파 등에 대해 각자 바라는 바를 쓰고 호키국에서 소송을 할 이유도 적어서 내달라고 했는데 처음에는 알았다고 하더니 22일 아침에는 그 일은 적어놓을 수 없고 호키국에 가서 상세히 말하겠다고 하여 다시 질문하지 말아달라는 글을 보내왔다.

뇌헌 22일에 상륙했을 때의 의복은

1. 상의는 흰 목면의 쥐색 비슷한 것을 입고 있었다.
1. 모자는 일본의 선종이 쓰는 것과 같은 것을 쓰고 있었다.

겉 천은 올이 성긴 것, 속은 흰 삼배.

1. 염주도 선종이 쓰는 것과 같은 것을 갖고 있었고 구슬의 수는 10개 정도이며 갓은 쓰지 않았다.

제자 연습도 상륙 때의 의복은 뇌헌과 같았다. 단 연습의 염주 알의 크기는 같으나 숫자는 많아 보였다.

22일 안용복, 이비원, 뇌헌, 동 제자가 상륙한 것은 서풍이 강하게 불어서 배 안에서는 글을 쓸 수가 없어 상륙해서 쓰고 싶다고 하므로 해변 가까이의 농부 집에 들게 했다. 그 때에 이르러 이전도 문서를 쓰고 있었으나 21일에 배에서 정리한 서간을 이번에 소송용 한 권으로 길게 적은 초고를 정리해 22일에 상륙하여 의논하면서 고쳐 쓴 것으로 보인다. 아울러 이전의 문서로 내용의 시종을 대략 알 수 있으므로 그대로 하게 했다.

1. 21일부터 23일까지도 비바람이 강했으므로 사이고로 조선 배를 돌리려고 했으나 끌고 가는 배를 써도 할 수 없어서 배에 관리를 두고 오쿠촌

에 그대로 두었다. 18일부터 서풍이 강해져서 뱃길을 다니지 못할 정도
로 바다가 거칠어졌다.

1. 이와미의 대관소에게 이를 알리기 위해 마쓰오카 야지우에몬에게 도해
   하도록 명했고 22일에 야지우에몬을 불러 다카나시 모쿠자에몬, 가와
   시마 리헤에를 오쿠촌에 파견했다. 밥쌀 등을 운반하여 촌장이 그것을
   주도록 했더니 조선인이 고맙다는 뜻의 글을 보내왔음으로 보내 드립
   니다.

   이상은 이번에 조선인의 한 권의 문서 그리고 조선인이 제출한 문서를
   목록에 적어서 야지우에몬이 지참하게 하여 구상으로도 보고 하겠습니다.

   5월 23일   나가세 단우에몬
                                      야마모토 세이우에몬

이와미주 관리소

조선 배에 있는 도구 일람

1. 백미 가마니에 3홉 정도 남아있다.

1. 미역 3표.

1. 소금 1표.

1. 마른 전복 1자루.

1. 장작 한 묶음, 길이 6척 8촌, 단 둘레 1척.

1. 대나무 6그루. 길이 3척 5촌, 둘레 3척.

1. 칼 한 자루, 이 칼은 무기로 쓸 수 없다, 대충 만들어진 것이다.

1. 작은 칼 한 자루, 이 칼은 칼이지만 요리하는 데 쓰이는 것으로 식칼과
   같다.

1. 창 4자루, 모두 전복을 잡는 데 쓴다고 한다. 긴 것은 4척쯤 된다.

1. 긴 칼 하나.

1. 반궁(半弓) 하나.

1. 화살 한 상자.

1. 돛대 2개, 그 중 하나는 여덟 발, 하나는 여섯 발, 하나는 대나무로 만든 것.

1. 돛 2개, 그 중 하나는 5단으로 내리는 6장 구조, 하나는 4단으로 내리는
   5장 구조.

1. 키 하나, 1장 4척 5촌.

1. 짚으로 만든 발(王綱) 넝쿨, 참피나무의 껍질.

1. 뜸 10장, 그 중 2장은 길이 5척, 폭이 1장 2척, 나머지는 일본 것보다
   조금 크다.

1. 개의 가죽 3장.

1. 까는 멍석 3장, 돛의 종류임.

이와 같이 조사하였음에 틀림없습니다.

조선인 속명

이비원, 김가과, 유상공, 김감관

유카이 이 사람은 글자를 쓰지 않았다. 신분이 낮아서인지 항상 말석에 앉았다.

안용복 등 모두 6인은 속인.

승려 이름

홍국사의 뇌헌, 영률, 단책, 등담, 연습(뇌헌의 제자) 이상 5인은 승려.

합해서 11인

조선의 팔도

경기도

강원도　　이 도 안에 다케시마, 마쓰시마가 있다.

전라도

충청도

평안도

함경도

황해도

경상도

『元禄九年丙子年朝鮮舟着岸一巻之覚書』와 安龍福

권오엽

1. 서론

2005년 2월에 무라카미 스케쿠로(村上助九郎) 사저에서『元禄九丙子年朝鮮舟着岸一巻之覚』(이하 元禄覚書)를 발견하여 2005년 5월에 17일에 공개했다.[1] 그것은 돗토리한(鳥取藩)으로 도해하다 표착한 안용복 일행이 진술한 것과 일행을 관찰하여 기록한 것으로, 안용복과 그의 진술에 근거하는 조선 기록의 본질을 이해하는데 좋은 자료다.

표착한 일행은 자진해서 오키(隱岐)의 대관소(代官所)에 출두하여 표착하게 된 연유와 도해목적을 설명하며 협조를 요구했고 대관소는 요구에 응하여 편리를 제공하는 한편 일행에 관한 것을 기록하여 이와미노쿠니(石見国) 및 鳥取藩 등에 보고했는데, 그 보고서의 일부가 발견된 것이다.

---

1) 内藤正中著・権五曄, 権静訳(2005.11)『独島와 竹島』, 제이앤씨, p.334

31단으로 나눌 수 있는『元禄之覚』은 조선인이 진술한 내용과 일행을 관찰한 내용, 일행이 代官所와 교류한 내용으로 구성되어, 당대 조선의 울릉도와 子山島에 대한 인식을 엿볼 수 있다. 조선인이 진술한 것을 일본의 관리가 기록했다는 점에서 내용의 객관성을 인정할 수 있을 것이다.

일본이 조선은 1904년까지 독도를 인식하지 못했다고 주장하는 상황에서,[2] 1696년에 안용복이「朝鮮八道之図」을 보이며 울릉도와 자산도가 일본이 말하는 죽도와 송도라고 설명한 내용이 있어 조선인의 죽도 인식을 부정하는 주장이 성립할 수 없게 된 것은 물론, 울릉도와 자산도를 조선의 영토로 인정한 関白의 書契가 존재한다는『숙종실록』의 내용도 신뢰할 수 있게 되었다. 이처럼 중대한 자료임에도 이것을 근거로 하는 연구는 미진하다

기록이 전하는 내용 모두가 소중하나 일행에 승려가 참여한 이유, 그들의 주인장과 주인이 찍힌 서류, 주판이나 나침반으로 볼 수도 있는 물품을 소지한 이유, 안용복이 문자생활에 익숙했다는 사실, 도해가 소송을 목적으로 한다는 것 등은 특히 주의할 내용이다.

일행이 隠岐嶋에 표착한 것이 5월 18일이고 그곳에서 赤崎로 도해하기까지 15일 이상을 그곳에 머물렀음에도 20일부터 23일까지의 기록만 전하는 것은, 1693년에 납치당했을 때의 기록에 50여 일의 기록이 결락되어 있는 사실과 같이 생각해볼 문제다.

독도문제에 새로운 정보를 제공하는 자료를 분석 정리하는 것을 목적으로 하는 본고는, 일행의 진술을 근거로 해서 조선의 울릉도와 자산도 인식

---

2) 川上健三(1966)『竹島の歴史地理的研究』, 古今書院, p183, p275

을 살펴보는 일은 다음 기회로 미루고, 기록의 구성과 일행의 성격, 일행
과 대관소의 교류 등을 살펴보는 것에 중점을 두기로 한다.

2. 『원록각서』의 구성

　『원록각서』가 발견되자 마쓰에(松江)市의 히노 도시하루(樋野俊晴)가
飜刻하고, 그것을 바탕으로 나이토 세이츄(内藤正中)가 「隱岐의 안용복」
이라는 논문을 발표하고[3] 이어 『竹島＝独島論争』에 飜刻文과 해독문을 실
었으며,[4] 그것을 호사카유지(保坂祐二)가 번역하여 소개했다.[5] 孫承哲도
그 이전에 飜刻과 해독 중심의 논문을 발표했다.[6]

　표지를 포함하여 8매 15頁로 구성된 내용은 31개의 단락으로 나눌 수
있다. 애매한 곳도 있으나 내용 중심으로 구분하면, 배의 상황 설명, 속인
과 승려로 구성된 일행의 설명, 안용복·김가과·뇌헌·연습의 신상기록
(1단~5단), 일행이 진술한 내용(6~20단), 일행을 관찰한 내용(21~28단),
일행의 명부와 「조선팔도명」(29~31단)으로 대별할 수 있다. 순서가 체계
적이지 못한 면도 있으나 다음과 같이 요약할 수 있다.

　표지, 『원록각서』의 분량과 표제의 기록. 표지를 포함하여 8매임을 의미

3) 内藤正中著・權五曄, 權靜訳(2005.11)『独島와 竹島』,제이앤씨.

4) 内藤正中・朴炳渉(2007)『竹島＝独島論争』, 新幹社.

5) 박병섭・나이토세이추著, 保坂祐二옮김(2008.3)『독도＝다케시마 논쟁』,보고사.

6) 손승철(2006.4)「1696,안용복의 제2차 渡日 공술자료」『韓日関係史研究』제24호,
　한일관계사학회.

하는 「上紙共八丁」과 元禄 9년에 조선주가 착안한 상황을 기록하여 보존한다라는 의미의 『元禄九丙子年朝鮮舟着岸一巻之覚書』라는 標題가 있다.

본문1, 隠岐国 도고(嶋後)에 착안한 조선주의 개괄. 船形, 容積量, 道具 등
　　　(1頁1行~16行).
본문2, 安龍福·李禪元·金可果·雷憲·(1頁17行~2頁12行)
본문3, 안용복의 신상과 요찰(2頁13行~23行).
본문4, 김가과의 신상과 의관(2頁24行~27行).
본문5, 뇌헌·연습의 신상과 소지품. 주인장과 필구(3頁1行~17行).
본문6, 조선팔도지도를 소지한 안용복·뇌헌·김가과(3頁18行~23行).
본문7, 선중의 화물에 대한 질문. 전복(3頁24行~4頁2行).
본문8, 승려의 종파. 뇌헌·이비원의 답서(4頁3行~11行).
본문9, 안용복이 진술한 울릉도와 죽도(4 頁13行~17行).
본문10, 안용복이 진술한 자산도와 송도(4 頁18行~20行).
본문11, 3월 18일의 죽도 도해(4頁21行~5頁1行).
본문12, 죽도에 온 13척의 선단과 인원(5頁2行~5行).
본문13, 죽도에서 어렵하는 12척과 전복의 어황(5頁6行~9行).
본문14, 소송(御断之義)을 위한 도해와 표착(5頁10行~6頁3行).
본문15, 죽도와 송도의 거리(6頁4行~5行).
본문16, 4년 전에 납치당한 안용복과 도라베(6頁6行~9行).
본문17, 10가마 정도의 식량을 13척이 분배한 사정(6頁10行~13行).
본문18, 죽도의 일행과 합류, 귀국 후의 납세(6頁14行~17行).
본문19, 죽도와 동래부사. 천하의 일도방백(6頁18行~7頁2行).

본문20, 4년 전에 받은 물품을 기록한 장부 1권(7頁3行~5行).

본문21, 전복으로 표하는 예와 생필품의 요구서(7頁6行~14行).

본문22, 식량을 요구하는 안용복의 서간. 度量衡(7頁15行~9頁6行).

본문23, 질문의 답을 거절한 일행(9頁7行~15行).

본문24, 뇌헌의 의관과 연습의 염주(9頁16行~10頁8行).

본문25, 민가에서 정리한 소송서. (9頁16行~10頁21行).

본문26, 악천후로 이동이 불가능한 일행(11頁1行~7行).

본문27. 식량원조에 감사하는 조선인의 서면(11頁8行~14行).

본문28, 조선인의 서계를 첨부한 보고서(11頁15行~23行).

본문29, 조선주에 있는 도구일람(12頁1行~13頁4行).

본문30, 속인과 승려로 구분한 일행의 명단(13頁5行~18行).

본문31, 조선의 팔도명(14頁1行~9行).

3. 『원록각서』의 내용

이 기록은 표착한 조선주와 일행의 설명, 일행이 진술한 내용, 일행을 3일간 관찰한 내용 등으로 구성되어, 일행의 도해목적은 물론 당대의 영토인식 등을 엿볼 수 있다. 5월 18일에 표착하여 6월 4일에 赤崎에 도해할 때까지 약 15일 정도 머물렀으나 20일부터 23일까지의 기록이 전부다. 승려 뇌헌은 관광목적으로 참여했다 하나 주인장이나 주인의 서류 등을 소지하고 있는 것을 보면 그 이상의 의미가 있었던 것으로 보인다. 안용복이 이야기한 울릉도와 자산도의 의미를 규명하는 것은 물론 승려가 참여한 이유나 그들이 소지한 물품의 의미를 규명하는 것도 중요하다. 대관소가 보인 우호적 태도 역시 간과할 수는 없는 문제다.

3.1 도해의 내용

3.1.1 선단의 구성

1696년 5월 20일에 隠岐国에 표착한 일행은, 3월 18일에 도해하여 5월 15일까지 울릉도에서 다른 12척과 함께 어로하고 있었다. 13척이 동일 선단인지는 알 수 없으나, 식량을 같이 배분했다는 사실[7]이나 용무를 마치면 죽도로 돌아가 12척과 같이 귀국할 계획이라는 것을 보면[8] 동일 선단으로 볼 수도 있는데, 그 중의 1척이 鳥取藩에 도해하다 표착한 것이다. 13척의 승무원은 9인부터 15인까지로 배마다 달라 정확한 인원수는 알지 못했다.[9]

그러나 안용복이 3년 전에 対馬島에서 1척은 전라도의 순천이라는 곳의 배로 17인이 탔으며, 1척은 경상도 카토쿠라는 곳의 배로 16인이 타고 있다. 2척 모두 4월 5일에 죽도에 도착했다. 두 척에 탄 사람들 모두를 알지 못했다[10]라고 진술한 것을 보면 동일 선단으로 단정할 수도 없다. 안용복

---

7) 朝鮮出船の節米五斗三升入り□十俵積み参り候えてども十三艘の者共に給し申し候につき、只今は飯米乏しくなり候由申し候(本文17).

8) 伯州用事仕廻し、竹嶋へ戻り十二艘の舟に荷物を積むを改め仕り六・七月のころ帰国仕り殿へも運上を差し上げ申す筈の由申し候.

9) 船数十三艘二人一艘に九人十人十一人十二三人十五人程宛乗り、竹嶋迄参候由人数之高　問候而も一円不申候(『竹島紀事』元禄6,9,4).

의 배는 울산에서 출선했는데, 2척이 경상도 가토쿠와 전라도 순천에서 출선했다는 것이나, 안용복의 배가 3월 27일에 도해한 것에 비해 2척이 4월 5일에 도해했다는 것을 생각하면, 독자적으로 도해한 배들이 혼재하여 어로한 것으로 볼 수 있다. 또 2척의 승조원을 알지 못한다는 것도[11],1693년에 도해한 배는 물론 1696년의 13척도 같은 선단으로 보기는 어려울 것 같다.

　1693년에 부산·경상도·전라도의 배들이 도해했고, 1696년에도 13척의 배가 도해했다는 것은 조선인의 도해가 1693년에 시작된 것이 아니라, 그 이전부터 이루어지고 있었다는 것, 부산과 경상도 전라도를 비롯한 타지역에서도 출어하고 있었다는 것을 의미한다. 조선시대에 일본에 표류한 어민들은 출신지는 조선의 경상도와 전라도가 많았으나 인수의 차가 있기는 해도 조선의 모든 연안에 분포되어 있었다.[12]

　울릉도에 도해한 13척의 배에 승선한 인원수가 9인부터 15인이고, 4년 전에 안용복과 같이 납치되었던 도라베를 죽도에 남겨두고 왔다는 것[13]은, 원래의 일행은 12인으로 구성되었다는 것인데, 어떤 이유로 그를 울릉

---

10) 類船之儀壱艘者全羅道之内シュンデン与申所之船二而人数十七人乗組同壱艘ハ慶尚道之内カトク与申所之船人数十六人乗組式艘共二四月五日彼嶋二参候式艘之人数船頭を初為存者壱人も無御座候(『竹島紀事』元禄六年九月四日)

11) 類船之儀壱艘者全羅道之内シュンデン与申所之船二而人数十七人乗組同壱艘ハ慶尚道之内カトク与申所之船人数十六人乗組式艘共二四月五日彼嶋二参候式艘之人数船頭を初為存者壱人も無御座候

12) 池内敏「近世日朝間の漂流民」『近世日本と朝鮮漂流民』(塩川書店,1998),P11.

13) 安龍福ととらべ式人四年已然酉夏竹嶋二而伯州之舟二被連まいり候其とらべも此度召連参竹嶋二残置申候(本文16)

도에 남겨 두었는가에 대한 이유는 분명하지 않다.14) 일행의 진술에 의하면 6, 7월에 돌아가 합세하기로 되어있어, 울릉도에 남은 도라베는 일행을 기다리며 나름대로의 역할을 수행하고 있었다고 생각한다. 다른 배에 종사하든 독자적인 일이 되었던 주어진 일을 하며 일행이 귀환을 기다리고 있었을 것이다.

3.1.2 도해일정

일행의 배는 3월 18일 아침에 출선하여 석양에 죽도에 도착했으므로, 동해안에서 12시간 정도 도해한 셈이다.15) 5월 15일에 그곳을 떠나 동일에 松嶋에 도착하여, 16일에 그곳을 떠나 18일 아침에 隠岐嶋에 표착했다. 3월 18일부터 5월 14일까지 약 2개월간 죽도에 머물렀던 것이다. 머문 것은 竹嶋만이 아니라 松嶋에서도 1박했다. 송도에 도착한 시각이 확실하지 않으나, 16일에 송도를 떠났으므로 15일은 송도에서 1박한 것이 된다.

3년 전(본 기록은 4년 전)의 안용복은 3월 11일에 일행을 구성하고, 15일에 울산을 떠나 브이가이에 도착, 25일에 그곳을 떠나 경상도 엔바이에 도착하여, 27일 辰時(8시)에 그곳을 떠나 酉時(18시)에 죽도에 도착했다. 울산에서 브이가이까지 10일 걸리고 엔바이에 2일간 머문 것에 비해, 엔바이에서 죽도에 도착한 것은 10시간에 불과한 것은16) 도해를 위한 준비

14) 도라베는 朴於屯으로, 4년 전은 3년 전 원록6(1693)년을 말한다.

15) 当子三月十八日朝鮮国朝飯後ニ出船同日竹嶋へ着夕、夕飯給申候由申候(本文11)

16) 三月十一日秉組仕、同十五日ニウルサン出船仕、同日ウルサン之内ブイカイ与申所ニ罷着、同廿五日ブルカイ出帆仕、慶尚道之内エンバイ与申所ニ罷着、同廿七日辰之刻エンハイ出帆仕、同日酉刻竹嶋江罷着申候、エンハイ与

가 그 만큼 많았다는 것을 의미한다.

도해를 위한 준비 기간이 항해시간보다 길다는 것은 일본의 경우도 마찬가지였다. 大谷家는 1692년 2월 11일에 米子를 출발하여 28일에 福浦에, 3월 24일에 그곳을 떠나 26일 아침에 죽도에 도착했다. 44일 걸린 셈이다.17) 1693년에는 2월15일에 米子를 출발하여 17일에 雲津, 3월2일에 그곳을 떠나 당일에 隠岐의 島前에 도착, 10일에 그곳을 떠나 당일에 島後의 福浦에 도착하여 머물다, 4월 16일에 그곳을 떠나 17일에 죽도에 도착했다. 61일만이다. 이처럼 죽도로의 도해에 44일과 61일이 걸렸으나 실제 항해시간은 5일 이내였다. 이처럼 5일 이내에 가능한 도해에 44일과 61일이 소요되었다는 것은 도해에 그 만큼 준비할 것이 많았다는 것이 된다.

준비의 내용을 알기 어려우나, 당시의 동아시아가 해금정책을 펴고 있었다는 것을 감안하면 복잡했다는 것은 추정 가능하다. 왜구 등과 같은 반체제 세력들에 의해 공무역의 질서가 붕괴되어, 중국은 물론 조선과 일본도 체제를 유지하기 위한 경제적 압박을 받아, 해금정책을 취하고 있었기 때문에 출선을 엄히 규제하고 있었다.

조선의 태종이 1417년에 울릉도 도해를 금한 정책이 그대로 유지되고 있었고, 일본은 豊臣秀吉이나 德川家康이 취한 주인선 제도로 쇄국정책을

竹嶋之間五十里程も可有之歟与覚申候朝鮮江原道より東二当り申候嶋之程朝鮮牧之嶋より少大二見へ申候、山之様子険阻二して高く御座候(『竹島紀事』元禄6,9,4).

17) 二月十一日爰元出船仕、同晦日二隠岐国之福浦へ着船仕、三月廿四日二隠岐国より出舟仕、同廿六日之朝五ッ時分二竹島之内イカ島ト申所へ着舟仕(中略) 竹島ヨリ三月廿七日之七つ時分ヨリ出 舟仕申候、(中略) 四月朔日二石州浜田浦へ着舟仕(川上健三『竹島歴史地理学的研究』,古今書院,1966).

취하고 있었다. 그런 시대적 상황을 감안하면 조선인의 도해나 일본인의 도해는 까다로웠기 마련이다. 항해나 어렵을 위한 준비는 물론 정책의 허실에 대응하는 준비도 필요했을 것이다.

안용복의 1693년 출선이 3월 15일이고 1696년의 출선이 3월 18일로 3월에 이루어졌다. 이에 비해 일본은 1693년의 2월 11일과 1696년의 2월 15일에 출선하여, 조선의 3월에 비해 1달 빠른 2월에 도해하고 있었던 셈이다. 일행은 5월 18일 아침에 표착한 隱岐嶋 西村 해안은 물론 中村港도 해안이 거칠어 19일 밤에 그곳을 떠나 20일에 大久村 가요이浦에 정박하고 대관소에 자진 출두했다.[18] 이곳에서 언제까지 머물렀는가는 확실하지 않으나, 5월 23일부의 대관소의 보고서가 존재하고, 안용복 일행이 伯耆国 赤崎에 6월 4일에 나타난 것을 보면, 6월 2일까지는 그곳에 머문 것으로 볼 수 있다. 그 동안의 행적은 알 수 없으나, 伯耆州에 연락을 부탁했으나 「오래 기다려도 소식이 없었습니다. 저는 분을 이기지 못하여 배를 타고 곧장 伯耆州로 향하였습니다」라는 『숙종실록』을 보면,[19] 대관이 보낸 보고서의 답을 기다리고 있었다는 것을 알 수 있다. 보고서를 전하는 사자가 도해한 것을 보면, 일행도 도해할 수 있었음에도 사자와 같이 도해하지 않고 隱岐에 머물고 있었다는 것은, 그 보고서에 대한 답을 기다리고 있었다는 것으로 볼 수 있다. 문제는 그것이 일행의 자체 판단이었는가, 鳥取藩에

---

18) 五月十五日竹嶋出船同日松嶋江着同十六日松嶋ヲ出十八日之朝隱岐嶋之内西村之磯へ着同廿日二大久村江入津仕候由申候西村之磯ハ荒磯二而御座候二付同日中村江入津是之湊悪候故翌十九日彼所出候而同日晩二大久村之内かよひ浦卜申所二舟懸リ仕廿日二大久村江参懸リ居申候(本文14)

19) 而久不聞消息渠不勝憤惋婉乗船直向伯耆州(『肅宗実録』22年丙子九月戊寅)

시간적 여유를 주기위한 대관소의 의도였는가다.

6월 4일을 赤崎에 머문 일행은 6월 5일부터 12일까지 青谷의 専念寺(千念寺)에, 6월 12일부터 21일까지 賀露의 東善寺를 숙소로 하다, 21일부터 鳥取藩의 町会所에 머물렀다, 그러다 막부의 명으로 湖山池의 青島에 귀국하는 8월 6일까지 약 50여 일간 유폐 당했다.

3.1.3 적재물

기록 중에서 가장 객관적이라고 말할 수 있는 것이 본문1, 2, 29, 30, 31이다. 본문1은 배의 成形과 용적량 등의 기술, 본문2는 일행의 명단, 본문29는 배에 실린 화물, 본문 30은 일행의 명단, 본문 31은 조선의 팔도명이다. 그 중에서 배와 배에 실린 화물을 살펴보면 다음과 같다.

목면의 돛을 3개 세울 수 있는 배는 폭이 1장 2척이고 깊이가 4척2촌으로 용적량이 80석이었다. 배의 화물은 본문 1과 29에 기재되어 있는데, 본문1의 화물은 돛대 2개, 돛 2개, 키 1개, 노 5정, 나무 닻, 닥나무 4다발, 돗자리 깔개, 개가죽 등, 주로 배의 구조물이고, 본문 29의 화물은 백미 3홉, 미역 3표, 소금 1표, 말린 전복, 줄, 장작 6다발, 칼 1자루, 호신용 칼 1자루, 창 4개, 長刀 1개, 半弓 1개, 화살 1상자. 돛대 2개, 돛 2개, 키 1개, 발, 지붕 10매 개가죽 등으로 중복되는 것도 있으나 일용품과 생활도구가 주를 이룬다.

배가 이동한 것도 아닌데 20일에 기록한 것과 23일 이전에 기록한 것의 내용이 다른 것은 기록의 필요나 방법에 의한 차이로 볼 수 있다. 선중의 화물을 묻는 질문에 전복과 미역을 답한 본문7의 기록이 별도로 있는 것을 보아 대관소는 의문이 있을 때마다 일행에게 묻고 현장을 검증하는 방법으로 정보를 수집하고 있었다는 것을 알 수 있다.

화물 중의 칼 1자루, 호신용 칼 1자루, 창 4개, 長刀 1개, 半弓 1개, 화살 1상자 등은 무구로 볼 수도 있으나, 11인이 소지한 양이라는 것을 감안하면 공격용 무기라기보다는 비상시를 대비한 도구로 보는 것이 타당할 것이다. 표착한 배의 도해 목적이 무력을 동반하여 해결할 수 있는 내용의 아니었다는 것을 알 수 있다.

3.2 일행의 구성

3.2.1 無名氏

일행 11인은 안용복·이비원·김가관 그리고 무명의 세 속인, 뇌헌·연습과 세 승려로 구성되어있다. 3월 18일부터 5월 20일 까지 동행한 일행에 여섯 사람이 무명인으로 처리되었으나 23일의 보고서에는 하나의 무명씨도 없이 일행 모두의 이름이 기록되어 있다.

본문2에 무명씨로 처리되었던 자들이 본문 30에는 속인 柳上工, 金甘官, 유우카이와 승려는 靈律, 丹冊, 騰淡으로 기록되었다. 보고서는 일행의 진술과 관찰한 내용을 바탕으로 하기 때문에, 대관소가 정보를 구하여 보충한 것으로 볼 수 있다. 따라서 처음에 무명씨로 처리된 것은 그들에게 이름이 없었거나 몰랐기 때문이 아니라 어떤 목적이 있었거나 성의 없이 답한 결과로 볼 수 있다.

대관소가 무명씨와 승려의 종파에 의문을 가지고 질문을 했고, 일행도 답할 것을 약속했다가도 거절하기도 했다. 그럼에도 보고서에 무명씨가 없다는 것은 대관소가 노력하여 알아낸 것이 된다.[20] 만일 무명씨가 일행의 의도된 결과였다면 그 의도가 무엇이었는가는 규명되어야 할 문제다. 유일하게 한자의 표기가 없는 유우카이의 이름에,

　어떤 문자인가를 물었으나 쓰지 않았다. 아마 하급사람인 것 같다. 항상 말석에 대기하고 있었다.21)

라는 주기가 있는 것을 보면 무명씨로 처리하는 데 어떤 기준이 있었을지도 모른다. 이곳의 「此字」은 「ユウカイ」에 해당하는 한자를 의미하고 「相尋候得共」은 그 한자를 여러 번 물었다는 의미로, 대관소가 여러 번 물었는데도 알 수 없었다는 것이다. 「쓰지 않았다」이 해석한 「書不申候」은 「의도적으로 쓰지 않았다」으로 「쓸 줄 몰라서 쓰지 않았다」으로 해석할 수 있는데, 어떻게 해석해도 의문은 남는다. 만일 그가 문맹이었다면 대필할 수 있었고, 용자 능력이 있었다면 쓰지 않을 이유가 없었기 때문이다. 주기대로 항상 말석에 앉는 것으로 보아 하급 같다고 추정한 대로 신분이 낮았다 해도, 그것은 대관소가 표기하지 않을 조건이 되지 않는다. 알았다면 충실한 보고서의 작성을 위해 기록했기 마련이다.

　6인의 속인 중 5인이 安龍福·李裨元·金可果·柳上工·金甘官 三字名이고 5인의 승려 雷憲·靈律·丹冊·騰淡·衍習 모두가 二字名인 것을 보아, 속인인 「ユウカイ」은 三字名으로 보아야 한다. 그런데 柳上工의 「柳」

---

20) 拾壱人之内名歳知レ不申分猶又宗門之義 (中略) 始ハ心得候由申候処廿二日之朝ミニ至リ其事共書出スミニ不及候伯州ヘ参委細可申上由重而ハ其問者無(本文23)

21) ユウカイ此字相尋候得共書不供下々歟毎度末座ニ居申候 (本文30.)

을 「그」으 표기한 것을 보면 「ユウカイ」은 「ユ・ウ・カイ」의 三字名을 가진 속인의 이름으로 보아야 한다. 그럴 경우 「ユ・ウ・カイ」의 「ユ」나 「ウ」나 「カイ」은 모두 한자로 표기할 수 있는 표음이라, 한자표기가 없다는 것에는 어떤 의미가 있는지도 모른다.

3.2.2 有名氏

처음부터 이름이 명기된 安龍福・李裨元・金可果・雷憲・衍習의 5인은 일행의 중심 세력인 듯, 본문 3, 4, 5에서 그 신상과 특성을 기록하고 있다. 이어서 본문 6에는 安龍福・金可果・雷憲 3인이「朝鮮八道之図」을 지참하고 대관소에 울릉도와 자산도를 소개하는 내용이, 본문 8에는 뇌헌・이비원이 승려들의 신분을 묻는 질문에 필답한 내용이, 본문 25에는 안용복・이비원・뇌헌이 해변의 민가에서 서류를 정리한 내용이 있다. 연습은 뇌헌의 제자라는 신분과 33세의 연령이 소개되었을 뿐 다른 기록이 없고, 이비원은 대관소의 질문에 필답한 일이 있고, 김가과는 본문4에서 특기했으면서도 안용복 뇌헌과 동행한 기록이 있을 뿐이다. 그에 반해 안용복・뇌헌의 기록은 다양하여 그들이 속인과 승려를 대표하는 인물이고, 일본어통사의 역할을 수행하는 안용복이 일행을 대표한다는 것을 알수 있다. 안용복은 갓을 쓰고 부채를 들었고, 「通政大夫 安龍福 年甲午年 住東菜 印彫入」이라고 세긴 腰札을 차고 있어, 43세의 안용복이 정장하고 부채를 들고 출두했다는 것을 알 수 있다.[22]

기록의 많은 부분은 안용복의 진술이나 행적을 취급한다. 金可果・雷憲과

---

22) 安龍福午歳、四十三冠ノヤウナル黒キ笠水精ノ緒アサキ木綿ノウハキヲ着申候。腰二札ヲ壱ツ着ケ申候。表二通政太夫安龍福年甲午年表二住東菜印彫入

함께 「朝鮮八道之図」을 지참하고 울릉도·자산도와 죽도·송도의 관계를 설명한 것(본문9~10, 본문 19), 도해의 과정(본문 11, 14), 죽도에 온 선단(본문 12~13, 본문17~18), 죽도·송도의 지리적 설명(본문15), 3년 전에 도해한 경험(본문 20) 등이 그것이다. 대관소와의 교류도 그가 주도적으로 수행했다. 전복을 보내 예의를 취하는 일이나(본문 21) 식량을 요청하는 일(본문22), 그리고 소송서의 작성에도 관여하고 있었다(본문 25). 그가 단순한 통역이 아니라 도해를 주도하는 대표라는 것을 알 수 있다.

승려를 대표하는 뇌헌은 흥국사의 주지로 55세였으며 제자 넷과 동행했다. 黑笠을 목면의 끈으로 매고 흰 상의를 입고 부채를 들고 있었다. 그는 己巳(1689년) 윤3월 18일부의 「금조산의 주인장」, 康熙 28년(1689) 윤3월 28일부의 「금조산 주인의 서류」을 소지하고 있었으며, 길이 1척(30cm), 폭 4촌(12cm), 높이 4촌의 상자도 소지하고 있었는데, 그 상자에는 금속자물쇠가 붙어있고, 그 안에는 죽제의 산목(주판)과 벼루 먹 붓 등이 있었다(본문5, 24).[23] 그것들을 소지한 의미가 확실하지 않으나, 그가 단순한 관광객이 아니었다는 것은 알 수 있는 내용의 물품들이다. 특히 주인장이나 주인의 서류가, 일본이 쇄국정책의 일환으로 발행하는 주인장과 유관한 것이라면, 그 의미는 아주 크다 할 것이다.

승려의 도해에 의문을 가지는 것은,[24] 일본이 불교로 인민을 통제하던

---

23) 己巳閏三月十八日金鳥山之朱印状雷憲所持仕候ヲ出シ申候二付則写申候康熙二十八年閏三月二十日金鳥山朱印ノ書付雷憲所持仕候ヲ出シ申二付則写シ申候箱壱ツ長壱尺はゝ四寸高四寸錠ノカナク在り内二算木在竹二而作之申候かけご二硯ヲ仕組申筆墨在リ(本文5)

24) 雷憲廿二日二陸へ揚リ候時之装束ハ(中略)帽子ハ本朝禅宗ノ用候樣成ヲ着申候(本文24)

제도에 근거하는 것 같다. 대관소가 승려의 종파에 대한 질문에 뇌헌이 필답했으나 판독하지 못한 것은,25) 문장의 문제가 아니라 제도와 관습이 다른 결과였을 것이다. 거듭된 질문에는 이비원이 필답했으나 그것 역시 이해하지 못했을 것이다.

3.3 대관소와 일행

3.3.1 자진신고

돗토리로 도해하던 일행은 악천후로 오키노쿠니 오쿠무라(大久村)에 표착하자 대관소에 찾아가 사정을 설명하고 편리도모를 요청했다. 당시의 隱岐는 막부가 직할하는 덴료(天領)로, 이와미노쿠니(石見国)의 오모리 긴잔료(大森銀山領)의 代官이 지배하는 곳으로 大森代官所가 고토 가쿠에몬(後藤角右衛門)을 隱岐代官으로 파견하여 관리하던 곳이었다. 대관은 부하 나카세 단에몬(中瀬弾右衛門)과 야마모토 세이에몬(山本清右衛門)에게 일행과 대담하게 하고 마쓰오카 야지에몬(松岡弥次右衛門)을 사자로 해서 관계요로에 사실을 보고했다. 20일에 표착한 일행은 그날 밤에 가요이浦에 정박했는데,26) 이곳의 「参」은 「가다」「오다」「있다」을 의미하는 정중어로, 귀인이나 윗사람을 찾아가는 것, 신불이나 사자를 참배하는 것 등을 의미하여, 일행이 끌려가거나 체포된 것이 아니라, 스스로 찾아갔다는 것을 의미한다.

---

25) 沙門宗派五人共ニ一宗カ又別宗カ何宗そと尋候へハ雷(トイ)憲(ホン)其問ノ書付ニ答ヲ書記申候然共其分ケ不分明様ニ相聞へ申候(本文8)

26) 舟懸り仕り二十日に大久村へ参り懸り居り申し候(本文14)

출두한 일시의 기록은 없으나 20일에 상륙했고 21일에 식량이 떨어졌다는 서간을 보낸 것을 보면 20일에 찾아가 자진 신고한 것이 분명하다. 그것은 「조선주 1척이 5월20일에 隠岐国에 착안했다」[27]라는 보고서로 확인되는 사실이다.

일행이 자진출두하고 돗토리에 소송하러 간다는 도해목적을 분명히 밝혀서 그런지 대관소의 대응은 우호적이었다. 대관소의 질문에 일행이 답하는 형식으로 이루어진 진술을 「물으면 답하다(事ヲ問申候得ハ答申候)」과 「말씀드리다(申候)」라고 표현하여, 그것이 대등하게 이루어졌다는 것을 알 수 있다. 진술을 마친 것도 「세 사람과 재번역인의 대담이 끝」[28]났다라고 표현했다.

3.3.2 신뢰관계

대관소가 일행에 우호적인 태도를 취했다는 것은 일행의 표착사실을 듣고 그것을 대담으로 표기한 것, 일행이 요구하는 생필품이나 식량을 보급해준 것, 일행이 제출한 서면을 첨부하여 관계요로에 보고한 사실 등을 통해 알 수 있다. 대관소가 우호적이었기 때문에 일행도 전복을 보내 예를 표하려 했을 것이다.

일행은 돗토리에 소송하기 위해 도해한다는 사실과 3년 전(본 기록은 4년)에도 그곳을 방문한 사실을 밝혔는데, 대관소가 그것에 의문을 표하지 않은 것은 그 진술을 사실로 보았기 때문이다. 3년 전의 안용복은 울릉도

---

27) 朝鮮之船一 艘五月廿日隠岐国江着岸(『御祐筆日記』元禄九年六月十三日, 鳥取県立博物館)

28) 三人江在藩人対談終終り舟江三人共帰(本文21)

에서 조업하다 일본에 납치되었다 송환 되었는데, 그것은 이해하기 어려운 송환이었다. 일본의 영역을 침범했다며 납치한 안용복을 나가사키(長崎)로 송환시킬 때는 의사와 요리사를 포함하는 90여명이 수행했고 안용복과 박어둔은 가마에 탔다. 이때 안용복은 울릉도와 자산도가 조선의 영토임을 인정하는 關白의 서계를 가지고 있었으나 対馬島에서 탈취 당했다 한다.

안용복이 3년 전의 도해경험을 이야기하며 소송을 위한 도해라는 사실을 밝혔음에도 대관소가 의문을 표하지 않은 것은,[29] 대관소가 그 사실, 3년 전에 납치당한 안용복이 江戸까지 가서 울릉도와 자산도가 조선령이라는 사실을 주장하여 그것을 인정하는 관백의 서계를 받았다는 사실을 알고 있었을 가능성을 시사한다.

실제로 안용복의 납치를 계기로 일본과 왜는 울릉도의 영유권을 주장하는 외교적 분쟁 끝에, 막부가 1696년 1월 28일부로 일본인의 도해를 금한다는 명을 내렸었다. 그 금령이 대관소에 전달되었는지는 알 수 없으나, 안용복의 납치를 계기로 죽도/울릉도를 매개로 하는 외교적 문제가 있다는 것 정도는 알고 있었을 것이다. 그러한 인식과 일행의 진술이 일치하여 신뢰한 것이다.

그 외에도 일행의 진술이 사실이라는 것은 대관소의 검증을 통해 확인되었다. 배에 탑재한 화물의 내용이나 일행의 구성 등이 그러했다. 식량의 도움을 청했을 경우에도 대관소는 庄屋과 与頭를 파견하여 3홉 밖에 남지 않은 식량 사정을 확인하고 식량을 보급해주었다. 계획된 항해에 식량이 없다는 사실에 의문을 표하기도 했으나 폭풍으로 계획이 어긋났다는 사실을 확

---

29) 今度朝鮮之船三十二艘竹嶋江渡海仕候其内壱艘人数十壱人罷有様是者伯耆国江願之儀有之渡海仕旨申付而(『御祐筆日記』元禄9년6월13일, 鳥取県立博物館)

인하는 과정을 통해 일행에 대한 신뢰감이 증가한 것으로 볼 수 있다.

일행의 도해목적의 이해와 무명씨의 존재를 같이 생각하면, 대관소의 우호적인 대응을 확인할 수 있다. 일행의 신상을 파악하여 보고할 의무를 가진 대관소에 일행이 6명이나 무명씨로 처리하고, 후에 알려 주기로 했던 약속을 어겨도, 대관소는 강압적인 태도를 취하지 않고 다른 방법으로 일행의 이름을 알아냈다. 어쩌면 일행이 신뢰를 어긴 것으로 볼 수도 있는 일련의 행동이었음에도 식량을 보급해주는 등 편리를 도모해준 것은 일상적인 대응으로 볼 수 없다. 일행을 신뢰했거나 아니면 그렇게 대접할 필연성이 있었던 것으로 볼 수 있는 대우였다. 어쩌면 일행이 돗토리를 방문하기 때문에 취한 태도였는지도 모른다.

鳥取藩을 방문하는 이국인이라는 신분은, 경우에 따라 국제문제를 야기할 수 있는 대상이며, 그들에 대한 대우의 내용이 일행을 통해 돗토리는 물론 막부에도 알려질 수 있는 일이었다. 일행이 어떻게 진술하느냐에 따라 자신들의 능력이 평가될 수도 있어 소홀히 대접할 수 없었는지도 모른다.

일행의 요구는 20일부터 시작되는데, 21일의 요구는 질적으로 달랐다. 20일은 필요한 물품의 요구였으나, 21일의 요구는 일행의 생존이 걸린 요구였다. 안용복이 서면으로 식량 사정을 알리자 대관소는 사실을 확인하고, 계획된 도해에 식량이 부족하다는 사실에는 의구심을 표하면서도, 폭풍으로 표착한 사정을 감안하여 요구에 응했다.[30] 먼저 마을에서 모은 쌀을 전하고, 대관소의 쌀을 보내 21일 저녁과 22일의 식량을 해결하고, 일행이 赤崎에 도착한 6월 4일까지 같은 방법을 취했다. 그런 과정에서 양측

---

30) 取鳥伯耆守様へ訴訟在之参候と之申方に而候間飯米等用意可被参事と申候得者不審尤成義に候竹嶋十五日に出候得者(本文22)

의 강요나 억압을 엿볼 수 있는 내용의 기록이 없는 것은 양측이 서로 신뢰하고 있었기 때문에 있을 수 있는 일이다.

3.3.3 서간의 교환

5월 23일부의 보고서에는 조선인이 제출한 문서를 목록에 적어 지참시킨다는 내용이 있다.[31] 자세한 내용을 알 수 없으나 조선인이 제출한 것은, 안용복의 일행이 대관소와 교환한 것으로 1통 이상의 서면이 첨부되었다는 것으로, 20일부터 23일 사이의 일정을 살피는 것으로 그 수량을 헤아릴 수 있다.

먼저 생각할 수 있는 것이 대담 후에 전복으로 예를 취하며 물품을 요구한 서간이다. 대관소는 그 요구에 응하여 서간과 더불어 상추, 파, 비자나무 열매, 미나리, 생강 등을 보내주었다.[32] 다음은 20일과 21일에 교환된 서간이다. 승려가 승선한 이유와 종파를 묻는 질문서에 뇌헌이 필답했으나, 의미를 파악하지 못해 21일에 다시 서면으로 묻자 이번에는 이비원이 필답했다.[33] 적어도 2통의 서류를 교환한 셈이다.

그 다음은 식량을 요구하는 22일의 서간이다. 안용복이 저녁식량이 없다며 서간으로 도움을 요청하자,[34] 대관소는 그 사실을 확인하고 마을에

---

31) 此度朝鮮人一巻之書付並朝鮮人出候書付奉書目録に記之(本文28)

32) 其書簡ノ奧二生菜菁菜実菓請と御座候二付苣ねふか榧実芹生姜なと遣シ申候尤書簡之返事ヲモ相添遣申候(本文21)

33) 尋候ヘハ雷憲其問ノ書付二答ヲ書記申候然共其分ケ不分明様二相聞ヘ申候依之翌廿一日二宗旨名伯州ヘ参候わけ荷物等之義書付相尋候ヘハ病人李裈元筆者ニテ書出ス(本文8)

서 모은 백미와 대관소에서 보낸 쌀을 보내주었다. 이 요구와 대응에는 안용복의 서간만 언급되었으나, 본문 28에 식량을 얻은 것을 기뻐하고 서면으로 감사를 표한 사실의 기록이 있다.[35] 요구하는 서면을 안용복이 보냈으므로 감사하는 서면 역시 그가 보낸 것으로 보아야 한다.

마지막으로 생각할 수 있는 것이 일행의 소송서이다. 이것은 미리 준비하여 배에서 작성하려 했으나 배가 흔들려 작성하기 어렵다고 하여 해변의 민가에 상륙하여 정리할 수 있게 편의를 제공 받았다. 전부터 작성하던 여러 증문의 서간을 21일에 배에서 작성하다가 22일에 상륙하여 작성한 것이다. 이렇게 보면 목록에 기재된 문서는 대관소의 3건을 포함하여 9건에 이른다. 9건으로 추정되는 서간을 매개로 일행과 대관소가 교류했다는 것은, 일행을 대표하는 안용복이 그런 생활에 익숙했다는 것을 의미한다.

3.3.4 대관소의 대응

안용복 일행이 자진 출두하자 대관소는 대담을 나누고 그 내용을 이와미노쿠니(石見国)와 鳥取藩 등의 요로에 보고했다. 대관 고토 가쿠에몬(後藤角右衛門)은 일행 3인과 대담하며 부하 나카세 단에몬(中瀬弾右衛門) 야마모토 세이에몬(山本清右衛門) 마쓰오카 야지에몬(松岡弥次右衛門) 3인을 입회시켰으므로, 대관이 참석했다면 7인이 그곳에 있었다는 것이 된다. 그러나 대담 후에 庄屋에게 1포 역인에게 5포의 전복을 선물한 것을 근거로 생각하면 두 사람이 더 참가했을 수도 있다. 아니면 庄屋과 역인들

---

34) 廿一日安龍福より書付出し申飯米に切れ夕飯より食に絶え候由申越候(本文21)

35) 大久村江遺置申候飯米等廻シ見斗庄屋方ヨリ渡させ候二付朝鮮人悦申由二而書付指出申候則差上申候(本文28)

에게는 1포씩 대관에게는 2포를 증정하려 했던 것으로 볼 수도 있다.

대관소는 일행에 우호적으로 대하면서 일행의 신분은 물론 선박의 상황, 그것에 탑재된 화물과 도구 등까지 조사하여 관계요로에 보고하고 지시를 기다리는 등 임무에 만전을 기하고 있었다. 배를 대관소가 있는 사이고(西鄕)로 회항시키려다 풍우가 심하자 그곳에 계류시키고 감시시킨 것을 보면 대관도 오쿠무라(大久村)에 들렸던 것으로 볼 수 있다.36)

대관소는 일행이 진술한 내용의 사실 여부를 판단하고,37) 현장을 검증하거나 일행의 행적을 관찰하는 방법으로 정보를 보충하고 있었다. 21일에 식량을 요구하는 안용복의 서간을 받자 쇼야(庄屋)와 요토(与頭)를 파견하여 사실을 확인하고 그에 상응하는 조치를 취한 것이 그 좋은 예다. 배와 화물, 일행의 신상에 대해서는 유사한 기록이 본문1, 2와 본문 29, 30에 있는 것은 20일의 기록을 보충하여 23일에 다시 기록했기 때문일 것이다.

대관은 石見国에 파견할 사자로 정한 松岡弥次右衛門을 大久村에서 西鄕로 불러들이고, 다카나시 모쿠자에몬(高梨杢左衛門)과 가와시마 리헤에(河嶋理太夫)에게 식량을 주어 大久村에 보냈고, 中瀬弾右衛門과 山本清右衛門에게 보고서를 작성시켰다. 5월 23일부의 보고서는 石見国에 보낸 것으로 되어 있으나 鳥取藩에도 보냈다. 그것을 6월 2일에 받은 鳥取藩은 13일에 江戸의 번주 이케다 쓰나키요(池田綱清)에게 보고했고, 번주는 당

---

36) 廿一日ヨリ廿三日迄も風雨強ク御座候而西鄕へ朝鮮舟廻シ候事引舟仕候而も難成候ニ付而番舟申付役人共付大久村ニ其侭指置申候(本文28)

37) 四年以前癸酉十一月日本ニ而被下候物共書付之帳壱冊(本文20), 伯州へ参候わけ荷物等之義書付相尋候(本文8), 拾壱人之内名歳知レ不申分猶又宗門之義銘々ニ願ハ書記伯州へ訴訟之わけ書付出シ候様ニと申候(本文23)

일에 老中에게 보고했다.38) 鳥取藩이 막부에 보고했다는 것은 石見国도 보고했다는 것으로, 막부는 두 곳 이상에서 보고를 받은 셈이다.

　일행은 드릴「말씀」이 있어 도해하다 표착했으나 다시 도해하겠다는 뜻을 밝혔다.39) 도해의 목적인「말씀」으로 해석한「御断之義」이「소송」을 의미한다는 것은, 그것이 본문 25의「今度之訴訟一巻」과 대응하는 표현이라는 것으로 알 수 있다.40) 23일부의 보고서가 6월 2일에 鳥取에 도착했다는 것은, 일행도 사자와 같이 출선할 수 있었을 것이다. 그럼에도 6월 4일에야 赤崎로 도해했다는 것은, 날씨가 좋아진 후에도 隠岐에 머물고 있었다는 것으로, 그 이유는 일행 스스로가 보고서의 답을 기다리고 있었던 경우와 대관소가 답을 기다리자고 권했을 경우를 상정할 수 있다. 그러나 후에 안용복이, 玉岐島主가 伯耆州에 전보하겠다고 말했으나 기다려도 소식이 없자 분을 참지 못하고 백기주로 향했다고 진술한 것을 보면 후자일 가능성이 크다.41) 그래도 그것은 강제적인 억류라기보다는 연락을 기다리자고 권하는 형식의 지연이었을 것이다. 예를 취하며 임무를 수행하는 대관의 기지가 엿보이는 대응이라 할 수 있다.

---

38) 朝鮮の船一艘、五月二十日、隠岐国へ着岸(중략)両人より飛脚を以て、右の趣今月二日国元家来まで申し越し候(중략)国元より今日飛脚を以て申し越し候に付き先は御届け申上げ置き候(『御在府日記』元禄九年六月十三日条)

39) 取鳥伯耆守様江御断之義在之罷越申候順風悪布候当地へ寄申候順次第に伯州へ渡海可仕候(本文14)

40) 今度之訴訟一巻と被為長々と仕たる下書ヲ致シ(本文25)

41) 則謂当転報伯耆州而久不聞消息渠不勝憤惋乗船直向伯耆州(『肅宗実録』肅宗22년9月戊寅)

4. 결론

일본에 두 번이나 다녀온 안용복은 울릉도와 자산도를 조선령으로 인정하는 관백의 서계를 받았다는 진술을 했다. 그것이 사실이라면 일본이 영유를 주장 하는 죽도에 대한 정통성은 성립할 수 없게 된다. 그래서 일본은 필사적으로 안용복을 부정하고 그의 진술을 근거로 하는 조선의 기록도 부정한다. 그런데 2005년에 발견된 『원록각서』는 안용복의 진술과 같은 내용을 전하고 있어, 1904년까지 조선은 독도의 존재도 인식하지 못했다는 일본의 주장은 물론 그것을 근거로 조선기록을 부정하는 논리도 성립할 수 없게 된다.

31단으로 구성되는 기록은 안용복 일행이 진술한 내용과 대관소의 역인들이 기록한 것으로 나눌 수 있으나 결국 일행에 관련된 내용에 한정된다. 일행 중에는 안용복 이외에 일본어를 이해하는 사람이 없는 것 같이 보여, 대부분이 안용복이 건넨 서면이나 진술에 근거하는 내용이다. 뇌헌이나 이비원의 서면도 있으나 안용복의 인식하는 범위 안의 일로 볼 수 있다.

대관소가 예를 취하며 일행의 요구에 긍정적으로 대처한 것은 국제적 교류이고 모든 것이 鳥取藩을 통해 막부에 전달된다는 사실을 예측했기 때문이라 할 수도 있으나 일행의 진술이 사실과 다르지 않다는 것을 알고 신뢰한 면도 있다. 일행 역시 자진 출두하여 표착한 상황과 도해 목적을 밝히고 대관소의 질문에 성실히 답하는 등 예를 취하고 있었다.

대담을 마친 후에는 전복을 보내 예를 표하고 식량도움을 요청할 때도 서면으로 격식을 차리고, 도움을 받은 후에도 서면으로 예를 취했다. 그러면서 4년 전에 鳥取를 방문한 경험을 이야기하고 소송서를 작성하는 편의 제공을 요구하고 있어, 도해가 4년 전의 경험과 연계되어 이루어진 것이라는 것을 알 수 있다. 또 일행과 대관소와의 교류가 서면 중심이었다는 것은 그것을 주도한 안용복이 문자생활에 익숙했다는 것을 의미한다.

대관소는 일행의 행적을 관찰하며 필요한 정보를 성실히 수집하는 등 임무를 충실히 수행하고 있었다. 일행의 신분은 물론 그들과 교환한 서면까지 보고서에 첨부하고, 鳥取藩이 방문하는 일행에 대응할 수 있는 시간을 주기 위해 보고서를 먼저 보내고 그 답을 기다리자며 일행을 정체시키는 배려까지 하고 있었다. 이처럼 임무에 충실한 대관소의 역인들이 일행의 진술과 행적을 관찰한 내용을 기록한 것이 『원록각서』였다. 다시 말하자면 조선인의 진술과 행적을 일본인이 기록한 것으로, 당사자들의 경험을 근거로 하기 때문에 사실을 반영한 기록으로 볼 수 있다.

찾아보기

주석 권오엽 權五曄

1945년 7월 11일 전북 정읍 출생
1964년 군산고등학교
1968년 서울교육대학
1980년 국제대학 일어일문학과
1988년 일본 북해도대학 국어국문학과 박사과정
2003년 동경대학교 학술박사(광개토왕비문과 동아시아의 천하사상)
현 충남대학교 인문대학 일어일문학과 교수

저서와 역서
『日本漫想』
『廣開土王碑文과 日本의 紀記神話』
『廣開土王碑文의 世界』
『古事記와 日本書紀』
『獨島』
『獨島와 竹島』
『古事記』 상·중·하
『好太王碑文의 解明』
『廣開土王碑文의 硏究』
『隱州視聽合紀』

오니시 토시테루 大西俊輝

1946년 島根県 隠岐郡西郷町(現 隠岐島町) 생
오키고등학교졸업, 오사카대학 의학부졸, 뇌신경외과전문의, 의학박사
현재 (의) 후생의학회, (복)후생박애회 이사장

저서
『山陰沖의 古代史』(근대문예사, 1995)
『山陰沖의 幕末维新動乱』(근대문화사, 1996)
『人肉食의 精神史』(東洋出版, 1999)
『日本海와 竹島 日韓領土問題』(동양출판, 2003)
『心의 誕生 마리아의 미소와 유아의 성장』(동양출판, 2004)
『레이저 의학의 임상』(메디칼브라닝사)(1981, 공저)
『隠岐는 絵의 島 歌의 島』(동양출판, 2001, 공저)
『水若酢神社』(학생사, 2005, 공저)
『続日本海와 竹島』(동양출판, 2007)